ひきこまり
吸血姫の悶々
7
Hikikomari
the Vampire Countess
no
Monmon
JN132273

え？！　結婚？！

「私と
結婚
してほしいの」

黒服の女性――
軍機大臣
ローシャ・ネルザンピ

「同席してもいいかね」

「覚悟しろ！
ネルザンピ！」

コマリン！
コマリン！
コマリン！

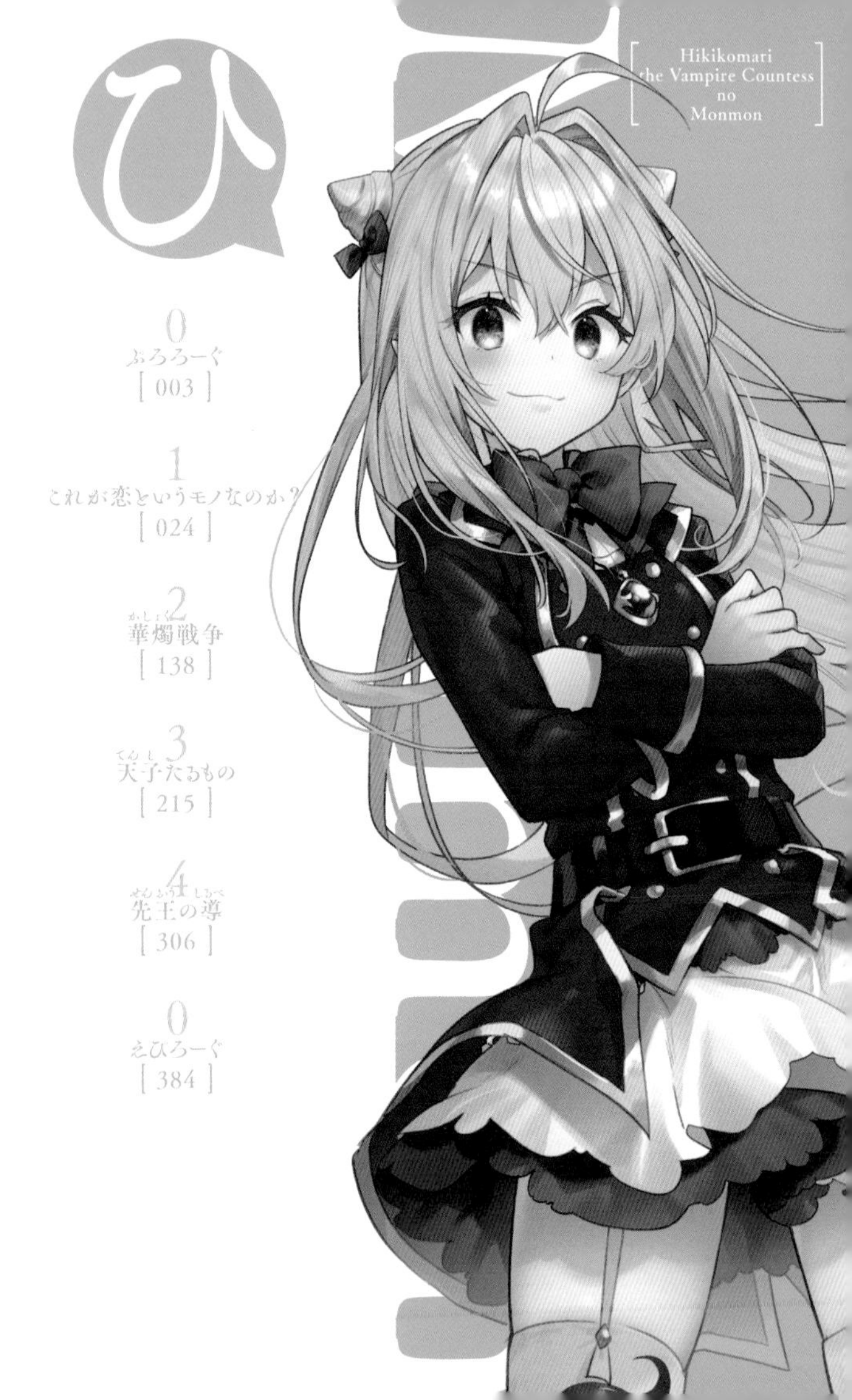
ひ
Hikikomari
the Vampire Countess
no
Monmon

ひきこまり吸血姫の悶々 7

小林湖底

GA文庫

カバー・口絵　本文イラスト
りいちゅ

【0】ぷろろーぐ

Hikikomari the Vampire Countes no Monmon

「リンズ。見てごらん。雪の花が咲いているよ」

天仙郷・京師。

神仙が住まう華やかな桃源郷の奥深く。天子アイラン・イージュは白極連邦から取り寄せたという〝雪花石〟を指差しながら子供のように笑っていた。

「天仙郷では見られない貴重なものだ。ああやって置いておくと白色の魔力を振りまいて雪の花が咲いたように見えるのさ。でもまだ足りない——核領域にはもっと珍しい石があると聞くからね」

齢は二百に迫ろうとしている。しかしその立ち居振る舞いには痛々しい稚気が見え隠れしていた。リンズは耐えきれなくなって声をかけていた。

「陛下。自然を愛するのはご立派ですが……いま少し朝廷に目を向けては」

天子は意外なことを言われたという様子で娘を見やった。

「いったいどうしたというのだね」

「朝議は間もなく始まります。是非ともご臨席賜りますよう」

「必要ない」

ひらひらと天から雪片が落ちてくる。

彼はそれを掌中で弄びながら頑是ない笑みを浮かべるのだ。

「丞相に任せておけばいい。それがいちばん夭仙郷のためになるのだから」

何を言っても無駄だった。

昔は意気軒昂とした夭仙だったらしい。いったい何が彼をここまで堕落させたのかリンズにはわからない。しかしこの堕落によって愛蘭朝は六百年の歴史に幕を下ろそうとしている。それを防ぐのが公主である自分の役目に他ならなかった。

「お言葉ですが。その丞相こそが愛蘭朝を傾けている張本人でしょう」

「そんなことを言ってはいけないよ。シーカイはよくやってくれているではないか」

「陛下は世情に疎くいらっしゃるのです。丞相がどれだけの悪事に手を染めているか――」

「――ほう！　私が何に手を染めているというのだね⁉」

いつの間にか背後に官服を着た男が立っていた。

夭仙郷丞相グド・シーカイ。

満月のように丸い瞳をぎらつかせる神仙である。リンズはその浮世離れした視線に射竦められて硬直してしまった。まるで荒野を流浪する道化のような目つきだった。

「おおシーカイ！」天子が間抜けな声を漏らした。「よければ私の庭を見ていかないか」

「嗚呼！　花鳥風月の極致ともいうべき素晴らしいお庭です！　巷で〝風雅天子〟と謳われるだけのことはありますな！　いやあトレビアントレビアン」

「だろう？　さあそこの椅子に座りたまえ。茶でも出そう」

「拒否いたします！」

リンズはぎょっとした。仮にも臣下が天子に放っていい言葉ではない。

だがこの態度こそが丞相グド・シーカイの権勢を如実に物語っているのだった。

「ありがたきお誘いです。しかし私は公主をお迎えに来たのです――さあリンズ殿下！　私と一緒に薔薇色に縁取られた未来を語り合いましょうぞ！」

「え……」

「朝議ですよチョ・ウ・ギ！　国の行く末を決める会議っ！」

丞相はリンズの腕をつかむと強引に中庭を立ち去る。

天子の「待て」という声も聞かなかったことにして廊下をずんずん進んでいく。

通りすがる官吏はこちらに気づくと泡を食って平伏した。みな丞相に怯えているのだ。その気持ちはリンズにもよくわかる――自分もこの男のことが怖くて仕方がなかったから。

「――リンズ！　実にびっくりしてしまったよ！　キミが私のことを陰であんなふうに言っていたとは。まるで胸に茨の棘が刺さったような気分だ。もしかして私は嫌われちゃったりしているのかい？　そうなのかい？」

丞相が足を止めて騒がしい声を投げかけてくる。

先ほどよりも口調が砕けていた。天子がいないからだ。

「いやあ心外だな。私の前では赤子のように無垢な美姫を演じていたのかい」

「……ごめんなさい」

「嗚呼！　お手本のような〝形だけの謝罪〟だ！　ネルザンピ卿あたりが聞いたらオカンムリだよ。人間関係には信が必要不可欠だとかなんとか言われるぞ」

「違うの。あれは……」

「口答えをするな」

険しい声に思考が破壊される。気づけば目の前に丞相の顔があった。

「なるほどキミの目には私が王朝を縦にしているが如く映るのだろうね——だが耳を澄ませてみるがいい。葉擦れの音とともに聞こえてくるだろう？　私を讃える人民の声が！」

シーカイは自己陶酔したように両腕を広げて叫んだ。

「つまり！　嗚呼！　愛蘭朝は私がいるから命脈を保っていられるんだ！」

「はい……」

「天子は風流なお方だが現実を見ようとしない。キミは美しいお方だが現実が見えていない。君主一族がこの体たらくだからこそ私が馬車馬のように働くのさ！　キミは父君と同じようにお花を愛でていればいい。もうチェリーブロッサムが綺麗な季節になるんじゃないかね？」

「でも。私は三龍星だから……」

「ふっ」嘲るような吐息が漏れる。「……おっと失礼！　キミは冗談が上手いな！　文官至上主義の夭仙郷において軍人の責務などあってないようなもの。キミはオママゴトの戦争に励みながら婚儀の瞬間を待っていればいいのさ。すぐに私が幸せにしてあげよう」

握りしめた両の拳がぷるぷると震える。

やはりこの男は夭仙郷を乗っ取ろうと画策しているに違いなかった。

天子が政治に無関心なのをいいことに好き放題振る舞っている。

法律を曲げ。倫理を曲げ。国の財貨を独り占めにして。

この世の栄華を極めた者が次に求めるモノはいったい何なのであろうか。

それはおそらく寿命とか健康の類である。

まだ確証はない。しかしグド・シーカイには何らかの野望のために人体実験を行っているという噂があった。京師では人間が忽然と消える事件が多発している――従者のメイファの調査によれば丞相が関与している疑いがあるらしいのだ。

「――さあリンズ！　天下を安んずるための会議を始めようっ！」

気づけば朝議が行われる講堂に到着していた。

そもそも朝議とは朝に行われる会議のはずである。しかし太陽はとうに南の空を通り過ぎていた。

シーカイが丞相に就いてから朝廷の風紀が乱れているのだ。扉の向こうからは下卑た笑い声が聞こえてくる。重役出勤してきた大臣どもが騒いでいるのだろう。

希望の見出せぬ暗闇。

自分の力だけではどうすることもできない。

だからこそ――世界を引っ繰り返してくれる救世主が必要なのだった。

テラコマリ・ガンデスブラッド。

ムルナイト帝国を訪れてからすでに一カ月ほどが経過している。

彼女はアイラン・リンズを闇の底から引っ張り上げてくれるのだろうか。

☆

三月も中ほどに突入した。

世界は春に向かって一直線。第七部隊の吸血鬼たちも最近はいっそう元気と殺意に満ち溢れている感じがする。まあ変態は暖かくなると活動を活発化させるって言うしな。

しかし希代の賢者は別である。

私は季節に関係なく自室に閉じこもって物語を紡ぐ生き物なのだ。

ゆえに私は今日も今日とて机に向かってペンを執り――

「…………」

執っても小説を書くことができなかった。

スランプではない。スランプは温泉旅行で解決したはずなのだ。じゃあ何が起きているのかと言えば――私の心の中にとんでもない魔物が住み着いてしまったのである。

思い起こされるのは先月の邂逅だ。

夭仙郷三龍星アイラン・リンズ。彼女の国は悪人たちによって滅ぼされる寸前らしい。リンズはその状況をなんとかするべく私に救援を求めてきたのだ。

――今すぐにとは言わない。時が来たら助けてほしい。

彼女はそう締め括って去っていった。

頼られたからには全力で協力する所存である。あれだけ切実な瞳を向けられれば「がんばってね」で終わらせられるはずもなかった。だから私はリンズの力になってやろうと決意したのだが
――したのだが。

何故かリンズの顔が頭から離れないのである。

悩ましげな表情。物静かな雰囲気。クジャクみたいな緑色の衣装。

最近は無数のリンズの顔が万華鏡のごとく回転している夢を見た。末期である。

「なんだこれは……やっぱり恋なのか……？　いや落ち着け私……ただの勘違いかもしれないじゃないか。あの子を思い出すとドキドキするのは心臓がＳＯＳを出しているからだ。だってリンズは心臓を爆発させる能力者だからな……その気持ちはよくわかるぞ心臓……」

とにかく今は小説を書こう。物語の世界に身を投じれば俗世の憂いなど忘れられるだろうから
――そんな感じで原稿用紙に目を落とす。

何故か大量の文字が書かれていることに気がついた。

ん？　なんだこれ？　無意識のうちに手が動いていたのか？

私はいったい何を――

リンズリンズリンズリンズリンズリンズリンズリンズリンズリンズリンズリンズリンズリ
ンズリンズリンズリンズリンズリンズリンズリンズリンズリンズリンズリンズリンズリン
ズリンズリンズリンズリンズリンズリンズリンズリンズリンズリンズリンズリンズリンズ

「うわあああああああああああ⁉」

思わず椅子からひっくり返ってしまった。

完全に脳をやられている。私の右手は自動筆記機能を獲得したらしい。あはは。便利だな。

「違う……違うんだ！　これは文字の練習をしていただけなんだっ！　みんなの名前を順番に書いていこう！　次はヴィルだ。ヴィルヴィルヴィルヴィルヴィルヴィルヴィル――」

「お呼びですかコマリ様」

「うわああああああああああ⁉」

思わず椅子からひっくり返ってしまった（本日二度目）。

いつの間にか背後に変態メイドが立っていたのだ。

「ど……どうした!? 私に何か用か!? お菓子なら戸棚にしまってあるぞ」

「お菓子はいりません。先ほどコマリ様は私の名前を愛おしそうに連呼していましたよね」

「誤解だ！ あれは早口言葉選手権で優勝するための発声練習であって……」

「隠しても無駄ですよ。コマリ様の愛は十二分に伝わってしまいました。今度は私のほうから愛をお伝えしましょう。コマリ様コマリ様コマリ様コマリ様コマリ様コマリ様……」

「こらあああああああ!! くっつくなああああああ!!」

事情を説明するのも面倒くさかった。というか説明できるわけもなかった。

しばらく攻防を繰り広げているとヴィルはやがて大人しくなった。

発作は収まったらしい。その隙を見計らって私はなるべく真剣な表情を浮かべた。

「……なあヴィル。相談したいことがあるんだけど」

「何でしょう。側近のメイドを落とすための恋愛相談なら大歓迎ですよ」

「たとえばだぞ。たとえば……好きな人ができたらヴィルはどうする?」

「……はい?」

ヴィルがマジなトーンで驚いていた。

「いや変な意味じゃないぞ。小説で使おうと思ってさ。ヴィルの意見を聞きたいんだ」

「決まっています。好きな人ができたら抱き着いて愛情表現をしますよこんなふうに」

ヴィルが子泣き爺のごとく抱き着いてきた。しかしこれは特殊な事例な気がした。

たとえば私がリンズにいきなり抱き着いたらどうなるだろう？

たぶん嫌がられるよな。あ……拒否される映像が浮かんでちょっと傷ついた……いやいや何を考えているんだ私は⁉　リンズで想像する必要はないだろうに‼

「くそ……悩ましいな……」

「小説なのですから妄想で書けばよろしいのでは――ん⁇」

ヴィルが原稿用紙を見つめた。そこに書かれているのは大量の『リンズ』。

やばい見つかった！――と思ったときには既に遅かった。

「……コマリ様？　これは何ですか？」

「何でもないよっ！　書道全国大会に向けて文字の練習をしようと思っただけだ」

「さっきの早口言葉云々もそうですが嘘ですよね？　それにこの『リンズ』って――」

「これは……その……あれだ！　アイラン・リンズさんのことを考えていたんだ！　重大なお願いをされてしまったからな……」

ヴィルの疑わしげな視線が突き刺さる。

こいつは変態であるがゆえに鋭い直感を持つのだ。つい先日「何か欲しいものある？」とさりげなく聞いたときも瞬時に自分の誕生日の話だと理解して「コマリ様」と答えたしな。ちなみにヴィルの誕生日は三月十二日。先週みんなでお祝いしてあげた。

「……コマリ様に限ってそんなことはあり得ませんよね」

「そんなこと？　どういう意味だ……？」

「それこそ何でもありません。しかしアイラン・リンズ殿もそうとう切羽詰まっていたようですね。ほとんど面識のない私たちに救援を求めてきたのですから」

「うむ。力になってあげられればいいけど……」

「リンズ殿によれば夭仙郷は極悪な丞相によって支配されているのでしたよね。丞相グド・シーカイは王朝の乗っ取りを企んでいるとかなんとか……まるでアルカ王国の焼き直しを見ているかのようです」

「リンズがネリアみたいな立場になるってことか？」

「それはわかりません。しかし風聞によればグド・シーカイはマッドハルトよりもかなり陰湿な人間のようですね。たとえばこれをご覧ください」

　ヴィルが紙切れを寄越してきた。

「……おい。これ六国新聞じゃないか」

「はい。ガンデスブラッド家では定期購読しています」

「今すぐ解約しろ‼」

「それどころではありません。こちらを見てください」

「それどころだよ！　おい見ろ……『今日のコマリン閣下』のコーナーに私が欠伸(あくび)している写真が載ってるじゃないか！　今すぐ回収命令を――ん？」

ヴィルに指示された部分が目に入る。

そこにはこんな記事が載っていたのである。

『夭仙郷アイラン・リンズ殿下　電撃結婚⁉　お相手は丞相グド・シーカイ氏』

「……なんだこれ」

「リンズ殿は丞相のグド・シーカイと結婚するようですね」

「なんで⁉」

「わかりません。おそらく丞相の陰謀か何かでしょう。グド・シーカイは夭仙郷政府を内側からジワジワと破壊するつもりのようですよ」

私は手が震えるのを自覚しながら記事を目で追っていった。

結婚。披露宴。馴れ初め(なそ)――刺激の強い単語たちが視界に飛び込んでくる。

そしてリンズとグド・シーカイ（らしき人）が並んで写っている写真も掲載されていた。

彼女は華やかな笑みを浮かべていた。

嬉(うれ)しそうに。丞相と手をつないで。嬉しそうに。丞相に笑顔を向けている。

「これは手遅れかもしれませんね。言い訳をするわけではありませんが……あれ以来向こうから連絡がなかったので我々も動けませんでした」

「あ……あぁ……」

「でも写真を見るとアイラン・リンズ殿は嬉しそうですよね。強要されている可能性も大いにありますが」

思い出す。リンズは初めて会ったときに「婚儀がある」と言っていた。

あの時点で決まっていたことだったのだろうか？

「それに実はグド・シーカイはかなり評判がいいんです。夭仙郷を立て直す希代の名宰相などと呼ばれているらしいですよ。政府の無駄をカットして国民に対する租税を軽くしたことで支持率が急上昇しているとか。その点リンズ殿の見解と少し食い違っていますね」

もっと早く私がリンズと仲良くなっていれば……いやでもリンズは笑顔じゃないか。

この笑顔は真実なのだろうか？　それともヴィルの言うように強要されたのだろうか？

わからない……突然踊り出したくなるほど意味がわからない……。

「う……うう……う……」

「一応リンズ殿に連絡してみます？　実態がよくわからないので確認してみる必要がありますので――ってコマリ様？」

「うあああああああああああああああああああ!!」

私は新聞をぐしゃぐしゃにして絶叫した。

なんだ。なんなんだこれは。心臓が爆発しそうな気分である。

リンズが極悪（と思われる）丞相の手に落ちようとしているのは気に食わない。

だが――それと同時に「リンズが結婚する」という事実が私の脳を揺さぶっていた。

さらに写真の中で彼女が嬉しそうにしているのがトドメだった。

こんな笑顔は私にも見せてくれたことなかったのに……！

「――ヴィル！　今すぐリンズのところへ行くぞ！」

「はい？　いきなりどうしたんですか」

「こんなもの見せられて黙っていられるわけないだろっ！　リンズが……リンズが丞相と結婚しちゃうかもしれないんだ！」

「いやまあそうなんですけどコマリ様らしくないといいますか」

「連絡がないってことは通信手段を奪われているんだ！　今すぐ向かわないと……！」

私はヴィルの腕を引っ張って部屋を出て行こうとする。

しかしメイドの馬をも凌駕する馬鹿力によって引き止められてしまった。

「お待ちくださいコマリ様！　動くのは時期尚早かと思われます」

「遅いくらいだろ！　うーごーけー！」

「いいえ動きません！　とりあえず私の胸を揉んで落ち着いてください！」

「揉んでたまるか!!　そんなもんに興味はないっ!!」

「ひどいですっ！　寝ている間は節操なく揉んでくるのに……！」

「私の記憶がないからって事実を捏造するな！　いいから外に出るぞヴィル！」

「いったいどうなされたのですか！　いつものコマリ様なら『絶対に外に出たくない！』と宣言して私に拉致されるという哀れな運命を辿るのに！　これでは逆ですよ！」

「哀れな運命だと思ってやってたのかよ!?　とにかく私は天仙郷に行くんだぁーっ！」

そんな感じでメイドと激しい闘争を繰り広げていたときのこと。

不意に窓から差し込む陽光が翳った。

なんとなく視線を外に向けたところで――

がしゃあああああんっ!!

窓ガラスが粉々に砕け散って何かが部屋に飛び込んできた。

「コマリ様危ないっ！」

「わあああああ!?」

ヴィルの体当たりを食らって「げふっ」と声が漏れてしまった。いやお前のタックルのほうが危ねえよ――と思ったのだが護ってくれたのだから文句を言うのはお門違いである。

私はヴィルの下敷きになりながら周囲に視線を走らせた。

第七部隊の連中が外で野球でもしているのだろうか……？

「くっ……失礼。失敗した……」

はたしてそこにいたのは見覚えのある少女だった。

それほど印象は残っていないのだが――リンズと一緒にいた従者の夭仙である。

彼女はガラスで全身を傷だらけにしながら床に転がっていた。

「だ……大丈夫⁉　っていうか何でここにいるんだ……⁉」

助け起こそうとしたところで気づく。

割れたガラスによる出血だけではない。よく見れば彼女の身体にはいたるところに攻撃を受けたような傷があった。そのとき――ふと気配を感じて窓の外に視線を向ける。

青空の向こうにフワフワと誰かが浮遊している。

彼らは私の視線を察知すると大急ぎでどこかへ飛んでいってしまった。

「あれは服装からして夭仙郷の軍隊ですね」双眼鏡を覗きながらヴィルが言う。「いったい何をしに来たのやら。コマリ様の顔を見るなり恐れをなして逃げてしまったようですが……」

「……あいつらは僕を狙っているんだよ」

リンズの従者――リャン・メイファがふらつきながら立ち上がった。

血がぼたぼた垂れている。思わず「ひぃっ」と悲鳴を漏らしてしまった。

「テラコマリ……頼みがあるんだ。リンズを救ってほしい……」

「その前に自分の心配をしろよ⁉　おいヴィル！　どこかに包帯とかないか⁉」

「とりあえず使えそうなものはすべて持ってきます」

ヴィルが全力ダッシュで部屋から出て行った。私はメイファの世話をしよう――と思ったけど何をすればいいのかわからない。ここには天仙郷の魔核がないので彼女の傷が治っていく気配もない。クーヤ先生みたいなお医者様はどこにでもいるわけじゃないのだ。

「リンズが……丞相のものになってしまう。そうなれば愛蘭朝は終わりだ……僕はそれを防ぐために戦った……でも丞相の手下に太刀打ちできなかったんだ……」

「しゃべらなくていいっ！　心臓マッサージとか必要か⁉」

「いらない。大した傷じゃないから……」

その瞳に宿るのは強烈な使命感。そして誰かを救いたいと願う純粋な〝意志力〟。

彼女は私をまっすぐ見つめながら懇願するのだった。

「テラコマリ・ガンデスブラッド。失礼を承知で頼みたい。どうかリンズを救っ――」

台詞は途中で途切れてしまった。

何故ならメイファが床に転がっていたヴィルの下着（⁉）で足を滑らせたからだ。

なんでこんなところにパンツが落ちてるんだよ⁉――という嘆きは言葉にならなかった。

しかしさすがは三龍星の従者である。すぐにバランスを取って膝立ちになることに成功。

よかった。ほっと胸を撫で下ろした直後のことだった。

メイファが転びかけた勢いで血液の飛沫がこちらに飛んできていた。

真(ま)っ赤(か)な液体はそのまま私の無防備な口の中へと入り込む。

ねっとりした血の味を感じた瞬間――

どくん。

心臓が高鳴った。

そうして世界は虹色(にじいろ)に染まっていった。

☆

「コマリ様。ふと思ったのですが核領域へ【転移】すればいいのです。そのための魔法石を持ってきました――ってコマリ様？　どうなされたのですか？」

ヴィルが戻ってきた。

私はかぶりを振って立ち上がる。

メイファが不思議そうな顔でこちらを見上げていた。

血が口に入ったのは勘違いだったのかもしれない。一瞬おかしな魔力が走ったような気がしたけれど、いまの私はクールで冷静沈着な希代の賢者なのだから。

私は彼女の手を握りながら振り返った。

「――ありがとうヴィル！　今すぐ魔核が効く場所まで行こう」

「はい。リャン・メイファ殿もそれでよろしいですね？」

「？――ああ。すまない……」

ヴィルが近づいてきて【転移】の魔法石を発動させた。

私の部屋が眩い光で満ちていく。何度味わっても慣れない浮遊感が全身を襲う。

天仙郷で何が起きているのかはわからない。でもリンズやメイファの力になりたい。

とりあえず核領域で話を聞くことにしよう。

あと下着をほったらかしにしていたヴィルは後で叱っておくとしよう――色々と考えているうちに私の身体はどこか遠い場所へと飛ばされてしまった。

1 これが恋というモノなのか？

Hikikomari the Vampire Countess no Monmon

核領域・フレジール温泉街。

こないだ殺人事件とか誕生日パーティーとかで色々あった紅雪庵(こうせつあん)——その休憩室で私たちは向かい合っていた。落ち着けそうな場所がこの旅館くらいしか思いつかなかったのだ。

「……ありがとう。おかげで助かった」

メイファはホットココアを飲んでいるうちに平静を取り戻したようだった。

ちなみに彼女の傷は魔核(まかく)によってすっかり治ってしまった。

「メイファ殿。いったい何が起きたのでしょうか。先ほどガンデスブラッド邸にやってきたのは天仙郷(ようせんきょう)の兵士たちのように見えましたが」

ヴィルが〝チョコまんじゅう〟を食いながら言う。いやお前……真面目(まじめ)な話をしてるのに温泉名物に舌鼓(したつづみ)を打つなよ。私も食べたくなってくるじゃないか。

「……あれは天仙郷軍の兵士だよ。グド・シーカイに反抗的な僕を排除しようとしている。いや正確にいえば〝リンズの味方〟全員を武力によって消そうとしているんだ」

「何故(なぜ)そんなことをする必要があるのでしょうか」

「決まっているさ。やつはリンズから力を奪ってしまいたいんだ。リンズは次期天子だからね……彼女さえ無力化してしまえば自分がその地位を獲得できると思っているらしい」

「でもグド・シーカイは市井では大人気らしいですよね？　税金を軽くしたり福祉制度を充実させたりと有能っぷりを発揮しています。六国新聞にもちゃんと書いてありますよ――『国民は丞相の偉業を讃えて各地に石碑だの石像だのを建てて崇めている』だそうで」

「丞相の人気は無辜の血によって作り上げられているんだよ。あれだけの犠牲を強いて獲得した支持率に価値があると思うか？」

「それはどういうことでしょう？」

「あいつは自分が権力を手に入れるためならどんな犠牲も厭わない。そのせいでリンズの支持者たちは……そしてリンズ自身は……！　とにかく野放しにしておけないんだ！」

　メイファが立ち上がろうとする。

　私は慌ててそれを引き留めた。

「おいちょっと待て！　無策に突っ込んだらまた怪我するだけだぞ⁉」

「怪我はどうでもいい！　あなたたちが協力してくれないのなら僕は一人で行く！――って、わ、ちょっ、急にしがみついてくるな⁉」

　メイファが顔を真っ赤にして私をひっぺがした。

　ん？　なんか反応が妙だったような気が。

まあいいか――と思っていたら「コマリの言う通りよ」と静かに窘める声が聞こえた。

「焦ったってしょうがないでしょうに。まずは情報を整理することが先決でしょ?」

私の隣に桃色の髪の翦劉が座っている。

ネリア・カニンガム。私の友人にしてアルカ共和国の大統領だった。

メイファが狼狽して再び椅子に腰かけた。

「失礼。……ところで何故アルカのカニンガム大統領がここに?」

「もともとコマリに会おうと思ってたの。でも緊急事態だっていうから別の機会に――するのはやめて会いに来ちゃった。ちょうど夭仙郷の話をするつもりだったからね」

そうなのである。メイファと一緒にフレジールまで移動したところでネリアから「今日会える⁉ 会えるわよね⁉ ありがとう今から行くわ‼」という強引な連絡が届いたのだ。

そして気づいたら〝月桃姫〟が紅雪庵までやって来ていた。

ネリアはさっきから私の頭をナデナデしている。しかも自分のチョコまんじゅうを私に半分わけてくれた。こいつは私を妹か何かと勘違いしているんじゃなかろうか。まことに遺憾である――がそれはそれとしてチョコまんじゅう美味しい。

ネリアは私の口元についたチョコを布巾で拭いながら「ねえメイファ」と話を続ける。

「天仙郷の丞相は国民から大人気。でもその裏では口に出すのも憚られるような悪事をやっている――っていうのがあなたの見解よね?」

「ああ」

「たぶん間違ってないわ」

ヴィルが呆れたように「何を言っているのですか」と肩を竦めた。

「憶測でものを言うのは控えたほうがいいですよ。あとコマリ様から離れてください」

「憶測じゃない。――最近マッドハルト時代の機密文書とかを整理してるんだけどね。どうやらあいつは夭仙郷のグド・シーカイと違法な取引をしていたみたいなのよ」

ネリアが何かの資料を取り出した。

「具体的には罪人収容施設・夢想楽園で培った技術の提供。違法な神具の密輸。そして数多の違法薬物の売買。つまりマッドハルトとグド・シーカイは裏で手を結んでたってことね」

「本当なのか⁉」メイファが驚愕して身を乗り出した。「そうだとしたら……やはり放ってておくわけにはいかない！　実はグド・シーカイには人間を誘拐して人体実験しているという噂があるんだ。もしかしたら夢想楽園の延長なのかもしれない……」

「そうね。だから私は夭仙郷を見過ごすことができないのよ」

ネリアが真剣な顔で私の肩をモミモミしながら言う。やめろ。気持ちいいだろうが。

「これはアルカの前政権のやらかしでもある。私にも責任の一端がないとは言えない――だから丞相のことをもっと詳しく調査する必要があるわ」

「カニンガム大統領にご協力いただけるとはありがたい……！」

なんだか私のいないところで同盟が成立しそうな雰囲気である。

とにかく話を整理してみよう。まず夭仙郷には国民に人気の丞相がいる。でも実際は裏でめちゃくちゃ悪いことをしている。だからこのままだと国の行く末が危うい。そして——それに巻き込まれている可哀想な少女がいる。

「リンズは……リンズはどうなっちゃうんだ?」

「リンズはいま宮殿に幽閉されてる。手籠めにされようとしているんだ」

「手籠め⁉」

「憎々しいことにね。……シーカイが天子一族と結びつけば止める手段はもうない。禅譲を強制して王朝交代を起こすんだろう。そうなればリンズの自由は永久に失われてしまう」

ドクンと心臓が跳ねた。

それは。それは看過できない。

リンズが丞相と結婚するのを想像すると胸が痛くなる。というか自分がリンズと結婚したいような気分になってくる。いやいや。やっぱりおかしい。リンズのことは心配だ。丞相も許せない。ここまではいい。でも私の心は正義感だけで動いているわけでもない気がする。

やっぱりこれは……恋なのか?　そんなアホな。

「……すまないテラコマリ」

「え?」

何かに気づいたメイファが苦虫を噛み潰したような顔をしている。

よくわからなかった。不意にネリアが「決まりね！」と楽しそうに言った。

「アルカ・ムルナイト・夭仙郷による対グド・シーカイ同盟の結成よ。とりあえず行動方針は私が決めるわ。今回は慎重に行動する必要がありそうだからね」

「わかりませんね。コマリ様が烈核解放で大暴れすれば一瞬で片付くと思うのですが」

「それじゃあダメよ。グド・シーカイは絶大な支持を得ている。武力でナントカしたらこっちが顰蹙を買うわけ。つまり相手の悪事の証拠を摑んで暴露しなければならない」

つまりマッドハルトのときみたいにはいかないってわけか。

「コマリもいいわよね？　先生からのメッセージがあったんでしょ？――『夭仙郷の人たちを助けなさい』って」

「うむ……そうだな」

リンズが取られるのは嫌だという私情。夭仙郷が蹂躙されるのを見過ごせないというちっぽけな正義感。そして温泉宿で遭遇した影・キルティから伝えられた母の言葉――すべてが重なり合って目的意識が形成される。今回は「引きこもりたい～！」なんて言ってられないのだ。

「よし！　リンズのために頑張ろうじゃないか！　まずは夭仙郷に――」

「――話は聞かせてもらいましたっ!!」

私は己の耳を疑った。

メイファやヴィルもびっくりして振り返っていた。

そこにいたのは――六国新聞のパパラッチどもである。

「どうやら閣下は壮大な戦いに身を投じるおつもりのようですねっ⁉　素晴らしい‼　素晴らしすぎます‼　せっかくなので密着取材させていただいてもよろしいですか⁉」

「密着取材とかめんどくさいですよ絶対残業代出ないやつですよ帰りたいですよもう」

「黙りなさいティオ！　私たちは金じゃなくて遣り甲斐のために働いているのよっ！――失礼いたしましたガンデスブラッド閣下！　まずはお写真を撮らせていただきますね！」

メルカは無遠慮にパシャパシャとシャッターを切りまくっていた。

私は慌ててネリアの背後に隠れる。しかし彼女の手で前に押し出されてしまった。

「おいネリア！　侵入者がいるぞ⁉　追い出さなくていいのか⁉」

「私が呼んだのよ。使えるわよこいつらは」

「何に使えるんだよ⁉　確かに六国新聞はスイカ食べるときに重宝するけどさ」

「そうです私たちは重宝される六国新聞なのですっ！」

ずいっ！　と蒼玉少女が身を寄せてきた。

例によって距離感がおかしい。ソーシャルディスタンスという概念がない。

「世間では有能宰相とされるグド・シーカイに裏の顔があったとは驚きですねえ！　先ほどカニンガム大統領は『機密文書』と仰っていましたがそれを公開していただくことは可能ですか

ね⁉　それとアイラン・リンズ殿下はどうなってしまうのですかね⁉　たった今アルカ・ムルナイト・夭仙郷の同盟が成立したようですが今後の指針は⁉　ガンデスブラッド閣下がこれから天仙郷に殴り込みに行くという解釈でよろしいですよね⁉」

「よろしいです」

「よろしくねえよ何言ってんだヴィル‼　話聞いてたのか⁉」

「当方聞いておりませんっ！　なので詳しくご説明くださいっ！」

「だから近いって――」

「まあ待ちなさいパパラッチ。そうがっつくとコマリに嫌われちゃうわよ？」

ネリアが助け舟を出してくれる。でも私にはわかるのだ。その程度の言葉で捏造新聞記者が素直に引き下がるはずもない。ゆえに私は美味しいお菓子を賄賂として振る舞うことによってお引き取り願うべく食べかけのチョコまんじゅうを準備して――

「――おやおや！　これは失礼いたしました！　強引な取材は忌避されますものね！」

メルカがニッコリ笑って一歩引いた。

あれ？　こいつってこんなにアッサリしてたっけ？　それとも大統領パワー？　何それ私も大統領になりたい。

「ふふ。そう焦らなくてもいいわ。あなたたちには極上の情報をあげるから。そのかわりに後で利用させてもらうけれど」

「ほうほう！　それは楽しみですよねえ！　つまりこれは取引であると」

「メルカさんやめといたほうがいいですよ。骨までしゃぶり尽くされた挙句に蚊のように殺されるのがオチですって。まあメルカさんがどうしてもって言うなら止めませんけどね。そのかわり私は温泉に浸かってさっさと帰りますので後はよろしくお願いしますにゃんっ⁉」

「黙れ腰抜け‼　スクープ独占するチャンスを手放すなんてお前は脳味噌まで猫なのか⁉」

「猫ですけど⁉」

ティオがメルカにヘッドロックされて「にゃにゃにゃ⁉」と悲鳴をあげていた。

よくわからないがネリアとメルカの間で何らかの探り合いがあったらしい。

「……ねえヴィル。こいつら何を考えているのかな」

「きっとコマリ様の恥ずかしいシーンを盗撮するための同盟でしょうね」

「そうなの⁉　なんてやつらだ……！」

戦々恐々とした。この世には変態しかいないことを再認識させられた。

ネリアが「まあとにかく」と話を変える。

「私たちの目的は一つ――丞相の悪事を公然のものとして弾劾すること。そうすればリンズの結婚も解消になってハッピーエンドよ」

「新聞記者は丞相の悪事を世界に知らしめるためのスピーカーというわけですか」

「そういうこと。だから作戦が終わるまでは無闇な捏造報道は控えてほしいんだけど――メルカ・ティアーノだっけ？　あなたはそれで納得かしら？」

「もちろんですともっ！」

メルカが満面の笑みを浮かべた。

ティオが「納得できません」とぼやいて頭を引っ叩かれていた。

「こんなに美味しい話を聞かされてしまっては少々大人しくなるしかありませんねえ！　しばらく大統領の言う通りに動きましょう。世界をより良くするビジネスのために」

「なーんだ。意外と話のわかるやつじゃない」

おいネリア。こいつを信じちゃいけないんだ。下手すりゃお前も「大統領の趣味はメイド少女⁉」みたいな記事を書かれるんだぞ。そうなったら被害者の会を結成して抗議しような。

「――さて。まずはグド・シーカイの為人を暴きたいと思うんだけど」

「やつは疑う余地のない悪人だ」メイファが吐き捨てる。「天子陛下も操られているんだ。あいつのせいで朝廷はめちゃくちゃになった……無事だろうかリンズは……」

胸の奥がきゅうっとなった。

リンズは閉じ込められているのだ。一人で泣いていたりしないだろうか。

「メイファはリンズに会えるの……？」

「もう半月も会ってない。僕は国外追放されてしまったからね」

「くそ。リンズのことが気になるな……」

「そうね。じゃあちょっと聞いてみようかしら」

「……？　誰に？　何を？」

「丞相に。リンズのことを」

そう言ってネリアは懐から魔法石を取り出した。

緑色に輝く高級そうな一品。ヴィルが「まさか」と驚いたように口を開いた。

「それは……ホットラインですか？　各国のトップ同士が持っているという」

「うん。だから直接聞いてみようかなって」

ネリアが通信用鉱石に魔力を込めた。

え？　直接ってマジ？　本当につながるの？――そんなふうに誰もが呆気に取られて数秒沈黙する。やがて鉱石の向こうから快活な声が聞こえてきた。

『はい！　こちら天仙郷丞相兼星辰大臣のグド・シーカイです！』

………………。

……本人出ちゃったんだけど？　大丈夫なのこれ？

『いかがなさいましたかカニンガム大統領!?　わざわざ連絡をくださるなんて光栄です！　こうしてお話しできたのも天女たちが我々の運命を導いてくれたおかげなのでしょうねっ!?』

「どうでもいいわ。ただ確認したいことがあってね」

『――なっははは！　なるほどリャン・メイファのことですか！』

シーカイが面白そうに笑う。

『ムルナイトに逃げ延びたと聞きました！　いやあ無事でよかったよかった！　尊い命が失われることがなくて本当によかった！　そうして結局アルカを頼ったのですね⁉』

「丞相……！　貴様……！」

『嗚呼！　猛獣の唸りが聞こえますな。いったい誰に牙を剝こうとしているのやら。しかし大統領は私に何をお尋ねしたいのです？　夭仙郷の景勝地ならいくらでも教えられますよ』

「あなたが悪事を働いているって聞いたのよ」

遠慮という言葉を知らないらしい。ネリアはズバズバと切り込んでいった。

「愛蘭朝を乗っ取ろうとしているって本当？　国民を誘拐して夢想楽園の続きをやってるって本当？　全国に石碑を作らせて自分を崇拝させてるって本当？」

『これは手厳しい。しかしどれも事実無根の風評被害ですなあ！　私は夭仙郷をよりよくしていこうと身を砕いているだけなのに！』

「ふーん……ちょっと替わるわね。コマリがあなたに文句あるって」

ネリアは通信用鉱石を私に差し出してきた。

え？　なんで？――――困惑しているうちに鉱石の向こうから声が聞こえてきた。

『コマリ？　もしやガンデスブラッド将軍ですかな？』

「そ――そうだぞっ！」

躊躇している場合ではなかった。私は握った拳に力をこめて叫ぶ。

「リンズは無事なのか!? お前がリンズにひどいことをしているって聞いたぞ!?」

『先ほど事実無根だと言いましたが？ 私がリンズ殿下を害した証拠はないでしょうに！ なに彼女を幽閉しているだって？ 嗚呼！ 私がそのような恐ろしい真似をするはずがないっ！』

「でも現にリンズは外に出てこないそうじゃないか！」

『本当に悲しいことです！ リンズ殿下は体調を崩しているのですよ……そもそもリンズ殿下は私の婚約者！ 自分の花嫁を不当に苦しめる人間など人間ではありませぬ！』

メイファァが歯軋りをした。ネリアが冷ややかな目で通信用鉱石を見つめる。

シーカイの態度は挑発的だ。彼の言葉からはリンズに対する思いやりが感じられない。

「リンズが結婚したいなんていつ言った!? 強制されてるだけじゃないのか!?」

『まさか！ リンズ殿下はご自分の意志で未来を選んだのですっ！ あなたは新聞を見ていないのかね？ なに見ていないって？ 彼女の幸せそうな笑顔が載っているから確認してくだされ！

嗚呼！ なんて美しい笑顔なんだ！ トレビアン！』

心臓をニギニギされたような気分だ。何だよトレビアンって馬鹿なのかよ。

でも……言われてみれば確かにリンズはシーカイの隣で笑っていたのだ。

『リンズ殿下は私と添い遂げるおつもりです。それが国のためだとお考えのようです。そして何より彼女は私のことを憎からず思っている！ これは揺るぎない現実なのですっ！』

「お……お前の思い込みって可能性もあるだろ⁉」

『ありません！　リンズ殿下は私のことを〝愛してる〟と言ってくださいました！』

「はあ⁉　嘘つけ‼　妄想だ妄想‼」

『魔法石で録音もしました。聞きたまえ――小鳥のさえずりのような美しい声を！』

『愛してる』

　通信用鉱石からリンズの声が聞こえてきた。そんなの録音すんなよ変態かよというツッコミは喉の奥に引っかかって出てこなかった。

　愛してる。愛してる。愛してる――脳が溶けるかと思った。リンズの声でそんなことを言われたらおかしくなってしまう。心臓が爆発してしまう。いやそうじゃない。

　リンズは。リンズは本当に結婚を望んでいるのか……？

『昨日はリンズの手作り料理を食べさせてもらったねえ！』

「はあああああ⁉」

『政務で疲れた私の頭を撫でてくれたりもしたねえ！』

「はあああああああああああ⁉」

『なに妄想だろって？　おやおや！　それは半分正解だっ！　これは妄想じゃなくて冗談。結婚前にそんなことをするわけないだろう？　キミは存外面白い反応をするのだねえ』

「ふざけやがって‼　私を悶々とさせるな‼」

「あの……コマリ様？」

「なんかテンションおかしくない？　丞相のペースに乗せられてない？」

　私情と正義感が綯い交ぜになって私の心に火をつける。

　やはりリンズをこんな男にとられたくない。結婚なんてもってのほかだ――そしてグド・シーカイは私に対して決定的な挑戦状を叩きつけるのだった。

『そういえば！　結婚披露宴は来週行われる予定なんだ！　皆様も招待しようじゃないか』

「なっ――」

『せっかくだから各国の要人たちを招待して盛大にお祝いしてもらおう。実にトレビアンだねえトレビアン！』

「全然トレビアンじゃねえよ!!　離婚しろ!!」

『ふっ。まだ結婚してないんだから離婚もない。でも私と結婚すればリンズは将来安泰さ――つまりこれは彼女のためを思った婚儀！　嗚呼！　私はなんて優しい夫なのだろう！』

　何が将来安泰だ。結婚なんかしたらリンズは後戻りできなくなる。そして天仙郷もろとも丞相の手に落ちてしまうだろう。そうなればゲラ＝アルカ共和国みたいな残虐な事態に発展するかもしれない。だってこいつは夢想楽園の真似事をやっているのだから。

「許せない……許せない……！」

『許す許さないは天が決めることさ。あなたに決定権はないねえ』

私は我慢の限界を迎えてしまった。

だんっ!!　と椅子を引っ繰り返すような勢いで立ち上がる。

そうして頭に思いついた台詞を吟味せずに吐き出していた。

「――リンズはお前と結婚しない！　あいつは私を頼ってきたんだ！　丞相にひどいことをされているから助けてほしいって！　あの瞳は本当だった！　新聞に載っている笑顔は嘘だったんだ！　リンズは私のモノだ！　首を洗って待っていろ！　結婚披露宴なんて私が――」

『おっとトイレに行きたくなった！　じゃあねガンデスブラッド将軍！　アデュー』

「おい!?　まだ話は――」

ブツッ。躊躇ナシに切りやがった。

不意に手の甲にチクリとしたものが走る。かすかなカラス形の痣は未だに治ることがなかった。

リンズがムルナイト宮殿に来た直後くらいにできた気がするから、しばらく経つんだけど――だが気にしている場合ではない。私は通信用鉱石をネリアに突きつけて叫んだ。

「――絶対に！　リンズを取り戻してやる！」

「いやまあ丞相の態度がムカつくのはわかったけど。今回のコマリは気合入ってるわね」

「入ってるどころではありませんよ。先ほどコマリ様は『リンズは私のモノ』などという耳を疑うような発言をしていました。あれは私の幻聴だったのでしょうか」

「げ……幻聴に決まってるだろ！」

ヴィルが「なーんだそうですよね」と溜息を吐いた。

「とにかく！　天仙郷を放っておくわけにはいかないんだ！」

「そうね！　わかったわ！」ネリアが嬉しそうに笑って立ち上がった。「なんかこっちの思惑が丞相側に伝わっちゃった感があるけれど——さっそく天仙郷に乗り込みましょう！」

メイファが涙を潤ませて「ありがとう」と呟いた。

「ガンデスブラッド閣下を頼ってよかった……やはりリンズの目は間違ってなかった」

「安心しろメイファ。ヴィルやネリアがいれば百人力だからな」

「ああ。いざとなったら閣下が敵を吹っ飛ばしてくれるだろうしな……」

「…………………」

いやまあ。私はあくまで平和的に物事を解決したいんだけど。

できれば話し合いか賄賂がいいんだけど——そんな感じで微妙な気分を抱いていると再びカメラのシャッターが切られた。メルカが興奮して撮影しまくっているのだ。

「なんと勇ましいお姿でしょう！　奸臣に蹂躙されようとしている他国のために立ち上がる義侠心！　これぞ世界をオムライスにするテラコマリ・ガンデスブラッドですねっ！」

「その通りだ。だが世界をオムライスにするなんて言った覚えはない」

「とにかくアルカ・ムルナイト・天仙郷の同盟はグド・シーカイに宣戦布告をするということですね⁉　いやあこれだけで大スクープですよ！　新聞が爆売れですよっ！」

「記事はアルカ政府で検閲させてもらうわ。変なこと書くんじゃないわよ？」

「承知いたしましたっ！」

メルカは詐欺師のようなツラをして言った。

こうして天仙郷を巡る新たな戦争が幕を開けるのだった。

「我々は清廉潔白な新聞社です！　事実だけしかお伝えいたしませんっ！」

※

六国新聞　3月18日　朝刊
『コマリン閣下「リンズは私のモノだ」
【帝都──メルカ・ティアーノ】ムルナイト帝国七紅天大将軍テラコマリ・ガンデスブラッド氏と天仙郷丞相兼星辰大臣グド・シーカイ氏の会談が行われた。グド丞相は天仙郷三龍星アイラン・リンズ殿下との結婚を表明しているが、ガンデスブラッド将軍がこれに異を唱えた。将軍は「リンズは私のモノだ。お前には絶対に渡さない」と略奪の意思を明らかにした。さらに来週21日に予定されている結婚披露宴に乗り込んで花嫁を奪うとも宣言。ガンデスブラッド将軍のカップリングについては依然専門家の間で激論が戦わされているが、ここにきて予想外のダークホースが浮上した形となる。というよりも将軍にとってはアイラン・リンズ殿下こそが本命なのかもしれない。国家を巻き込んだ泥沼のラブコメディに期待したい。』

☆

「な……な…………なんですかこれ⁉︎⁉︎⁉︎」

ビリビリビリビリ‼︎――新聞を破きながらヴィルが絶叫していた。

天仙郷京師・華の都。

私は溜息を吐きながら窓の外を見た。

そこに広がっているのは豪華絢爛でオリエンタルな大都市の風景である。

朱塗りの建物がずらりと連なる光景を見ていると異界に飛び込んでしまったかのような錯覚を覚える。私はてっきり東都のような街を想像していたのだが随分様子が異なっていた。

天照楽土の〝花の京〟は低い和風建築が建ち並ぶ優美な街並み。

一方で天仙郷の〝華の都〟は華美な楼閣や高層建築が軒を連ねる壮麗な街並みだ。しかもそれぞれがアーチ状の架け橋によって縦横無尽に接続される立体中華都市。

現在、私たちは天仙郷の京師に侵入を果たして機をうかがっていた。

いや侵入という表現は適切ではないかもしれない。なんとシーカイが披露宴の招待状を送ってきてくれたのだ。しかもホテルまで手配してくれるという至れり尽くせりな扱いだった。

私たちのことなんて脅威ですらないらしい——いやまあ。それよりも。

「許せません許せません!!　今すぐ六国新聞本社に自爆テロを仕掛けて抗議しましょう！　そして焼け野原に私とコマリ様がチュウしている銅像を建てて愛と武力を誇示しましょう！」

「いや落ち着けよ!?　なんでお前はそんなに暴れてるんだ!?」

「この記事が捏造だからです!!」

「いつものことだろ」

とツッコミを入れてから気づいた。ヴィルがあまりにも大悩乱しているのでむしろ私の心が静かになってしまっているのだ。六国新聞に対して憤怒を滾らせるべきなのに。

いや——本当にそうなのだろうか？

何故かこの新聞を読んでいると胸がドキドキしてくる。捏造された不快感よりも「恥ずかしい」という感情だけが肥大化していく。これまでの記事のときとは微妙に違う感情だった。

「はやく例の新聞記者どもを呼び出して釜茹での刑に処しましょう。世界の秩序を保つためにはやむを得ぬ犠牲です。あとこの記事を通したカニンガム殿にも抗議をしましょう」

「大袈裟だな。今はそんなことしてる場合じゃないだろ」

「あれを見てもまだそんなことが言えるんですか？」

ヴィルが指さす先——そこには体育座りのサクナがいた。

新聞の切り抜きにプスプスと釘を刺している。全身から得体の知れない鉛色のオーラを放っている。新しい釘をつまむたびに「おかしい。おかしい。世界は間違っている」と意味不明な呟きを発していた。あれはいったい何なのだろうか。

「サクナは怖い夢でも見たの？」

「似て非なるものですね。夢ではなく現実なのですから」

意味がわからなかった。不意に「あのっ！」と恐縮したような声が聞こえた。

紅褐色(こうかっしょく)の髪が特徴的な少女――エステル・クレールである。

「ヴィルさんもメモワール閣下も。あまり心配することではないかと思われます」

「どういうことですか？　これで心配しなかったらコマリオタクの名が廃(すた)れますよ」

「そうですよ……放置しておけば外堀がどんどん埋まってしまいますよ……やっぱり今すぐ殺して記憶を改竄(かいざん)しなくちゃ……」

「だ、大丈夫ですよ！　カニンガム大統領はそれなりの思惑があってこの記事に許可を出したのだと思います。おそらく――大統領は丞相VS閣下の構図を明確にしたかったのです」

サクナが顔を上げる。ヴィルが「その発想はなかった」と目を丸くする。

「今回は魔法や烈核解放で片付けられる問題ではありません。丞相の表の顔は名宰相です。力でねじ伏せればこっちが悪人になってしまいます。そうなると重要なのは国民の声でしょう。これは大統領が世論を操作するために打った布石なんだと思います……あっ！　いえっ！　あくまで浅学菲才(せんがくひさい)の身の憶測にすぎないのですが……！」

「エステルの言う通りですね」ヴィルが落ち着きを取り戻して言った。「そもそもコマリ様には結婚する予定などございません。新聞によって世間の人間が踊らされたとしても我々には関係のないことです。メモワール殿も呪いの儀式はやめて立ち直ってください」

「はい……ちょっと正気を失っていました」

サクナが照れたように笑って新聞を氷漬けにしてしまった。

やっぱりエステルってすごい。一家に一人は欲しい。

「そういえばネリアさんはどこにいるんですか？」

「メイドを引き連れてコソコソと京師を走り回っています。丞相の悪事の証拠を集めているようですね――我々は彼女から連絡があるまで待機しなければなりません」

「どう考えても大統領のやる仕事じゃないよな。それで私たちは何をすればいいんだ？」

「閣下！　我々は実行部隊ですよ」

エステル曰く以下のような布陣らしい――ネリア・ガートルード・メイファ・第七部隊の連中（こいつらは招待されていないので完全なるスパイである）は密偵として京師を奔走。私・ヴィル・エステル・サクナの四人は実行部隊としてホテルに待機。ネリアたちが丞相の不正を暴露した後に力尽くでリンズを奪還する役目だ。

思わず溜息を吐きたい気分になってしまった。

結局肝心なところは腕っぷしにモノを言わせるらしい。できることなら怪我をしない感じで丸く収めたいのに。あの隕石みたいな超パワーは何度も発動したくないのだ。

不意にいずこから歌が響いてきた。楽団がリンズの結婚を祝福しているのだろう。

「お祭り騒ぎですね。どこもかしこも公主結婚の話題で持ち切りです」

「結婚式は明後日だったよな？　なんとかなるのか？」

「あの……結婚式場を爆破するとかどうでしょうか……？」

「え？　何言ってんのサクナ？」

「名案ですが不可能ですね。結婚披露宴には各国の重要人物も招待されております。怪我でもさせたらムルナイト帝国の危機ですよ。ちなみにリオーナ・フラット将軍やズタズタ殿も来ているそうです」

「あいつどこにでもいるんだな……そういえばカルラは招待されてないのか？」

「さあ？　アマツ殿は何やら忙しいようですが……」

いずれにせよ京師は世界の注目を浴びているらしい。こんな状況で結婚式を開かれてしまったら「やっぱり離婚します」と言い出すこともできないだろう——

ぐう。

お腹が鳴った。思わず顔に熱がのぼる。ヴィルが「仕方ないですね」と肩を竦めた。

「コマリ様のお腹が『肉を寄越せ』と主張しています。肉を食いに行きましょう」

「主張してないっ！　というか勝手に出かけていいの……？」

サクナが「大丈夫だと思いますよ」と笑った。

「私たちは丞相さんから招待されているお客様ですから。聖都に侵入したときみたいに隠れて行動する必要はないです。まさかいきなり襲われたりはしないでしょうし……」

「それを言うとフラグになりそうだからやめてくれないか？」

「ご心配には及びません！　皆様は私が責任をもって護衛いたしますので――って私なんかより閣下のほうが一千億倍お強いですよね……！　申し訳ございませんっ……！」

「というわけです。京師には様々な珍味があるらしいので楽しみですね」

「ふむ。そうか。そういうことなら行くのも吝かではない……」

そんなこんなで私たちは京師を散策することになった。

☆

天仙郷京師にそびえている天子の居城〝紫禁宮〟。

その離れに巨大な塔が屹立している。王朝に歯向かった者を閉じ込めるために昔の天子が建てた施設らしい。しかし今はその一室に王朝の要たるリンズ自身が幽閉されていた。

「なんで……」

リンズは窓の格子を握りしめながら歯軋りをした。

眼下には雑多な京師の光景が広がっている。

どこもかしこも祝福ムード。丞相グド・シーカイの善政を讃える声もあがっていた。紫禁宮の正門には彼を謳(うた)った七言律詩(しちごんりっし)の扁額(へんがく)まで掲げられているから始末に負えない。

グド・シーカイは人面獣心の奸臣だ。

リンズを支えてくれる仲間たちは彼によって投獄されてしまった。

自分のために傷ついていく者たちを思うと心が痛んで仕方がなかった。

「グド・シーカイ。私は負けない」

「嗚呼！　私の名前を呼んでくれるとは光栄だね！」

いつの間にか背後に本人が立っていたのでビクリとしてしまう。この塔には一方通行の門が設置されていることを思い出す。いきなり【転移】してきてもおかしくはない。

「どうだい塔の生活は？　意外と快適だろう？」

「……どこが？　ここは罪人を閉じ込める場所でしょ」

「いやあヒドイねえ。私はキミを不埒(ふらち)な天命から守ってあげようと思っているのに。三回の食事もティータイムのおやつも与えているじゃないか。何が不満なんだい？」

不満などいくらでもあった。

メイファのこと。王朝のこと。そして結婚のこと。しかしそれを口に出したところで「トレビアン！」などとほざいてはぐらかされるのは目に見えていた。この男はリンズのことを見ていない。

リンズの身体に宿っている〝価値〟にしか興味がない。

「ふむ」シーカイは腕を組んで笑う。「どうやらリャン・メイファは助けを求めたようだね」

「⁉——メイファは無事なの⁉」

「無事さ。そもそも私が夭仙を害すると思うかい？　思うのだったらヒドイねえ。少しは信頼してくれてもいいのに。キミは私が誰かを傷つけるシーンを見たことがないだろう？」

「………」

「まあいい。リャン・メイファはムルナイト帝国とアルカ共和国に助けを求めたらしい。六国新聞にもそう書いてあったし、何より実際に宣戦布告を受けてしまったから間違いない」

「宣戦布告……？」

「テラコマリ・ガンデスブラッドはキミを奪い返すつもりのようだね」

胸に衝撃が走った。

希望。歓喜。そして同時に罪悪感が湧き上がってくる。

わかっている——彼女はメイファの烈核解放で〝リンズ大好き人間〟にされているのだ。

「なっははは！　キミは本当に恵まれているねえ。テラコマリ・ガンデスブラッドといえば世界を救った大英雄だ。そんなものに『花嫁を奪ってやる！』なんて言われたら普通の人間は萎縮してしまうだろうねえ」

「あなたは……違うというの？」

「無論！　私は丞相としての確かな実績がある！　そして国民からの絶大な支持がある！」

「でも……皆はあなたが裏で何をやっているのか知らない……」

「裏は関係ないさ。実質的に彼らが喜んでいればいいのだよ——これがゲラくんとは違うところでねえ。彼はちょっと暴力的にやりすぎたんだ。『民を貴しと為し社稷之に次ぐ』。『水は舟を載せ又た舟を覆す』。色々な金言を教えてあげたのに有効活用してくれなかった」

〝ゲラくん〟とはアルカの前大統領マッドハルトのことだろう。

やはりこの男はゲラ＝アルカとつながって悪事を働いていたのだ。

「……何が言いたいの」

「つまりテラコマリ・ガンデスブラッドに脅されても私が動じる道理はないってことさ。なにリンズを奪うって？　力尽くでかい？　そんなことをしたら！　いかな大英雄でも夭仙郷の神仙種たちからブーイングが巻き起こることはカンタンに想像できるよねえ！」

やはりこの男は用意周到だった。

戦闘能力は欠片もない。だが人の感情を掌握することに長けていた。

「リンズ。もう諦めたらどうだい？　公主や三龍星の地位に意味はない。キミを縛り上げる鎖みたいなものだ。愛蘭朝がキミに何をしてくれた？　何もしてくれなかったよね？　いや——キミの身体には凶悪な呪いがかけられているじゃないか。それはすべて王朝のせいなんだよ」

「だからって……他人を傷つけていいはずがないよ」

「なっははは！　キミはピュアで美しいねえ」

悔しさで歯嚙みしてしまった。

自分はこのまま牢獄の中で一生を終えることになるのだろうか――

「――ん？　ネルザンピ卿か」

シーカイが通信用鉱石を取り出した。大臣から連絡があったらしい。

ふと京師の街並みが騒がしくなったような気がした。

リンズは何となしに窓の外に視線を向ける。そこかしこで何かが爆発していた。祝砲の類ではない。誰かと誰かが戦っているらしいのだ。暴動でも起きたのだろうか？――そんなふうに怪訝な気持ちを抱いた直後。

ぞくりと鳥肌が立った。

強大な魔力。すべてを包み込む鮮烈な殺意。

何かがこちらに近づいてくる。

「なんだって!?　テラコマリが……」

珍しく焦りの声があがった。

リンズは気持ちが逸るのを感じる。六国大戦のときに感じた膨大な力と同じだった。心当たりは一つしかなかった。これは――テラコマリ・ガンデスブラッドの烈核解放。

「ほう！　噂に違わずラディカルなお方のようだ！　武力では根本解決にならないとわかってい

るだろうにねえ！――リンズ！　どうやらお迎えが来たみたいだよ」

次の瞬間。

黄金の突風が牢獄を吹き抜けていった。

☆（すこしさかのぼる）

京師は帝都と比べてかなり賑やかな雰囲気だった。天に届かんばかりの高層建築。空中・地上を問わず行き交う天仙たち。お昼時のためか四方八方からいいにおいが漂ってくる。

「コマリさん。行きたいお店はありますか？」

「えぇ～？　迷うなぁ。オムライスも食べたいけど流石に今回は違う気がするしな……」

「コマリ様。あそこにスッポンの生き血が売ってますよ」

「やめておこう」

「身長が伸びるって書いてありますよ」

「その手には乗らないぞ！」

騙そうとしても無駄だ。私はもう牛乳しか信じないと決めたのだ。

「ところでネリアを差し置いて観光してていいの？　あいつら色々頑張ってるんだろ？」

「先ほどカニンガム殿から連絡がありました。あちらも京師一等地の高級飲茶でお昼を食べているそうですね。美味しい餃子でほっぺが落ちそうだと自慢されました」

「何それずるい！　私も食べたい！」

「こちらは対抗してゲテモノ料理といきましょう――おや？　あそこのお店では熊の手やニワトリの足を出してくれるみたいですよ。さっそく入ってみますか？」

「ヴィルヘイズさん……コマリさんが嫌そうなお顔をしていますが……」

「恐れながら提案させていただきますっ！」

エステルが恐縮したように手を挙げる。まだまだ堅苦しい面が抜けないようだ。

「ガイドブックによれば『天竺餐店』というお店を選べばハズレがないそうです。ちょうどそこにあるのでいかがでしょうか……？」

「その本どうしたの？　めちゃくちゃ付箋が貼ってあるけど」

「旅行ガイドです！　京師に潜入すると聞いて下調べをしておきました！」

さすがエステルだ。他の第七部隊の連中と違って気が利くな。ヴィルのやつも感心したように「ではそこにしましょうか」と頷いている。このメイドはエステルの意見には素直に従うことが多いのだ。私の意見にも素直に従ってくれればいいのに。

異論がなかったので私たちは『天竺餐店』に足を踏み入れる。

店員さんに席まで案内してもらうとさっそくメニュー表を開いてみた。

餃子。饅頭。冷菜。スープに色々な麺類――どれも美味しそうで選べない。

「見てくださいコマリ様。〝マグマ風味のゲキカラ麻婆豆腐〟というのがありますよ。食べると口の中が大爆発して歯が生えていたはずの場所が更地になるそうです」

「食べたいなら食べてもいいぞ」

「あの……ガイドブックによると定番のコース料理があるみたいです。決まらないならそれでいいでしょうか？」

「うむ。エステルの選択なら間違いはない」

「まるで私の選択が間違っているかのような言い方ですね」

ヴィルの文句はスルーしてエステルの言う通りの注文をすることにした。

しばらく待っていると色とりどりの料理が運ばれてくる。

あつあつの包子を箸でつまんで齧ってみた。口内にぶわっと肉汁がほとばしる。なんて幸せなんだ。これこそ旅行の醍醐味といっても過言じゃない。いや旅行じゃないけど。

「うまうまだな……侮れないぞ天仙郷……」

「コマリ様。口の端から汁が垂れておりますので私が舐めてさしあげます」

「舐めるな!!」

「コマリさん。こっちの餃子も食べてみませんか？」

「え？　うん。食べる食べる」

サクナが自分の食べかけを箸で差し出してきた。そのままパクリといただくことにする。

もぐもぐ。美味しい。なんて美味しいんだ。後でネリアに自慢してやろう――と思っていたらヴィルが頬を膨らませて「コマリ様」と睨んできた。

「前々から常々思っていたのですが何故メモワール殿から与えられた食べ物は抵抗なく食べるのですか。以前私がピーマンを食べさせようとしたら大号泣して大暴れしたのに」

「お前は知らないようだな。この世には二種類の人間がいるということに」

「閣下！　こちらのエビチリも甘辛くて美味しいですよ」

「そうなの⁉　どれどれ……」

「お待ちください コマリ様。二種類の人間とは何ですか」

「ああ――つまり変態かそうでないかの二択だ。私の体感だと全人類の九割は変態だな。でもサクナとエステルは残りの一割に入る希少種だ。だから安心して食べさせてもらえるんだよ」

「エステルはともかくメモワール殿の本性をご存知ないのですか？　この元テロリストはコマリ様を盗撮しまくっていて――」

「もうそんなことしませんからね⁉　風評被害ですっ！」

サクナが顔を真っ赤にして否定していた。彼女が怒るのも当然だな。

確かに以前は部屋に写真を貼りまくっていたけど今は剝がされているはずなのだ。こないだサクナの部屋に遊びに行ったというエステルが顔を引きつらせているけど気のせいだろう。

ヴィルが「不公平ですっ！」とぷんぷん怒っていた。

そう思うのなら自分の行動を見直してくれ。私のベッドに無断で侵入すんな。

内心で文句を呟きながらも天仙郷料理に舌鼓を打つ。

サクナもエステルもヴィルも楽しそうだった。とりあえずこの瞬間だけは幸福を堪能しようではないか——と和んでいたら誰かが声をかけてきた。

「——失礼。ここの席いいだろうか」

真っ黒い服を着た女の人が立っていた。

私は辺りをきょろきょろと見渡した。他に席が空いていないらしい。

「すまない。六人掛けのテーブルを四人で使うのは贅沢だったな……どうぞ」

「ありがとうありがとう。あなたの仁風を浴びて心が漂白されそうだよ」

難しいことを言いながら私の隣に座る。

意外と距離が近かったのでびっくりしてしまった。喫煙者なのだろうか？——少しタバコのようなにおいがした。それにしても服装が黒い。天仙らしい雰囲気が感じられない。しかしその他のどの種族でもないような気がする。

「すみません。マグマ風味のゲキカラ麻婆豆腐セットをください」

マジかこの人。辛いの大丈夫な人って尊敬しちゃうよね。

驚きながらも食事を続ける。ちらちら横目でうかがっていると店員さんが本当にマグマみたいな麻婆豆腐を持ってきてくれた。サクナやエステルも目を丸くして見守っている。

女の人がスプーンを手に取った。律儀に「いただきます」と手を合わせてからポコポコと沸騰（ふっとう）（？）している真っ赤な麻婆豆腐をすくう。そのままゆっくりと口に運んで――

ぱくり。食べた。

直後。

「――ぶふぉおっ⁉」

盛大に噴き出していた。黒い女の人は「げほっごほっおえええええええええ！」と何度もえずきながらコップに手を伸ばそうとする。しかしコップが倒れて中身の水がテーブルの上にこぼれてしまった。私は慌てて立ち上がった。

「大丈夫か⁉」

「だ……大丈夫ではない……からい。からすぎる。さすがマグマ……おヴぇえ！」

「わあああああああ！　私の水をあげるから！」

コップを渡してやる。すると彼女は砂漠で行き倒れていた旅人のような勢いでゴクゴクと飲み干してしまった。何度も「ありがたい」と言いながらコップを返してくれる。

「水が染（し）みわたる……いやすまない。私は実は辛いモノが苦手でね」

「じゃあなんで頼んだんだよ」

「『力足（ちからた）らざる者（もの）は中道（ちゅうどう）にして廃（はい）す』と言うよね。私は途中で諦めたくないのさ。何度も挑戦してマグマ風味のゲキカラ麻婆豆腐を克服しようとしているんだが……」

「コマリ様。やはり全人類の九割が変態というのは本当だったようですね」

「失礼なこと言うなよっ！――でも大丈夫ならよかった」

「あなたのおかげで命拾いした。すみませーん。この方たちに葡萄(ぶどう)ジュースを」

「え⁉　いいよそんなの。水をあげただけだし……」

「礼には礼で報(むく)いるものだよ。あなたは私の恩人なのだからね――テラコマリ・ガンデスブラッド七紅天大将軍」

びくりとしてしまった。

店員さんがすぐさま葡萄ジュースを持ってきてくれる。ついでに水浸(みずびた)しになったテーブルを布巾で掃除してくれた。にわかにエステルが「あっ」と声をあげた。

「このお方は……！　天仙郷軍機(ぐんき)大臣の」

「お初にお目にかかる。私はローシャ・ネルザンピ。三龍星を統括する愛蘭朝軍機大臣をやらせてもらっている。まあ言ってしまえば丞相グド・シーカイの手先みたいなものだね」

場に緊張が走った。つまりこの人はリンズを苦しめている側の人間ということなのだ。しかし彼女は「おいおい怖い顔をするなよ」と笑って言う。

「べつに政府の首脳陣すべてがリンズ殿下を虐(しいた)げているわけじゃない。私はむしろ彼女の境遇に同情しているのさ」

「胡散臭(うさんくさ)いですね。麻婆豆腐を口に突っ込みますよ」

「やめろヴィル。――どういうことなんだ？」

「だって可哀想だろう？　誰も彼女の話を聞いちゃいない。実の父親である天子は石庭にうつつを抜かす腰抜け。国政を担う丞相は王朝の乗っ取りを企む悪人ときたもんだ」

女――ネルザンピの本心がよくわからなかった。

言葉や仕草に感情がこもっていないのだ。まるで死人のような空気感である。

「リャン・メイファを逃がしたのは私だよ」ネルザンピはこともなげに言う。「リンズ一派の追跡を担当していたのは別の三龍星だ。しかし私は『ほどほどにしろ』と命じておいた。そうでなくちゃ彼女がムルナイト帝国に辿り着くことはできなかっただろうからねえ」

「そうなの……？　じゃあネルザンピはリンズの味方なのか？」

「もちろんもちろん。私は悪党だが道理を弁えた悪党だ。グド・シーカイみたいにチマチマしたやり方は好きじゃないのでね」

「むむむ……」

「コマリさん。いったん殺して記憶を確認してみますか？」

サクナが耳元で囁いてきた。いや殺すってお前。そんなことしたら殺人事件になってしまうだろうが。確かにネルザンピが信頼できないのはわかるけどさ。

「おやおや。どうやら〝信〟が足りてないみたいだね。ではこんなモノをお渡ししよう」

ネルザンピは懐を探って一枚の写真を取り出した。

　そこに写っていたのは――

「リンズ⁉」

「そうだアイラン・リンズだ。彼女が宮殿の塔に幽閉されている写真だよ」

　後ろからヴィルたちが覗き込んでくる。私は穴が開くほど写真を見つめた。リンズが鉄格子の向こうに座っている。身体に目立った外傷はない――しかしその表情は絶望一色だ。

「政府は公主が表に出てこない理由を『静養しているから』と説明している。しかしこれはもちろん嘘だ。グド・シーカイはリンズ殿下に余計なことをされたくないんだよ」

　写真の中の少女は明らかに助けを求めていた。

　心臓がドクンと高鳴る。何が何でも彼女に会いたかった。

「外傷がないからって安心しちゃあ駄目だよ。ここには夭仙郷の魔核があるのだからね。まあグド・シーカイは狡猾だから無益な暴力は振るわないだろうが」

「そう言われてもな……」

「でも噂によれば無理矢理愛を囁かせているそうだよ」

「愛⁉」

「リンズ殿下の全身を揉みまくっているとも聞いたね」

「はあああああああ⁉」

「まあ落ち着きたまえ。葡萄ジュースでも飲んで」

「ぐぬぬ……そうだな……」

「ネルザンピ殿。軍機大臣としてグド・シーカイを止めることはできないのですか？」

ヴィルが警戒をにじませながら問いかける。ネルザンピは「難しいね」と嘆息した。

「グド・シーカイは天仙郷において絶大な権力を誇っている。しかも逆らう者は容赦なく殺して牢獄にぶち込んでしまう短気な男だ。まさに亡国の宰相といった感じだが――ゆえにこそ私も媚びへつらう佞臣のように振る舞うしかないのだよ。我が身が可愛いからねぇ」

京師のあちこちに丞相を讃えるポスターが貼ってあった。

あの変態は本当に市民からも人気らしい。表の顔と裏の顔を上手に使い分けているということなのだろう――私は暗澹たる気分を抱きながら葡萄ジュースに口をつけた。

そして飲む。

「ではどうすればいいと思いますか？　是非ともご意見を伺いたいですね」

「私が考えるところでは二つほど手段があるね。一つは丞相のスキャンダルをつかんで失脚を狙うこと。もう一つは――」

ドクン。

心臓が早鐘を打つ。

葡萄ジュースには数滴の何かが混ぜられていた。

私はこの味を知っている。このどうしても好きになれそうにない生臭い味は――

「――もう一つは実力行使さ。他者の非難も覚悟で武力制圧してしまえばいい」

「無理ですよ。コマリ様を非難の集中砲火にさらすわけにはいきません。お優しいコマリ様は思いつめてしまうでしょうから――ってコマリ様？　どうかしましたか？」

ヴィルの言葉は耳に入らなかった。

次の瞬間――ごうっ!!　と魔力の嵐(あらし)が吹き荒れた。

店内で悲鳴があがった。どこかで皿が割れる音もする。私が触れていた椅子やテーブルがキラキラとした黄金に変換されていく。

そうだ。これは烈核解放【孤紅(ここう)の恤(とむらい)】だ。すべての魔力の源は私なんだ。

「わたしは。わたしは……」

まだ意識がある。しかし知らないうちに黄金の剣が周囲を旋回し始める。

「閣下⁉　何かお気に召さないことでもありましたか⁉　もしかして私のお店選びのセンスが最悪でしたか⁉　申し訳ございません申し訳ございません申し訳ございません!!」

「違いますよエステルさん！　料理に血が入っていたんです……！」

「落ち着いてくださいコマリ様!!　日常シーンでいきなり覚醒(かくせい)なんて聞いてません!!　とりあえず私とキスをして目を覚ましてくださいッ!!」

大丈夫だ。私は十六歳になって成長したのだから。

隕石パワーを押さえつけることなんて余裕でできるはず。

「――ピカピカだね。私は【孤紅の恤】だったらこれが一番好きなんだ」

ネルザンピが「禁煙」の貼り紙を無視してタバコに火をつけた。

煙を吐き出しながらくつくつと死人のように喉を鳴らす。

「グド・シーカイはお昼になるとリンズに会いに行くそうだ。牢獄で何をやっているのか知らないが、口に出すのも憚られるような仕打ちを受けているのかもしれないねえ」

「ッ！」

「宮殿の二十二階だよ。リンズ殿下がいるのは」

「…………」

「わからないかい？　壁にこういう文字が書かれている建物さ」

ネルザンピが紙切れにサラサラとペンを走らせた。そこには棒人間が体操しているかのような文字で「格空塔」と書かれていた。

感情が爆発した。それ以上我慢することはできなかった。

私の意識が薄れていき――やがて世界は黄金の魔力に蝕まれていく。

☆

「警備が厳重ですね。それに魔法的な障壁も張られています」

「ネリア様なら可能ですけど……それでハズレだったら夭仙郷政府との間に亀裂が発生しますよ？　あと警備の夭仙たちを私たちだけで相手するのは物理的に無理かと思います」

「私が【尽劉の剣花】でぶっ壊すっていうのはどう？」

天仙郷京師・郊外。

ネリアとガートルードとメイファァの三人は茂みに隠れてとある建造物を観察していた。

メイファァが「丞相の悪事を暴く鍵」と主張する怪しい建物である。

「ねえメイファァ。丞相のやつは具体的に何を企んでいるの？」

「意志力の調査だそうだ。やつは心の仕組みについて研究している。おそらく夢想楽園で行われていたのと同じように人工的に烈核解放を発現させようとしているのだろうね」

「ふーん。マッドハルトの失敗から何も学んでいないのね」

「僕の仲間の調査によると京師の人間を攫って実験しているらしいよ。それが本当ならマッドハルトと同じだ。まだ決定的な証拠は摑めていないけれど……」

つまりネリアの目の前に佇んでいる建物は実験場らしい。

何の変哲もない夭仙郷風の建物だ。

ただし異様にでかい。宮殿にも引けを取らないほどの威容だった。

そして恐ろしいほどに警備が厳重。外から見えないように認識阻害も施されていた。しかも常人には扱えない煌級クラスの幻影魔法である。ネリアの【尽劉の剣花】で切れ込みを入れなければ誰も気づけなかっただろう。

「僕とリンズは機密文書を盗み見てこの施設を突き止めたんだ。でも中で具体的に何が行われているかはわからない――そこだけ資料が抹消されていたからね」

「じゃあ突入して調べてみるしかないってことね」

ネリアの目的はマッドハルト時代の遺物を一掃すること。そして丞相の悪事を暴いてアイラン・リンズを救うこと。そのためには目の前の実験場をなんとかする必要があるのだが。

「コマリにやってもらう？　烈核解放でドカーンって」

「証拠まで吹っ飛ぶ可能性がありますよ」

「それに世論を敵に回すよ。結婚式に招待されたのに暴れ回ったら大問題だから――」

メイファがそこまで言ったとき。

ふとネリアは膨大な魔力を感じて振り返る。

「え？」

目を疑ってしまった。

遠くの空。京師のメインストリートあたりから黄金の柱が天に向かって伸びている。どこかで緊急サイレンが鳴り響いていた。狼狽したガートルードが「なんですかあれ!?」と叫ぶ。

なんですかと言われても。そんなの答えは一つしかない。

そうしてネリアは見た――黄金に輝く吸血姫（きゅうけつき）が西の空に飛んでいく馬鹿げた光景を。

『こちらアバークロンビー。大変です大統領。ガンデスブラッド将軍がアイラン・リンズ奪還に向けて動き出したようです。市街地で天仙郷軍と交戦状態に突入しました。そして隠れて調査していた帝国軍第七部隊も何故か暴れ出しております。コマリンコールを絶叫しながら』

偵察として放っておいた部下から連絡が入る。

報告されるまでもなかった。事態はより面倒な方向へと驀進しているのだ。

「——コマリ⁉ 何やってんのよおおおお⁉」

烈核解放【孤紅の恤】——剣山刀樹。翦劉の血によってもたらされる黄金の秘技だ。

ネリアは真っ青になって京師中央部へ引き返すのだった。

☆

鉄格子が一気に切断されてしまった。

それどころか塔の外壁までもが粉々に砕け散ってしまう。

吹き荒れる黄金の旋風に思わず顔を背ける。しかし誰かが背後に立つ気配を感じて振り返った。

そこには金色の魔力と殺意をまとった吸血姫がいた。まるで囚われの姫君を助けに来た王子様のようだ——リンズは熱に浮かされた気分で場違いなことを考える。

「りんずを。かえしてもらう」

彼女は突き刺すような視線をシーカイに向けていた。

これを受けた丞相は――

「――なっははははは！　ダイナミックな登場だねえガンデスブラッド将軍！」

おかしそうに笑っていた。

そうだ。この男の優位は変わらないのだ。

「だがここで乱暴を働いたらどうなる？　私は『侵入者に力尽くで花嫁を奪われた可哀想な名宰相』に早変わりだ！　その事実を喧伝すれば民衆はキミを非難するだろうね？　今までキミの馬鹿げた暴力行為が正当化されてきたのは人々の支持があったからさ。嫌われながら力を振るえば新しい暴君の誕生だよ！　ゲラ・マッドハルトと何も変わりがないよ！」

テラコマリ・ガンデスブラッドは数多の問題を意志力によって解決してきた。そしてそれは人々に望まれたからこそ成し遂げられた偉業。裏を返せば――人々から望まれていないことはできない。名宰相グド・シーカイを大義名分なしに蹴落とすことはできなかった。

「さあわかったかね。その美しくも物騒な黄金の矛をしまいたまえ！」

コマリは従うことしかできなかった。

黄金の魔力が徐々に弱まる。さらに周囲を旋回していた無数の刀剣も光の粒子となって消えていった。残されたのはきょとんとした表情の吸血鬼だけ。

「あれ？　えっと…………」

コマリは辺りをきょろきょろと見渡した。

粉々になった窓。破壊された壁。リンズとシーカイを交互に確認して——

「——結局こうなったのかよ⁉」

頭を抱えて叫んだ。シーカイが「なっははは」と笑う。

「完全に制御できているわけではないのだね！　いやあそれにしてもスゴイ破壊力だ！　私の部下に欲しいくらいだよ。ちょっと雇われてみる気はないかね？」

「誰がお前の部下なんかになるか！　それよりもリンズ！　大丈夫⁉」

コマリが慌てて駆け寄ってきた。リンズは救われた気分で彼女の顔を見上げる。

なんてきれいな瞳なのだろう。愛蘭朝の夭仙みたいに濁った色をしていない。吸い込まれてしまいそう——無言で見つめていると彼女の顔がトマトみたいに赤くなっていった。

「あの……何か言ってくれると助かるんだけど……」

「あっ。ごめんね……」

「謝らなくていい！　ところで怪我とかはないか？」

「大丈夫。ありがとう」

口の端を動かして笑みを作る。ちゃんと笑えているだろうか。メイファから「リンズは表情に乏しいよね」とよく言われるのだ。笑顔には自信がない。

ばっ！　とコマリが顔を背けてしまった。

「……ごめん。下手な笑顔で」

「そんなことないよ！　素敵な笑顔だと……思うよ……」

心がときめいた。そんなことを言われたのは初めてだ。

「……うん。ありがとう。……どうしてこっちを見てくれないの？」

「え⁉　それは……あれだ！　ちょっとした不都合があるんだ！　きみの顔を見ていると何故か心臓が爆発しそうになって——」

「——さっきからキミたちは何をやっているのかねえ？」

シーカイが睨んできた。確かに仇敵を目の前にしてするような掛け合いではなかった。

コマリが「なんでもないっ！」とかぶりを振って彼に向き直る。

「グド・シーカイ！　リンズにひどいことをするなよ！」

「ひどいことをしているのはどっちだね？　報告によればキミが引き連れてきた第七部隊の連中が京師で大暴れしているようだが？」

「あいつら何やってんだあああああああああああああああ⁉」

コマリが破壊された窓のほうへと駆け寄った。そうして「こらぁー！　お前ら大人しくしてろー！　コマリンコールやめろー！」と叫んでいる。シーカイが呆れたように肩を竦めた。

「やれやれ！　面白いお方だねえ！　しかし興醒めしてしまったよ。キミは天仙たちの反感を買ってしまったようだ。帝国軍に対する抗議が始まっているみたいだしねえ」

「うぐ……ごめんなさい……」

「キミは今まで天仙郷と関わりがなかった。他の国では英雄扱いされているのかもしれないね——だが神仙種たちはキミのことを何とも思っていない。彼らにとっての英雄は異国の吸血鬼じゃなくて自国の丞相なんだ。給付金を何度もばら撒いたのが功を奏したようだねえ」

「そんなこと言われても……だいたいな！　お前がリンズを幽閉するのが悪いんだろ⁉　何が静養だ！　リンズは元気じゃないか！　むしろ幽閉されて元気じゃなくなってるぞ⁉」

「そこを突かれても言い訳はいくらでもできるけれど——ふむ？　まさかとは思うがキミはリンズのことが好きなのかい？」

　ぴしり。

　空気に亀裂が入った。コマリがワンテンポ遅れて叫んだ。

「好きとかじゃないよ！　リンズが可哀想だから！　だから私は天仙郷に来たんだ」

「でもさっきの反応でわかってしまったよ？　キミにはリンズに対するピュアッピュアな恋心が芽生えているんだ！　嗚呼！　なんていじらしくてイノセントなのだろう！」

「そそそそそそんなわけあるか！　妄想もほどほどにしろ⁉」

「それもそうか！　新聞によればキミは自分のメイドと禁断の恋仲だそうだし」

「あんなもんは捏造だ‼」

「じゃあリンズのことが好きなんだね？　だから烈核解放を発動してまで私のもとへやってきた

と。いやあ美しいねえ！　素敵だねえ！　これだけで本一冊ぶんの恋物語が紡げるよ」

シーカイは役者のように両手を広げてコマリに近づいていく。

彼の言う通りだった。コマリはリンズに惚れている。

しかしそれは正常な心の動きではない。外部から強制的に作られた恋心なのだ。

やがて丞相がコマリの眼前に立ちはだかった。

ぐいっ！　と彼女の胸倉を掴み上げて低い声で囁く。

「――だがリンズは渡さない。彼女には私の野望の礎となってもらおう」

剽軽な物腰の裏に隠された残虐な牙。ああやって凄まれるとリンズは身体が震えて動けなくなってしまうのだった。自分の心の弱さが浮き彫りになるようで嫌だった。

でもコマリは違った。リンズとは全然違ったのだ。

「やれるもんならやってみろ」

彼女は逆にシーカイを挑発していた。

「私こそリンズは渡さない！　お前と一緒にいたらリンズは絶対に傷つく！　悲しむことになる！　お前はリンズのことを少しも考えていないんだ！」

丞相の眉がぴくりと動いた。

コマリはいとも容易く宣戦布告をしてのけるのだった。

「だから――私がリンズを助け出してやる！」

きゅんっ。

心臓が爆発しそうになってしまった。

コマリの真摯な言葉がリンズの心にクリティカルヒットしていた。悪辣な丞相を相手に啖呵を切る勇ましい姿――見つめているだけで鼓動の音がうるさいくらいに自己主張をする。意識が飛びそうになる。ああ。これがテラコマリ・ガンデスブラッド。

「――嗚呼！　なるほど！　キミは実にパトスに溢れた吸血鬼だねえ！」

「うぐっ⁉」

コマリの胸倉を摑んだまま彼女の身体を持ち上げる。

シーカイはゆっくりと破壊された壁のほうへと歩を進めた。

「丞相……！　待って！　何をするつもりなの⁉」

「私も心を打たれてしまったよ！　キミがそこまでリンズのことを考えていたなんてビックリだ！　その情熱に免じてチャンスを与えようじゃないか」

シーカイはリンズの声には耳を貸さなかった。ジタバタと暴れるコマリの足元には――すでに何もなかった。はるか下方に漠々とした地面が広がっているだけ。

「やはり人の気持ちは大切にしたいからね！　特に恋心となれば猶更だ！　思えば一方的に婚約を決めてしまうのは不義理だったかもしれないね！　というわけでキミとは正々堂々とした勝負で決着をつけようじゃないか！　デュエルだよデュエル！」

「やめろ……放せっ……！」

「さあ戦いの始まりだ。アデュー」

シーカイは笑いながら手を離した。

コマリは悲鳴をあげることもなく落下していく。

リンズは泡を食って床を蹴った。意外にもシーカイは引き止めなかった。

勇気を振り絞って塔から飛び降りる。高速で落ちていくコマリに手を伸ばす。地面がぐんぐん近づいてくる。コマリの恐怖に染まった表情がリンズの心臓を鷲掴み（わしづかみ）にする。

そして――リンズの手が彼女に届くことはなかった。

※

◆3月19日　丞相府声明
テラコマリ・ガンデスブラッド七紅天大将軍は静養中の公主アイラン・リンズをたぶらかして掠略（りょうりゃく）した。京師中央街道で起きた乱闘騒ぎもすべてガンデスブラッド将軍の指示によると思われる。しかし彼女をあまり責めないであげてほしい。何故なら彼女は公主アイラン・リンズの結婚が気に食わなかっただけなのだ。もちろん政治的な理由ではない。公主が他の誰かにとられるのが嫌だったから――そんな淡い恋心に端を発した犯行なのである。よって丞相府はこれに寛大な処置を加えることとした。21日に予定されている丞相グド・シーカイと公主アイラン・リンズの結婚式は一時中止とする。そのかわりに丞相グド・シーカイとテラコマリ・ガンデスブラッド七紅天大将軍による〝華燭戦争(かしょくせんそう)〟を開催したい。勝利した者がそのまま公主と結婚式を挙げるという単純明快なルールである。勝敗を決する方法は考案中だが百年前に行われたモノを踏襲し〝国民投票〟を予定している。なお以上の決定は天子の承認済みであることを明記しておく。異論を唱える者は愛蘭朝に歯向かう逆賊と見做(みな)されるので注意されたし。

※

「〝華燭戦争〟……？　なんだその馬鹿げた催しは」

京師の路地裏。プロヘリヤは屋台の串焼きを齧りながら丞相の声明文を読んでいた。

愛蘭朝が配っている機関紙である。いつもは堅苦しい政治のことばかり書かれているそうだが、今日に限ってはやたらとセンセーショナルな内容を伝えていた。

「テラコマリってリンズが好きだったんだね。びっくりだよ～」

呑気(のんき)な声でそう言ったのは猫耳少女――リオーナ・フラットである。

宿でばったり出くわしたのだ。彼女が「せっかくなら観光しようよ！　天照楽土のときみたいに！」と誘ってきたので仕方なく付き合ってやることにしたのだった。

「見当違いも甚だしいぞリオーナ。あの吸血鬼がアイラン・リンズを恋愛的な意味で好いているわけがなかろう。そういう感情の流れはあり得ない」

「どういうこと？　口にタレついてるよ？」

「つまりこの声明はデタラメということさ――『テラコマリがアイラン・リンズに淡い恋心を抱いている』という部分がね。華燭戦争とやらは実際に行われるのだろうが」

プロヘリヤはハンカチで口元を拭いながら機関紙を軍服の内側にしまう。

書記長から「リンズ殿下の婚礼に出席しなさい」と指示されたはいいものの――未だに状況がよくわからない。テラコマリはどんな策略を巡らせているのだろうか。

「それにしてもさあ。京師って平和だよね」

「ん？」

「路地裏に入っても殺意が感じられないんだよ。これが白極連邦の統括府とかだったらカツアゲ目的のチンピラが集ってくるのに」

「それは宣戦布告か？　いいだろう祖国の子供たちの未来を守るために戦おうではないか。ひとまず統括府の良いところを百個挙げよう」

「冗談だって。ケンカするよりも美味しいお店巡りをしたほうが楽しいよ」

「私も冗談だ。――確かに夭仙郷は温和なお国柄のようだな。どことなく天照楽土に似ている。しかし本質的には違う。この国は地に足がついていないんだ」

「まーそうだよね。天仙たちはフワフワ飛んでるもんね」

プロヘリヤは最後の肉片を齧って路地裏の壁に目をやる。

そこには民間団体が貼りつけたと思しき写真がいくつも並んでいた。

曰く――「行方不明人　捜しています」。

京師では少し前から人間が忽然と蒸発する事件が発生しているらしい。

一見すれば平和な都市にも闇は潜んでいる。テラコマリ一行は何かに気づいたのかもしれんな
――そんなふうに考えながらプロヘリヤは持参したゴミ袋に串を放り込むのだった。

☆

目が覚めたらホテルにいた。

窓から西日が差し込んでいる。ずいぶん長い時間眠ってしまったようだ――私は慌てて自分の身体を見下ろした。

「え？　死んだの？」

傷はない。痛みもない。私はシーカイの手で塔から放り落とされたはずなのに。

ムルナイトの魔核がない天仙郷では掠り傷もすぐには治らないはずなのに。

「――ああコマリ様！　コマリ様お目覚めになられたのですね！　よかった！」

「ヴィル？　私はいったい――ぐふぉっ⁉」

　メイドが闘牛のように飛び込んできた。しかも私の服をめくって頭を突っ込みながら「ああコマリ様よかったああコマリ様よかった」と変態のように歓喜に打ち震えているのである。

「よくねえよ！　お前は何をやってんだ⁉」

「お身体に異常がないか確かめているのです。全身を調べますので服を脱いでください。いえむしろ私が脱がせますので天井(てんじょう)のシミでも数えながら海鼠(なまこ)の如(ごと)くジッとしていてください」

「あああああああああああああああああああああ‼」

「やめなさいヴィルヘイズ。コマリが困ってるでしょ」

　誰かがヴィルの肩を掴んで止めた。

　桃色の翦劉――ネリアが呆れた表情を浮かべている。

「ネリア！　私はどうなったんだ⁉　死んでないよな……？」

「放してくださいカニンガム殿！　セクハラですよ！」

「セクハラはあんたでしょ――もちろんコマリは死んでないわ。あなたは塔から放り出されたの。でも下に運よくマットがあって助かったみたい」

「は？　マット……？」

「宮殿に出入りしているマットの業者がたまたま落としていったらしいのよ。んでたまたまコマリがその上に落ちてきた。さらにたまたまコマリの身体はいわゆる〝五点着地〟の体勢になってて衝撃を吸収できたんだって」

「たまたま多すぎだろ」

一生分の運を使い果たしたような気分だ。けど流石に都合が良すぎやしないか？　神が私を生かそうとしているのか？　このツケとして明日隕石が降ってくるとかやめてくれよ？

「……皆はどこに行ったんだ？　サクナとかエステルとか」

「買い出しよ。ガートルードは外の見張り」

「コマリ様。それよりもお菓子を食べませんか？　食べさせてあげますよ」

「街の様子は？　騒ぎになってなければいいけど」

「コマリ様。喉が渇いていませんか？　口移しでお水を飲ませてあげますよ」

「騒ぎも騒ぎよ。あなたのせいで京師は滅茶苦茶(めちゃくちゃ)なことになってるわ」

「コマリ様。私はコマリ様のいちばんの側近なので脈絡もなく抱きしめてもよろしいでしょうか。よろしいですよね。では遠慮なく失礼いたします」

「滅茶苦茶なこと？　いったい何が――ってさっきからヴィルは何なんだよ⁉」

メイドが突然私の胸に顔を埋めてきやがった。

すりすりと頬をこすりつけてくるもんだからくすぐったくて仕方がない。相変わらずこいつは救いようのない変態だな！――と思ったのだがいつもと雰囲気が少し違った。

「どうしたんだよお前」

ヴィルはぷくーっと膨れっ面だった。

「コマリ様と結婚するのは私です」

「ようするに拗ねてんのよこいつは」ネリアがおかしそうに笑う。「いくらコマリの本心じゃないとはいえ花嫁争奪戦をすることになっちゃったからね。花嫁役が自分じゃなくてリンズなのが悔しいんじゃないかしら？」

「リンズ……!?　そうだリンズだ！　あいつは無事なのか!?」

「無事よ。――順番に説明しましょうか」

ネリアはテーブルの上の月餅をつまんで口に運んだ。

そういえばお昼ご飯を途中で（強制的に）切り上げたので空腹だ。私も食べようかな――と思ったのだがネリアの爆弾発言で思考回路が爆発してしまった。

「コマリはリンズと結婚する権利をかけて丞相と戦争をすることになったわ」

意味がわからない。言葉の意味はわかるがそれ以外の何もかもがわからない。

「まずコマリたちが天竺餐店で出会ったっていうローシャ・ネルザンピ軍機大臣。こいつはリンズの味方なんかじゃないわ。れっきとした丞相一派の悪徳官僚なのよ」

「そうだったの……!?」

「やつはコマリに無理矢理血を飲ませた。そしてリンズの居場所を仄めかして救出に向かわせた――そうすればコマリは武力で花嫁を奪おうとした悪者になるからね。現に天仙郷ではコマリや

第七部隊を非難する声が上がってるわよ？」

「うぐ……でもなんで第七部隊まで……？」

「大将が大暴れを始めたからそれに呼応したのよ。テンション上がっちゃったのね」

上がんなよ。警報に向かって吠える犬かよ。

「ご心配には及びません。本格的に暴れ始める前に私やエステルやケルベロ中尉でなんとか押しとどめましたので。そのへんのお店が二、三爆発したくらいのものです」

「大迷惑じゃねーか⁉」

「賠償金一億両を請求されています」

「一億両ってどれくらい？」

「オムライス百万食ぶんです」

「どうするんだよヴィル⁉　そんなにオムライス作れないぞ⁉」

これがシーカイの狙いか。なんて姑息な手段を使うんだあいつは。

ネリアが「でもねえ」と困ったように天井を仰いで言う。

「丞相は私が想像していたものとは違う一手を打ったのよ。てっきりコマリをこのまま罪人に仕立て上げるのかと思ったのに――何故かリンズを巡る〝華燭戦争〟を仕掛けてきた。たぶん六戦姫最強の吸血鬼を降すことによって自分の名声を高めたいんでしょうね」

「殺し合いは嫌だからな」

「殺し合いではないそうですよ」ヴィルが私のお腹の肉を揉みながら言った。「グド・シーカイ曰く『どちらがリンズに相応しいかを決める戦い』だそうです。単純に戦闘能力を競うわけではないみたいですね」

「あの男は武官じゃなくて文官よ。コマリとまともにやり合ったら死ぬのは自分だってことくらいわかってるんでしょうね」

「知恵比べの可能性が濃厚か。私は希代の賢者だから頭脳には自信がある」

「まあ丞相からリンズを救うためにはこの戦いに乗るのが手っ取り早い気がするわねえ」

そこで私はふと気づく。華燭戦争は花嫁争奪戦。ということは——

「もしかして……勝ったらリンズと結婚できるの？」

「あくまで『結婚する権利』を得られるだけです。コマリ様が私以外の人間と結婚するはずがないのでこれは丞相を破滅させるための戦いにすぎませんよ」

「……まあそうだな。うん」

「なのでコマリ様は勝っても負けても私と結婚するのがよろしかろうと思います」

「リンズは今どうしてるんだ？　華燭戦争が開かれるってことは無事なんだよな？」

「上よ」ネリアが天井を指差した。「丞相は何故かリンズを放置している。メイファに対する追跡も打ち切ったみたい。ひとまず私たちと一緒に行動することになったわ」

「怪しすぎないか？　今までずっとリンズを雁字搦めに縛りつけていたのに」

「まあね。華燭戦争で潰せればいいって魂胆なんでしょうけど——」

ネリアは「それよりも」と呆れ交じりに言った。

「なんか屋上で黄昏(たそがれ)てるみたいよ？　会ってきたら？」

☆

ホテルの屋上は夕日で真っ赤に染まっていた。

というか京師そのものの風景が血を浴びたように輝いている。無数に林立する高層建築の間を天仙が飛んでいった。その幻想的な光景を見上げながらまっすぐ歩を進める。

アイラン・リンズは転落防止の柵の前でじっと佇んでいた。

気配で気づいたらしい。彼女は孔雀(くじゃく)のような衣装を翻(ひるがえ)して振り返った。

「テラコマリさん……起きたんだね」

その立ち姿があまりにも綺麗(きれい)だったので立ち眩(くら)みを覚えてしまった。まずい。やっぱり調子がおかしい。リンズを前にするとクールなコマリがホットなコマリになってしまう。

「う、うん。リンズこそ怪我とかないか？」

「大丈夫。あなたのおかげで」

「——やってくれたね閣下。おかげで計画を一から練り直さなくちゃだよ」

にわかに呆れ返ったような声が聞こえた。

いつの間にかリンズの隣にメイファが立っていたのである。

「え？　いつからいたの？」

「最初からいただろ⁉　きみはリンズしか見えていないのか⁉」

「ごめん」

確かに私の目にはリンズしか映っていなかった。彼女のオーラが眩しすぎるのがいけないのだ。見ているだけで胸が苦しい。でも視線を逸らすことができない不思議な気分。

メイファは「まあ仕方ないか」と諦めたように呟く。

「手の甲を見た限りだと【屋烏愛染】は機能しているようだしね」

「何を言ってるんだ？」

「いや。気にしないでおくれ——とにかくきみがリンズを助けてくれたおかげで面倒なことになってしまった。まだ丞相の悪事を暴く手立てもないのにね。こうなったからには何としてでも華燭戦争で勝ってもらわなくちゃ困る」

「メイファ。あんまり強要するのはよくないよ」

「……そうだな。すまない」

メイファが頭を下げる。この二人は〝残りの一割〟に入るレアな人間なのかもしれない。

「厚かましい頼みだとは思っている。でもきみにはリンズを救ってほしいんだ。僕じゃ無理なんだ……テラコマリ・ガンデスブラッド閣下にしかできないことだから」

　困っている人を助けること。世界を一つにすること。

　それが母から託された私の役目だ。

　天仙郷が迎えようとしている災厄を無視することはできなかった。

「わかってるよ。私はリンズの力になりたい」

「ありがとう。あなたは優しいんだね」

　リンズは恥ずかしそうに笑った。紅色に染まる京師の街並みを見下ろしながら言う。

「私の周りにいるのは悪い人ばかりだから。テラコマリさんみたいな人は初めて」

「リンズって将軍だよね？　権力パワーでシーカイに文句は言えないの……？」

「三龍星は七紅天とは違うんだよ」メイファが無力感のにじむ顔をする。「天仙郷では武よりも文が重視される。将軍にはろくな権限がないんだ。三龍星を統括するのは文官である軍機大臣だしね。リンズが率いる部隊の人間にも軍機大臣の息がかかってる。敵みたいなもんさ」

「そう――愛蘭朝は敵ばかりを抱えている。天子であるお父様は無気力だった。天仙郷がじわじわと侵食されていくのを見過ごしている。その最たる例が〝夢想楽園の続き〟。丞相は京師の人をこっそり攫って烈核解放発現のための実験台にしてるんだって。だから私が動くしかなかったんだけど……でも丞相は私から力を削ぎ落とそうとしている」

　紅色の街に巨大な風船のようなものが浮遊していた。

あれは丞相の権力を宣伝するためのものだ。だって表面にでかでかとシーカイの顔が描かれているし。なんて自己主張の強い人間なのだろう。

「彼は私の賛同者をすべて捕まえてしまった。そして私の『公主』や『三龍星』といった地位まで奪おうとしているの。丞相が私と結婚を望んでいるのは自分の正当性を示すため。天子の後継者に相応しいことを内外に知らせるため……そして私からすべてを奪うため。新しい王朝ができたら私は宮殿の中に閉じ込められることになる……」

元から話すのが得意ではないのだろう。リンズの言葉はたどたどしかった。

しかし端々からリンズの強い感情がうかがえた。悲しみ。怒り。やるせなさ。そしてわずかな希望――彼女は「だからね」と申し訳なさそうに呟いて振り返った。

「テラコマリさんに助けてほしい」

緑色の髪が春風に揺れる。私は返事も忘れて立ち尽くしていた。

「私と結婚してほしいの」

なんてきれいな子なのだろう。私が彼女に見惚(みほ)れる理由は容姿(ようし)が美しいからではない――しかしリンズはまるで玉のように美しかった。物語から飛び出てきた妖精(ようせい)みたいだ。

「あの……返事を聞かせてほしいんだけど……」

「へ？」

「だからね。私と結婚してほしいの……」

リンズはモジモジしながら掠れた声を漏らした。

顔は真っ赤。おそらく夕日のせいではない。私はいったい何を言われたのだろう？——思考が大波に攫われて天に召されそうになってしまった。リンズはもう一度言った。

「私と……結婚してくださいっ！」

「はああああああああああああああああああああああ!?」

え？　結婚？　この子いま結婚って言ったか？

確かにリンズと結婚できたら毎日がドキドキなエブリデイであることは必定であるからして歓迎するべきなのだろうが——まずい。私の頭が故障している。誰か衛生兵を呼んでくれ。

「おいリンズ。きみはいつも言葉が足りないんだ」

「ご、ごめんね！　結婚してくださいっていうのは言葉の綾で……！　華燭戦争で勝ってくださいっていう意味なの！」

「あ……ああそういう意味か！　私を丞相から奪ってくださいっていう意味で……！」

「うん。ほんとにごめんね。だからね……」

リンズは深呼吸をして心を落ち着ける。

そうして私をまっすぐ見据えて言うのだった。

「私と結婚してください」

いやいや。だからその言い方はどうなんだよ心臓に悪いんだよこっちの気持ちにもなってくれよ――とは思ったのだが関係のないことである。私がやるべきことはただ一つ。彼女のために一生懸命頑張ることだけなのだから。

「うん。わかった」

なるべく安心させるような笑みを浮かべて私は答えた。

「リンズと結婚できるように頑張るよ！」

「――――コマリ様」

一瞬死んだのかと思った。

まるで地獄の亡者(もうじゃ)のような声が私の耳元で響いていた。

「コマリ様。コマリ様。結婚って何ですか。どうしてリンズ殿のプロポーズを受け入れているのですか。私というものがありながら浮気(うわき)をするのですか」

「ちょっ……ヴィル⁉」

変態メイドが幽鬼の如く背後に突っ立っていた。私は身の危険を感じて逃げ出そうとした。しかし突然お腹にしがみつかれて踏鞴(たたら)を踏んでしまう。

「血を吸い合った仲だというのに。いつもオムライスを作ってあげているのに。毎晩一緒に寝ているのに。将来結婚しましょうねと約束もしたのに。結婚式の引き出物として私とコマリ様のラブラブ写真集も準備しているというのに。それなのにどうしてシリーズ中盤でやっと出番をもらえたようなぽっと出の女なんかに誑(たぶら)かされているんですか」

「後半はお前の妄想だろ⁉　はなせこら‼」

「――コマリさん」

再び死んだのかと思った。

足元から殺意の芽吹きを感じた。私は恐る恐る視線を下に落とす。

「わあああああ⁉」

四つん這いのサクナが私の足首を摑みながらこちらを見上げていた。

なんだこいつ⁉　地面から生えてきたの……⁉

「いけませんよコマリさん。結婚なんてまだ早いと思います。コマリさんだって結婚するつもりはなかったはずですよね？　そこの人に誑かされてるんですよね？」

「え？　サクナ？　お前は本当にサクナなのか……？」

「そうですよね。わかりました。じゃあそこの人がいなくなれば解決ですよね。コマリさんはここでじっとしていてください。私が目を覚ましてあげますから……」

「おいこらやめろ！　そのハエ叩きどこから持ってきたんだ⁉」

「はなしてくださいっ！　そいつ×せないっ！」

「落ち着けサクナぁあああ‼　お前は常識人枠だろぉおおおお‼」

リンズに特攻しようとするサクナ。サクナのお腹にしがみつく私。私のお腹にしがみつくヴィル。

遅れて屋上にやってきたネリアが「何やってんのよ⁉」と面白そうに手を叩く。泡を食ったエステルが「頭を冷やしてくださいっ！」とヴィルのお腹にしがみついた。

リンズやメイファはきょとんとしていた。私だって意味がわからない。

結局リンズが「結婚というのは……」と詳細を説明してくれるまで攻防は続いた。

終始メイファがドン引きしていたのが目に焼き付いて離れなかった。

こうして戦いに向けた準備が進んでいく。

☆

丞相グド・シーカイは〝星辰大臣〟という役職も兼ねている。

愛蘭朝の黎明期から存在する部署――星辰庁を統括する仕事だ。星辰庁は星の運行を記録する行政組織。しかしそれは書類に記されている表向きの役割にすぎなかった。

「ふむ！　なかなか上手くいかないようだねえ」

夭仙郷郊外。昼にネリア・カニンガムが偵察していた秘密の施設。

その内部の広場に丞相グド・シーカイの姿があった。

「レシピによればあと少しなんだがね。ぐだぐだしていれば全部が水の泡だよ。残された時間は多くないというのに……嗚呼！　天は我を滅ぼそうとしているのか！」

「まだ死んだわけではないだろうに。その嘆きは不当だよ」

シーカイの隣に黒い女が現れた。

ローシャ・ネルザンピ軍機大臣。丞相の右腕として暗躍している謎の人間。

彼女は死人のような眼球で天を仰ぎながらタバコに火をつける。

「紅雪庵でモニク・クレールに実験を行った。クーヤ先生はよくやってくれたよ――　おかげで意志力の仕組みがなんとなく理解できた。あれは性質的に魔核と似ているんだ」

「無限にエネルギーを生み出すという点がかい？」

「そうだね。意志力はふとした拍子に回復する。消尽病でどれだけボロボロにしても心を完全に殺すことはできないんだ。やはり世界を創造する源と呼ばれるだけのことはある」

「ならば〝宝璐〟で十分じゃないのかい？　どうして我々は失敗し続けるんだね？」

「おそらく素体が悪いのさ。そこいらの人間を攫って宝璐を作ったところで金丹にはなり得ない。つまりだね――もっと強い意志力を持った人間を宝璐にする必要があるってことだ。たとえば六戦姫とかどうだろう？　彼女たちはいずれも強力な烈核解放を持っている」

背後から人々の悲鳴が聞こえてくる。宝璐を作るための拷問が行われているのだ。こんな現場を押さえられたら希代の名宰相といえども失脚間違いなしだなとシーカイは思う。

「狙い目はガンデスブラッド将軍だと思うよ。ちょうどあなたは華燭戦争とやらで戦うんだろう？　いったいどうしてあんなイベントを開いたんだい？」

「リンズに納得してほしくてねえ。強引に手に入れたのでは反発されるだろう？　でも華燭戦争の勝敗で決まったのならば諦めもつく。彼女は公主だの将軍だの面倒な身分を忘れて籠の鳥となるのさ。美姫は密室に飾ってこそ輝きを発するのだよ」

「なるほどね。あなたなりに考えがあったというわけか——だがムルナイトの第七部隊には気をつけたまえよ。負けた腹いせに進軍してくるなんてことも有り得る」

「なっははは！　問題ないさ！　そんなことをすれば破滅するのはテラコマリのほうだ。この国においては武力など露ほどの価値もない」

「だといいけどね」

悲鳴が消える。心を抜き取られた人間が床に落ちる音がした。

「——一つできた。これでいいか？」

軍服を着た背の高い女が近づいてきた。

その掌にはキラキラと淡く輝く球体が載せられている。

ネルザンピはちらりと一瞥して「いいねいいね」と心のこもってない賛辞を送った。

「綺麗だ。さぞかし純然たる心の持ち主だったのだろうねえ……可哀想なことさ。ところで私が作った《思惟杖Ⅱ》はきちんと使えているかね？」

「ああ。——私はいつまでここで作業をしていればいい？」

「目的を達成するまでだよ。ふふふ」

シーカイは二人のやり取りを眺めながらふと首を傾げる。

「彼女は天仙ではないね？　いったい何者だい？」

「名前はメアリ・フラグメント。かつてゲラ＝アルカ共和国で八英将をやっていた翦劉さ。マッドハルトの忠実な部下だよ」

「旧八英将は一部を除いて投獄されたと聞いているけどねえ」

「こいつは自力で脱獄したんだ。行く当てがないというから私が拾ってやったのさ」

翦劉の女――メアリが「ちっ」と舌打ちをして宝璐を放り投げた。

ネルザンピが慌ててキャッチする。

「私はネリア・カニンガムとテラコマリ・ガンデスブラッドに復讐できればそれでいい。貴様がその機会をくれてやると言うからこんな辛気臭い場所で夢想楽園の真似事をしているんだ。いつになったらあの〝月桃姫〟と再会できる？」

「『時なるかな時なるかな』――物事にはよきタイミングというものがある。まだ急かすような盤面じゃない。今は黙って宝璐を作っていればいいのだよ」

「この宝璐とやらには意味がないらしいな？」

「おや聞いていたのかい。宝璐は金丹にはなり得なくても使い道はあるから無意味というわけではないよ。さあ次の仕事に移りたまえ。今は臥薪嘗胆のときなのさ」

メアリは再び舌打ちをして実験場に戻っていった。

何やらアルカ方面でも陰謀が渦巻いているらしい――しかしネルザンピに任せておけば問題は

ないだろう。シーカイは笑みを浮かべて星辰庁を後にした。ここには宮廷の宝物庫から持ってきた煌級幻影魔法の魔法石によって認識阻害の術がかけられている。どんなに優れた魔法使いでも発見することはできないだろう。

警備の夭仙を少しくらい華燭戦争に回してもいいかもしれない。

☆

翌日。華燭戦争を明日に控えた朝。

朝食の席でメイファがとんでもないことを言い出した。

「閣下にはリンズとデートしてもらおう」

「「「は？」」」

私は思わずオムライスを食べる手を止めてしまった。サクナが「何言ってるんですか？」みたいな顔でメイファを見つめている。ヴィルは床にこぼしたお茶を雑巾でゴシゴシと拭いていた。リンズ本人は顔を真っ赤にして縮こまってしまった。ネリアとガートルードだけが楽しそうに「この肉まん美味しいわね！」『ほんとですねえ」と和やかな朝を過ごしている。

「メイファ……そんなの必要ないでしょ。テラコマリさんに迷惑だよ」

「いいや必要だ。リンズとテラコマリの仲が良好であることを京師の夭仙たちに知らしめておくのは重要だよ。おそらく丞相は世論を味方につけることで勝とうとしているから」

「一理あるわね」ネリアが肉まんを食べながら言う。「丞相の力の源泉は武力じゃなくて国民からの人気なのよ。コマリとリンズが愛し合っていることを世間に周知しておくのは効果的だと思うわ。華燭戦争の決着は国民投票でつけるみたいだし」

「「納得いきませんっ!!」」

ヴィルとサクナが同時に叫んだ。

「本物の恋人である私を差し置いてデートなど言語道断(ごんごどうだん)です！　これ以上へそで茶を沸かすような真似をされるとコマリ様の履(は)いている下着を強奪(ごうだつ)しなければ気が収まりません」

「そうですよ！　だいたいネリアさんはいいんですか？　コマリさんがこのまま結婚しちゃうかもしれないんですよ？　この世が終わってしまうかもしれないんですよ？」

「コマリが本当に結婚するわけないでしょうに。デートも結婚もフリよフリ」

ネリアは冷静な態度でコップに牛乳をついでいた。

「ねえコマリ？　リンズのプロポーズを受けたのは華燭戦争で丞相を倒すっていう決意表明みたいなもんでしょ？　べつにリンズのことなんて何とも思ってないわよね？」

「え…………そうだな。うん」

そうなのだ。べつに私はリンズのことを（恋愛的な意味で）何とも思っていない。

これは天仙郷を救う手助けをするための作戦であり――そこでふとリンズと目が合った。

彼女の顔がみるみる赤く染まる。

何故だか私も恥ずかしくなってくる。昨日のプロポーズが思い起こされて心臓が爆発しそうになってくる。耐えきれなくなってお互い「ぷいっ」と顔を逸らしてしまった。

「……ん？　ちょっとコマリ。あんたまさか」

「とにかく今日は京師の状況確認も兼ねて外に出よう。丞相は明日までは仕掛けてこないはずだ。閣下――リンズのことは頼んだぞ」

「コマリ⁉　何その反応⁉　私と血を分けたときもそんな可愛い顔しなかったわよね⁉」

「え？　いやべつに私は……」

「ネリア様落ち着いてください！　テラコマリなんていつもあんな顔ですっ！」

「失礼だな⁉　私はいつだって凛々しい将軍を演じてきたんだぞ⁉」

「違いますよガートルードさん……コマリさんは普段あんな顔はしません……おかしい。おかしい。おかしい。まるで何かに憑依されているかのような……おかしい。おかしい」

「むしろサクナのほうが憑依されてるんじゃないか？」

「メモワール殿の言う通りですね。コマリ様は悪魔に取りつかれているようです。エクソシストを呼んで悪魔祓いをしてもらいましょう。ひとまずベッドに縛り付けておきます」

「おいはなせ変態メイド‼　私は正常だ‼　ベッドに連れて行くんじゃないっ‼」

「――待って。みんな」

リンズが立ち上がって声をあげた。視線が彼女に集中する。

「テラコマリさんは。私のことなんて全然好きじゃないから……だから大丈夫。華燭戦争の間だけだから……テラコマリさんは取らないから。慌てないでください」

何故か胸がちくりと痛んだ。

しかし周りの連中は「冷静に考えればそうだよな」といった感じで落ち着きを取り戻すのだった。

ヴィルが私の身体をマッサージしながら「わかりました」と頷いた。

「華燭戦争に必要だというならデート……じゃなくてお出かけも認めます。ただし門限は三時まで。お小遣い（こづか）は三百メル。手をつなぐなどの破廉恥（はれんち）な行為は一切（いっさい）禁止」

「お前は私の何なんだ」

「リンズ殿。コマリ様にちょっかいを出したらあなたの夕飯に『笑いが三日間止まらなくなる毒キノコ』を入れますからね。覚悟しておいてください」

「はい」

「わかればよし。私たちは数メートル離れて観察するといたします」

ヴィルの目は血走っていた。

こうして私とリンズのデート（？）が幕を開けた。

☆

京師の人々が遠巻きに私たちを眺めてくる。話しかけてはこなかった。しかし突き刺さる視線には好奇心や戸惑いなどの感情が込められていた。

「えっと……じゃあ行こうか？」

「うん。お願いします……」

「リンズはどこに行きたい？　私は……その……情けない話なんだけど……デートって何をすればいいのかわからないから……」

リンズの顔がさっと赤くなる。俯きながら「デート……」と確かめるように呟いた。

いやいや。いやいやいやいや。そんなに意識しないでくれよ恥ずかしいから。勘弁してくれよ謝るから。どうしてお前は本当に初デートでもするかのような雰囲気を醸すんだよ。

「リンズ！　深く考えるな！　これはフリなんだから！」

「そ、そうだね！　フリだもんね！　京師は私が案内するよ！」

「わっはっは！　頼もしいなあ！　天仙郷に詳しいリンズがいれば百人力だ！」

「…………」

何故か間があった。しかしすぐに「任せて」と笑う。

「よくお忍びで街に遊びに来てるの。良いお店もたくさん知ってるから」

「へえ。リンズはすごいな」

「公主だもん。自分の国のことを知っておくのは当然だよ……」

そういえば私はムルナイトの帝都のことを全然知らない。引きこもっていたのだから当然なんだけど……こういうところに意識の差が出てくるよな。やはり次代のトップになるような人物は違うのだろう。そこでリンズが「あっ」と何かに気づいた。

「……コマリさんって呼んでもいい？」

「ん？　いいけど……」

「ありがとう。そっちのほうが……恋人っぽいよね」

何故か私は悶死してしまいそうになった。

チンパンジーに殺害予告されたときだってこんなにドキドキしないのに。

「あっちにオススメのお店があるの。いいかな……？　コマリさん」

「おう！　行こうじゃないかリンズさん！」

私はリンズと並んで歩き出した。テンションがおかしいのは気にしたらいけない。私はこの時点ですでにいっぱいいっぱいいっぱいなのである。

☆

「あああああ!!　コマリ様が!!　コマリ様が私以外の人間と街を歩いている⁉︎⁉︎⁉︎」

「落ち着いてくださいヴィルさん！　それくらい普通のことですから！」

「落ち着いていられませんッ!!　今すぐあの二人の間に割り込んでコマリ様に向かって求愛のダンスを踊りたい……略奪してしまいたい……」

路地裏。コマリとリンズの動向を見守っている者たちがいた。

ヴィル、エステル、サクナ、ネリア、メイファの五人。

ネリアが双眼鏡を覗きながら「なんかおかしくない？」と眉を顰める。

「二人とも本当に好き合ってる感じがするわ。まるで初々しい学生カップルね……あれがコマリの演技だっていうなら見上げたものだけど」

「想定外だな。テラコマリはともかくリンズまで……」

「なんか言った？　メイファ」

メイファは咳払いをして「何でもない」と誤魔化した。

「とにかくカップルらしく振る舞うのは重要だ。しかし民衆にアピールするためにはより露骨な行為が必要になる。僕としては手をつなぐぐらいのことはやってほしいね」

「そんなことをしたら大変なことになりますよ？」

エステルはぎょっとした。地べたに体育座りをしていた白銀の少女——サクナ・メモワールがニコニコ笑ってリンズとコマリのペアを凝視している。

「……メモワール将軍。何が大変なことになるんだ？」

「そんなことをしたら大変なことになりますよ？」

「いやだから。何が大変になるのかと……」

「そんなことをしたら大変なことになりますよ？」

サクナがメイファのほうを振り向いた。

メイファが「ひぃっ⁉」と鳥のような悲鳴をあげて後ずさる。

エステルは知っていた——このサクナ・メモワールという少女がコマリの大ファンだということを。自分の部屋の壁にコマリの写真をべたべたと貼りつけることによって巨大なコマリのモザイクアートを作り上げているということを。これは血の雨が降るかもしれない。

「お、店に入ったわね。あそこって何が売ってるの？」

「有名な雑貨屋だな。観光客くらいしか行かない店なんだが」

「ふーん」

そこでネリアが何かに気づいたように目を細める。

エステルも妙な気配を感じた。かすかな殺気。そして憎悪。出所がどこなのかは判然としない——しかしコマリを尾行している人間は自分たち以外にもいたらしい。

「少し面倒なことになりそうね」

ネリアが口の端を吊り上げながら再び双眼鏡を覗き込む。

☆

リンズに案内されたのは異国情緒あふれるお土産屋さんである。

キラキラした商品が所狭しと並んでいる素敵なお店だ。

「何か買いたいものがあるの？」

「ううん。でも覗いてみるのも楽しいかなって……いやだった？」

「嫌じゃない嫌じゃない！　一緒に店を冷やかそうじゃないか！」

リンズは苦笑して店内を歩き始める。

きれいな石のキーホルダー。花の模様が描かれた陶器。木彫りの龍。色とりどりの扇子。歴代天子の絵柄のトランプ――棚に並んでいるのはムルナイトでは見られない独特な逸品ばかりだった。この雑多な空気は嫌いじゃない。

「面白いものがたくさんあるね。何かオススメとかない？」

「おすすめ……!?」

何故か挙動不審になる。辺りをきょろきょろと見渡す。

やがてリンズは店の奥のほうに視線を固定させた。私もつられて見やる――そこには「天仙郷名産・綺仙石（きせんせき）」と書かれたポップが貼りつけてあった。

「あれとかどうかな？　綺仙石っていうのは夭仙郷の南方でとれる石のことなの。色が綺麗だからお土産として人気なんだって。お父様がそう言ってた」

「そうなのかー。見て見て。名前を刻んでアクセサリーにしてくれるんだって」

「ほんとだ。じゃあ……えっと……お揃いのにする？」

「え？」

「形も自由に注文できるみたい。せっかくなら二人だけの形にしたいなって……」

リンズが顔を赤らめてそんなことを言ってきた。

そうだな。デートだしな。それくらいしてもおかしくないよな。

「わかった！　じゃあお揃いにしよう！　私は星が好きだから星の形がいいな！」

「じゃあ星の形で。——すみません」

リンズが店の人を呼ぶ。人の好さそうなお爺さんが現れて「はいはい綺仙石ね」と慣れた感じで対応してくれた。私たちの名前を告げたときにキョトンとしていたのは印象的だったけれど、しかし気にした様子もなく魔法で石を加工してくれた。

「わあ！」

お爺さんから手渡されたソレを見た私は感嘆の声を漏らしてしまった。

つやつやと輝く星の石。私のは緑色でリンズのは紅色だ。そしてそれぞれにきちんと〝テラコマリ・ガンデスブラッド〟〝愛蘭翎子〟と刻まれていた。

「ふふ……お揃いだね」

「うむ。これは良い思い出になるな」

「私が払うよ。コマリさんに付き合ってもらってるお礼」

「え？　なんか悪いよ」

「いいの。一回プレゼントしてみたかったから……お爺さん。これいくらですか？」

「二つで三十両だね」

「これでお願いします」

そう言ってリンズは財布から宝石のようなモノを取り出した。

天仙郷で使われている貨幣ではない。というかお金ですらない気がする。

「なんじゃこりゃ。いやいやリンズ殿下よ……これは朝廷の〝光玉銀宝(こうぎょうくぎんぼう)〟じゃないか。税金を国庫に納めるときに使うもんじゃろう？」

「もしかして使えないいんですか……？」

「こんなモノを渡されても釣銭が払えんよ。京師に流通してる金で払っておくれ」

リンズは慌てて財布の中身をまさぐった。

すぐに石像のように固まる。耳まで真っ赤に染まっていく。

「はっはっはっは。公主様は世間知らずじゃなあ」

ぼふんっ！――――という効果音がつきそうな感じでリンズの頭が沸騰した。

「ち……違うのっ！　たまたま持ってなかったのっ！　いつもは普通のお店で使えるお金もちゃ

んと持ってるの……！　でも今日はちょっと慌ててたから入れるのを忘れて」

「払ってくれなきゃ困るんじゃが」

「っ……！」

「大丈夫だよリンズ。お金は持ってるから」

京師に来るときに天仙郷のものに両替してもらったのだ。

しかしリンズは「駄目だよ駄目だよ」と首を振って私の服をつまんできた。

「コマリさんに払わせるなんてできないよ。私が案内してあげてるんだし……」

「いいよべつに――はいお爺さん」

「毎度あり」

リンズはぷるぷる震えながら私の支払いを眺めていた。

気にすることじゃないのに――と思うのだが彼女にとっては意に沿わぬ展開らしかった。

雑貨屋を出た途端にギュッと私の手を握りしめてきた。

「え⁉　リンズ⁉　急にどうしたんだ……⁉」

「次は！　次はちゃんとするから！　後で綺仙石のお金も払うから！」

「気にする必要は……」

「たまたまだったの。たまたまお金持ってなかったの。次は小切手渡すから安心して」

「いや安心も何も――っておい⁉」

リンズは何故かムキになって私を引っ張っていった。

☆

「あああああ!!　コマリ様が!!　コマリ様が私以外の人間と手をつないでいる!?!?!?」

「落ち着いてくださいヴィルさん！　あれは引っ張られているだけですっ！」

「あはは。大変なことになっちゃいましたね」

「あの……メモワール閣下？　どうして包丁を研ぎ始めるんですか……？」

お土産屋さんの反対にあるカフェテラス。

エステルは荒ぶる上司二人を諫めるのに四苦八苦していた。

この二人はコマリン閣下のことが大好きなのだ。その気持ちは理解できるけど彼女たちの場合は常軌を逸している。軍人は変人でないと務まらないのかもしれない。

「それにしてもリンズは積極的ねえ」ネリアがコーヒーのストローを嚙みながら言った。「周囲の人間が『なんだなんだ？』って注目してるわよ。本人は気づいてないみたいだけど」

「それが当初の目的さ。すでに京師の情報網ではテラコマリとリンズが仲良くデートしているという噂が飛び交っている。リンズが本当に好きなのは丞相じゃなくてテラコマリなんじゃないかっていう憶測もされているらしい。上手いこと丞相の策略に楔を打てているようだね」

「六国新聞が工作してるからね。後で私とコマリについて報道してくれないかしら？　実は生き別れの姉妹だった——とか素敵じゃない？　まあ実際似たようなもんなんだけど」

サクナが包丁を研ぎ終わった。煙のように立ち上がってリンズに狙いを定める。エステルは慌てて「考え直してくださいっ！」と彼女にしがみついて止めた。

「あっちは飲食店が並んでいる通りか。僕たちも移動しよう」

「すごいスピードね。そんなにお店で失敗したのが恥ずかしかったのかしら？　というかなんで一般店であんな通貨を取り出したの？　天然？」

「天然なのは認める。でもあれはそういうわけじゃないんだよ」

メイファは微妙な顔をしていた。あちこちで「殿下と閣下がデートしてるぞ！」という声があがっている。続々と野次馬が集まってきて二人の行く末を見守っていた。作戦は順調に進んでいるらしい——そこでネリアの眉がぴくりと動く。

遅れてエステルも気づいた。

二人をこそこそと追いかけている数人の男たちがいる。

☆

「そろそろお昼だよね。一緒にご飯食べよっか」

リンズに案内されたのは『天竺餐店』。

龍がのたくったような意匠の扉の向こうからは美味しそうなにおいが漂ってくる。無意識のうちに「ぐう」とお腹が鳴ってしまった。

しかし私はちょっとしたモヤモヤを抱えていた。

ここって昨日ヴィルたちと来たところなんだよな。

「天竺餐店は有名なレストランガイドブックで毎年〝三ツ星〟を獲得していてね？　天仙郷の伝統的な料理をそのままの味で味わうことができるの。このお店のために旅行する人も少なくないんだって……、……少なくないんだよ」

まるでカンペでも読んでいるかのような早口で説明してくれた。明らかに「いや昨日来たんだけど」とか言い出せる雰囲気ではない。まあいいか。このお店の料理は美味しかったし。

「じゃあここにしようか」

「うん。ありがと」

何故か安心したようにお礼を言う。

店に足を踏み入れると「閣下⁉」「殿下⁉」といった視線がこちらに集中した。有名税みたいなものだろう。反応しても仕方がないので私たちは無視してテーブルにつく。

「定番のコース料理があるの。コマリさんは初めてだから……それでいい？」

「え？　ああ……」

「大丈夫。私は何度も来てる常連だから。味は保証するよ」

私が何かを言う前にリンズが注文をしてしまった。いやそれって昨日私が食べたのと同じ料理だよな……？　こうなったら後には引けない。リンズをがっかりさせないためにも初見みたいなリアクションをするしかない。うなれ私の演技力……！

「……閣下？　閣下ではないですか！」

不意に聞き覚えのある声が耳朶を打つ。そうして私は予期せぬ遭遇に仰天してしまった。

カオステル。ベリウス。そしてヨハン。

第七部隊のやつらが隣のテーブルについてご飯を食べていたのである。

「奇遇ですねえ！　こんなところでお会いできるとは！」

「うむ。そうだな。奇遇だな」

「それにしても楽しみですねえ。ことが終われば夭仙郷は我々のモノになるのですから」

おいやめろ。世間話のノリでわけわかんねえこと言うんじゃねえよ。ほら見ろリンズが目を丸くしているじゃないか。違うからなリンズ。全部こいつの妄言だからな。

「コマリさん……この人たちは？」

「あはは。誰だろうな。私にはわからないよ」

「おおアイラン・リンズ殿下！　お初にお目にかかります！　私はムルナイト帝国軍第七部隊広報班班長中尉カオステル・コントと申します！　以後お見知りおきを！　ちなみにこちらは犬の

ベリウス・イッヌ・ケルベロ。あっちはアホのヨハンです」

「あ……はい。よろしくお願いします?」

リンズとカオステルが握手をしていた。気をつけろよリンズ。こいつは幼女誘拐の疑いがある犯罪者だからな? 私はともかくきみみたいな小さい子は狙われる可能性がある。

「ま……まあとにかく奇遇だな! ところでそっちの進捗はどうだ? 上手くいってるか?」

ちなみに私は彼らが何をやっているのか知らない。ネリアと一緒に丞相の悪事を暴露するための情報収集をしているのだろうか?――そんなふうに考えながらコップの水を飲む。

ヨハンが肉をかじりながら「もちろんだぜ!」と元気に答えた。

「さっきメラコンシーの馬鹿が宮殿に爆弾を仕掛けたんだ。テラコマリの合図があればいつでも爆破することができるぞ!」

「ぶふっ⁉」

思わず水を噴き出してしまった。

こいつら何やってんだ⁉ テロでも仕掛ける気なのか⁉

「お前ら……ヴィルからどんな命令されたんだ?」

「はて? 私は閣下からのご命令と聞いておりますが」

「そ、そうだったな! 私がどんな命令をしたのか復唱してみろ!」

「承知いたしました。――此度(こたび)の作戦における第七部隊の役割は〝脅迫〟です。爆弾など様々なトラップを仕掛けることによって丞相グド・シーカイに優位に立とうとしているのです」

「何でそんなことする必要があるの？」

「これは閣下自身がお考えになった素晴らしい作戦では……」

「わかっとるわ！　お前たちがちゃんと理解しているのか確認したくてな！」

「失礼いたしました……！　ごほん。夭仙郷京師は丞相のホームグラウンドです。どんな罠が仕掛けられているかもわかりません。ゆえに切れるカードは可能な限り増やしておいたほうがいいのです。我々は華燭戦争における最終兵器みたいなものですよ」

「おいテラコマリ。めんどくせえから今爆発しちまおうぜ」

「そんなことをしたら暴力ではないですか！　コマリ隊が今まで頭脳を駆使してスマートに勝利を重ねてきたことをお忘れですか？　これだから考えなしの馬鹿は困ります」

「んだとコラ⁉　この肉みてえに燃やしてやろうか⁉」

「というわけです閣下。私の理解は正しかったでしょうか？」

「うむ！　百点満点の解答だったな！」

カオステルが「光栄です！」と敬礼した。言いたいことは山ほどあったけど黙っておこう。面倒なことは全部ヴィルに押し付けておけばいいのだ。

不意にベリウスと目が合った。彼は疲れたような顔で無言を貫いていた。

この犬がエステルと気が合うのも頷ける気がする。第七部隊では比較的マシな感性を持った獣人だからだ。いやこいつもこいつで殺人鬼なんだけど。

「コマリさん。料理が来たよ」

「おお……！」

そうこうしているうちに店員さんが最初の料理を運んできてくれた。

昨日食べた包子とか餃子とかである。

「これ美味しいんだよね。見ているだけでお腹が減ってくるよ」

「あれ？　コマリさん……」

「間違えた！　これ美味しそうだね！　夭仙郷に来てよかったよ～！」

「うん。夭仙郷の料理は他の国では珍しいスパイスを使ってたりするんだ。コマリさんの口に合ったらいいけど……」

なんだか心苦しい。でもリンズが嬉しそうにしているので本心は打ち明けられない。

それに料理が美味しそうなのは事実だしな……嘘はついてない。大丈夫。

「閣下！　それでは我々はこれで仕事に戻りたいと思います」

第七部隊の連中が立ち上がってそう言った。

私たちが来た時点でほとんど食べ終わっていたらしい。

「そうか。是非頑張ってくれたまえ」

「ご期待に沿えるよう尽力いたします――ところで」カオステルが完全犯罪を確信した犯罪者の

ようなツラで言った。「閣下は昨日このお店に来たという話でしたよね」

「は」

「そのコースメニューも注文したと聞きました。まるで初見のような反応ですね」

おい。お前。何を言ってるんだ……？

「いえヴィルヘイズ中尉から伺っていたのですよ。閣下はその餃子がお気に入りだそうですが……まあ色々とご事情があるのでしょう。私はこれにて失礼いたします」

「…………」

お——お前ええええええ!?　何が『色々とご事情があるのでしょう』だよ!?　気が遣える男を気取ってるんじゃねえよ!?　気を遣うんなら最初から最後まで黙っとけよ!!

「では閣下。ごゆっくり」

「爆発したいときはいつでも呼べよ！　僕が着火してやるからな！」

「あ、おい……！」

部下たちは上司の心の嘆きを無視して店を出て行った。

残された私は沈黙することしかできない。リンズのほうを振り返ることができない。

やがて彼女が「あの」と小さな声で呟いた。

「コマリさん。無理してたんだね……」

「無理じゃない無理じゃない無理じゃないっ!!」

リンズは泣きそうになっていた。罪悪感で死にそうだった。

「このお店大好きだし！　ほらこれすごく美味しいよ⁉」

「ごめんなさい。べつのお店にするから……」

「いいからいいから！　嘘ついてた私が悪いんだよごめん！　私はこのお店がいいから！　ほらリンズも座って――あっ」

立ち上がったリンズの腕を摑んで止める。

どさり。彼女の服の内側から何かが落ちてきた。

思わず視線を下に向ける。それは黄色い表紙の本だった。

ん……？　これ見たことがあるぞ？

エステルが持っていた京師のガイドブックだったような？　でも何でリンズが持っているのだろう？　借りたのだろうか？　いや何で借りたんだ？　というかこれ付箋がないからエステルの所持品とは別の一冊っぽいな――疑問が頭の中を駆け巡ったときである。

ふとリンズが絶望的な表情をしていることに気づいた。

「ごめんなさい……私……実は京師のことに全然詳しくないの……」

「え……？」

「宮殿の外にほとんど出たことがなくて。だからコマリさんに京師を案内する資格なんてなくて。嘘つきは私なの。ごめんなさい。ごめんなさい……」

つまりリンズは私と同じで夭仙郷初心者ってこと？

それがバレるのが嫌だからガイドブックで私を案内してくれてたってこと？

わけがわからず頭を抱えそうになった瞬間のことである。

店の窓ガラスが一気に砕け散った。

見知らぬ男たちが叫び声をあげながら襲いかかってくる。

☆

「リンズはね。実は自分の国のことをろくに知らないんだよ」

天竺餐店の向かいの広場である。メイファが溜息交じりにそう言った。

エステルはサクナとヴィルヘイズを必死で押しとどめながら彼女の言葉に耳を傾ける。

「あの子はずっと宮殿の奥深くで育てられてきた。父親である天子が『公主は京師を無闇に外出するものではない』と主張していてね」

なるほどなとエステルは思う。アイラン・リンズは箱入りのお嬢様だったというわけだ。

「コマリに無知なことを知られたくなかったのね。見かけによらず見栄っ張りというか」

「リンズは意外と小物だよ。深く接してみればわかる」

「従者のくせに遠慮がないわね、あんた」

「小さい頃からの付き合いだから遠慮がないんだ——でも彼女が天仙郷のことを思っているのは本当だよ。なんとしてでもグド・シーカイを止めたいと思っている」

「ふーん。それって少し歪な気もするけど……」

「私もコマリ様と一緒にお昼ご飯を食べたいのに。一緒にデートをしたいのに。どうしてリンズ殿だけあんなに役得なんですか。ずるいです。ずるいです。ずるいです」

「このまま華燭戦争で勝ってしまえばコマリ様はリンズさんと結婚することになってしまいます……そうだ。私がリンズさんになり替わればあるいは」

「二人とも冷静になってくださいっ！　これは作戦なのですから——」

そこでエステルはハッとした。コマリたちを尾行していた男たちに動きが見えたのだ。

ネリアやメイファも気づいたらしい——険しい表情で天竺餐店のほうに視線を走らせる。男たちが店の外側に立った。手をかざして魔力を練っているらしい。

「おいカニンガム大統領」

「あいつらは翦劉ね。顔は見えないけど私に無関係とは思えない」

次の瞬間。

ぱりいいいいいいいいん!!——と窓ガラスが粉々に砕け散った。

男たちは雄叫びをあげて店内へと突っ込んでいく。

エステルはあまりの出来事に開いた口が塞がらなかった。街中でいきなり襲撃してくるやつがあるか？　あるのだろう。これはエンタメ戦争ではないのだから。

「ッ――皆さん！　はやく閣下を助けに……」

エステルが我に返ったときには周囲に誰もいなかった。

ネリアもメイファもサクナもヴィルヘイズも店に向かって疾走していたのだ。

☆

「くたばれテラコマリ・ガンデスブラッドォ――――――――!!」

雪崩を打って謎の男たちが侵入してくる。客や店員が大騒ぎをして逃げ惑う。

しかし私は身動きが取れなかった。

先頭の男が長剣を振りかぶる。殺気の行き先は明らかに私だった。

は？　このまま死ぬの？　ここ魔核ないんだけど？――あまりにも絶望的すぎて脳が素面に戻りかけた直後。

「コマリさんっ！」

男の剣がリンズによって防がれていた。彼女が装備していたのは扇である。クジャクの羽のような扇面が敵の刃物を軽々と受け止めていたのだ。男は舌打ちをして後退しようとする――しかしそれよりも前にリンズが放った魔力の弾丸が彼の腹部を撃ち抜いていた。

「ぐがっ⁉」

大きな体躯があっさりと吹っ飛んでいく。

しかし襲撃者は他にも三人くらいいた。四方八方から雄叫びとともに斬撃が襲いかかってくる。

私は恥も外聞も忘れてその場で亀のように縮こまってしまった。

「さっさと死にやがれ！――おげっ」

緑色の魔力の突風が一人の男を吹き飛ばす。

その直後。べつの敵がリンズの隙を突いて私のほうに向かってきた。

「大統領の仇ッ！」

「コマリさん避けて‼」

リンズが大慌てで叫んだ。しかし彼女はもう一人の敵の対応に追われていた。

高速で迫りくる刺客を前にして私は動くことができなかった。憎悪に染まった瞳に射竦められて心が凍りつく。彼のかざした長剣が私の喉元に届かんとした瞬間。

コケた。

まるでバナナの皮で滑ったかのような有様である。よく見れば本当にバナナの皮が床に捨ててあった。いやなんでだよ。運良すぎだろ。男は「なにィ⁉」と驚愕の声を漏らし――そのまま回転しながら床に倒れこむ。しかもゴツンと後頭部を強打したらしい。

それきり動かなくなってしまった。打ちどころが悪かったのだろうか。

しかし幸運ばかりではない。店の外からワラワラと似たような恰好をした男たちが襲いかかってきたのだ。よく見れば表の通りではネリアやヴィルたちが彼らと戦っている。

「いったん退こう！」

「え？――わわっ」

リンズが突然私の腕をつかんだ。

そのまま何かの力を発動。私の身体は彼女に引っ張られてフワフワと宙に浮いた。

「ちょっ……⁉　どこ行くの⁉」

「安全なところ！　ここにいたら襲われるから……」

「でもお金払ってないぞ⁉　無銭飲食だぞ⁉」

リンズは私の真っ当な抗議を無視して空中浮遊を開始した。

つられて私の身体もフワフワと浮く。どんどん高度が上がっていく。あまりの恐怖にリンズの身体にギューッとしがみつく。彼女の口から「きゃうっ⁉」と悲鳴が漏れた。

「待って！　待ってくれ！　私は高いところが得意じゃないんだ！　むかし屋根にボールを取りにのぼったら妹に梯子をガクガクと揺らされて落ちてトラウマになったんだ！」

「わかった。じゃあそこの橋までにするね……？」

「うん……あれ？」

そこで違和感を覚えた。私の手はリンズの胸に添えられている。弁解の余地もないセクハラである。しかし羞恥心や罪悪感よりも先に不審に思ってしまった。何故ならば――

「――リンズの胸、めちゃくちゃ硬くない？」

「⁉ ⁉ ⁉ ⁉ ⁉」

至近距離にあるリンズの顔がみるみる赤くなっていった。そうして私は気づいた――これこそセクハラの極みじゃないか？ 変態メイドを凌駕する無礼千万なセリフじゃないか？

「ごめん！ 悪気はなかったんだ！ えっとだな……とにかくごめん！ リンズの胸はふにふにで気持ちいい！ いや私は何を言ってるんだ馬鹿なのか⁉ 本当にごめんっ……！」

「だ……大丈夫だから！ 気にしないで」

リンズが身体の火照りを冷ますような勢いで急上昇した。

私は己の言動を後悔しながら漏らしそうになった。

☆

「こいつらゲラ＝アルカのやつらね。まさか天仙郷に逃げ延びていたとは」

京師のメインストリートには大勢の翦劉たちが倒れていた。

無論殺したわけではない。全員縄で拘束されて一か所にまとめられていた。その数なんと九人。

コマリを尾行して襲撃するタイミングをうかがっていたらしい。

「マッドハルトが指示でも出しているのですか？」

メイドのヴィルヘイズが毒薬を懐にしまいながら言った。サクナも冷静さを取り戻したらしい
――真面目な顔で杖を構えて周囲を警戒している。

「そんなはずない。マッドハルトはもういないもの。仮にいたとしてもこんな往生際の悪いことをするやつじゃない――つまりこれはゲラ＝アルカの残党が勝手にやったことなのよ」

ふと倒れている男の掌に目がいく。そこには星の形をした傷跡が残されていた。

紅雪庵の騒動の後にコマリから聞いた。常世という異世界では〝夕星〟なる魔物が暴れているらしい。そいつはだんだんとこちら側に侵食を始めており――その影響を受けた者にはモニク・クレールのときのように〝星痕〟が浮かび上がるという。

その効能は〝意志力〟というエネルギーの減退。

つまり精神に異常をきたすらしいのだ。

「まるで人形のようですね。つついても反応がありません」

ヴィルヘイズが翦劉の頬を木の棒で刺していた。彼らは「ああ」とか「うう」とか妙な呻き声しかあげない。さっきまであれほどハイテンションだったのに――これはモニク・クレールが罹っていた〝消尽病〟と同じ症状なのではなかろうか。

「まあ細かい調査は部下にやってもらうわ。こいつらは天仙郷政府に通報しておきましょう」

「そうですね。それと別件で気になることがあるのですが」

ヴィルヘイズがコマリの飛んで行った方角を眺めながら呟いた。

そうしてメイファを振り返って言う。

「今まで私は冷静さを失っていたようです。しかしこの騒動で普段の観察眼を取り戻すことができました。生粋のコマリソムリエである私を誤魔化し続けるのは不可能なのですよ――メイファ殿。あなたは何か隠し事をしていませんか？」

視線がメイファに集中する。彼女は少しうろたえた様子だった。

「隠し事……と言われてもな」

「コマリ様は明らかにリンズ殿に特別な意識を持っているようです。しかしそんなことは有り得ません。不自然です。だってコマリ様の一番は私と決まっているのですから」

「いや決まってないでしょ？」

「そうですよヴィルヘイズさん。コマリさんは皆のコマリさんです」

「とにかくおかしな点がたくさんあるのですよ。思えば二月にあなた方がムルナイト宮殿を訪れたときから変だったのです。あなたは……烈核解放を発動しましたよね」

メイファの肩がびくりと震えた。それは白状したも同然の反応だった。

ヴィルヘイズが「やっぱりそうですか」と呆れたように言う。

「あなたはコマリ様に何をしたのですか？」

しばらく沈黙が続いた。

しかしやがて彼女は「……すまない」と悔恨のにじむ表情で呟くのだった。

「リンズを救うためにこれしかなかった。僕たちにはテラコマリの力が必要だった。でも見ず知らずの人間を無償で助けてくれる物好きなんてこの世にはいないから……」

「怒らないので詳しく説明してください」

「実は……テラコマリにはリンズを好きになる呪いをかけたんだ」

「さて毒殺しましょうか」

「ヴィルさん⁉　怒らないって言いましたよね⁉」

エステルがヴィルへイズを羽交い絞めにして止めるのだった。

☆

私とリンズは高層建築と高層建築をつなぐ橋の上に降り立った。

キリン十頭ぶんくらいの高さの場所である。すぐ下にはオリエンタルで風雅な街の光景が広がっている――しかし私と同じ目線の高さにも迷路のように橋が張り巡らされていた。

「あの人たち……何だったんだろうね。コマリさんを狙ってたみたいだけど……」

リンズが橋の欄干に腰かけながら言った。よくそんなところに座れるな……ちょっとバランスを崩したら真っ逆さまだぞ？　怖くないのか？　いやリンズは飛べるから平気なのか。

「もしかしたら……丞相か軍機大臣の差し金かもしれない。華燭戦争が起きる前に亡き者にしてしまおうっていう魂胆かも。あの人たちは平気でそういうことをするから……」

そうだとしたら卑怯(ひきょう)ってレベルじゃない。

私は橋の下に視線を向ける。襲撃者は全員ネリアたちによって制圧されたようだ。

「ねえ……軽蔑(けいべつ)した？」

「軽蔑？　なんで？」

「私は京師のことを何も知らないの。ああいう人たちがいるってことさえ……」

リンズはほとんど宮殿の外に出たことがないらしい。

ならば当然だと思うのだが――しかし彼女は自分を責めるように言葉を続ける。

「公主として失格だよね。私はお父様の無気力さを何度も非難してきた……でもこれじゃあお父様と同じだよ。ううん。それ以下かもしれない。よく知りもしないくせに『天仙郷をなんとかしたい』って出しゃばってるんだから」

「リンズはどうして天仙郷を変えたいって思ってるの……？」

「だって公主だから。私がやらなくちゃいけないから」

私は少し窮屈なものを感じてしまった。それが彼女の本心とは思えなかった。

しかしリンズは「それだけじゃないよ」と言葉を付け加えた。

「丞相は悪いことをしてる。多くの人を傷つけてる。私に優しくしてくれた協力者たちも……メイファも……あの人にひどい目に遭わされたから」

「……そっか。じゃあ華燭戦争で頑張らなくちゃいけないな」

「うん……」

不意にリンズのポケットが光った。通信用鉱石に連絡が入ったらしい。

「もしもし。メイファ……？」

二言三言会話をする。やがて通話はすぐに切れてしまった。

リンズの表情は曇っていた。まるで罪の意識に苛まれているかのような。

「……コマリさん。私は隠し事をしているの」

「そうなの？」

「うん。あのね……実はね……」

言葉はそれ以上続かなかった。リンズが突然「げほげほ」と咳き込んだのである。最初は私も気にもとめなかった――しかし彼女の身体は欄干から滑り落ちて橋の上に四つん這いになってしまった。しかも苦しそうに口元を押さえているではないか。

「リンズ⁉　大丈夫か⁉」

私は慌てて彼女の背中をさすってやった。ひゅうひゅうと息をするリンズの表情は青白くなっていた。もしかしてリンズって病気なのか？　でもここって夭仙郷の魔核の効果範囲内だよな？

いったい何が――わけがわからず狼狽する私を見上げてリンズは言った。

「……大丈夫。ちょっと薬を飲むの忘れちゃって」

懐から丸薬らしきものを取り出す。それをそのままゴクリと嚥下した。

しばらく待っていると徐々に顔色がよくなってくる。リンズは「ほら大丈夫」と手品が成功した子供のように笑うのだった。

「最近調子が悪くて。薬を飲んでいれば平気なんだけど」

「本当に大丈夫なのか？　メイファを呼んだほうがいい？」

「メイファなら来るよ。私が薬を飲み忘れたことは内緒にしてね……怒られちゃうから」

リンズが何事もなかったかのように立ち上がる。

ちょうどヴィルにひっつかれたメイファが橋の上に着地するところだった。

彼女は私たちの姿を認めると安心したように溜息を吐いた。

「リンズ、怪我はないか？」

「うん……心配してくれてありがとう」

「ああコマリ様！　コマリ様コマリ様ご無事でよかったです！　でも身体の奥深くに怪我があるといけないのでさっそく揉み心地が変わっていないか確かめて差し上げますね」

「おわあああ⁉　お前は無駄に心配しすぎなんだよ⁉」

「足りないくらいです。だってコマリ様は天仙どもの不埒な術にかかっていたのですよ」

「お前は何を言ってるんだ……？」

ヴィルのモミモミを全力で回避しながらリンズとメイファに視線を向ける。

二人は気まずそうにしていた。しかしリンズが意を決して前に出る。

まるで愛の告白でもするかのような表情で静かに問いかけてきた。

「コマリさん……私のこと好きでしょ？」

脳がショートした。

愛の告白どころではなかった。それは捉え方によっては自信過剰にも思われる尊大な発言である。

しかしその一言で私の中に残っていたクールな成分は丸ごと掃き出されてしまった。

「す……好きか嫌いかで言われたら好きだな⁉　その二択だとそうなるな⁉」

「わかってる。たぶんコマリさんは私のことが大好きなの。気づいたらアイラン・リンズのことを考えてしまっている。そして心臓が爆発しそうな気分になっちゃう……」

熱湯に放り込まれた生卵の気分だ。どんどん体温が上昇して何も考えられなくなる。

後ろでヴィルが漆黒の殺意を滾らせていた。こいつこそが殺戮の覇者に相応しい。

リンズがじっと見つめてくる。認めないわけにはいかなかった。

「……そうかもな。理由はわからないけど……リンズのことを思うと胸が苦しくなるんだ……幾多の恋物語を紡いできた希代の賢者だからなんとなくわかる。たぶん私は……私は……リンズのことが好きなのかもしれない……」

「オゲエエエエエエエエエエエエエエエエエエエエエエエエエエエ‼」

背後でものすごい音が聞こえた。

変態メイドが嘔吐じみた悲鳴を漏らしていた。

「おいヴィルどうしたんだ⁉　敵に狙撃でもされたのか⁉」

「だ……大丈夫ですコマリ様……ただの発作です……私に構わず続けてください……」

明らかに大丈夫ではない。だがよく考えてみればこのメイドが大丈夫だったときのほうが少ない。ひとまずスルーしておこう。私はリンズのほうに向き直って話を続けた。

「私はどうしたらいいかわからないんだ。こんなことは初めてだったから……」

「その感情は嘘。あなたはアイラン・リンズのことが好きなわけじゃない」

冷酷に突き放されてびっくりしてしまう。リンズは疼きを堪えるように眉をひそめた。

「あなたにはメイファの烈核解放【屋烏愛染】がかけられているの。メイファが私を想ってくれている気持ちを他人に移植する能力……」

「ん？　ん⁇　意味がわからないんだけど」

「手の甲に烏のマークがついているだろ。僕の術中にある証拠だ」

確かに痣のようなものが浮かび上がっている。

つまり……私はメイファに操られていたということなのか？

「いやちょっと待て⁉　でも私はリンズを見てると本当にドキドキするんだぞ……⁉」

「本来は同情を喚起する程度のものなんだけどな。あなたは感受性が豊かなのだろう。まさかこれほど露骨な恋心として発現するとは思わなかった」

「でも私はリンズが好きなんだ‼」

「オゲエエエエエエエエエエエエエエエエエエエエエエエ‼」

「わあああああ⁉　落ち着けヴィル⁉」

「本当にごめんなさい。あなたの気持ちを蔑ろにするつもりはなかった」

わけがわからない。死体の如く橋の上に倒れているヴィルを介抱しながら私は問う。

「仮に私の感情が作られたものだとして……何故そんなことをしたんだ？」

「私を好きになってくれれば助けてくれると思ったから……」

「はあ？」

いったい何を言っているのだろう。本気で理解不能だ。

「この二人はコマリ様を利用していたんです。私が問い詰めなければ華燭戦争が終わるまで黙っているつもりだったようですよ。そしてそのまま既成事実を作って結婚してしまう予定だったのです。つまりコマリ様は私のおかげで窮地を脱したのです。褒めてください」

頭頂部を差し出してくるヴィルはいったん無視しておく。

メイファが「バレてしまっては仕方ない」といった感じで嘆息した。

「これ以上続ければ争いに発展するな。閣下……術を解くからじっとしていてくれ」

「術を解く？　よくわかんないけど……それでいいのか？」

「そうしないとあなたに恨まれる。いやすでに恨まれているだろうけど」

メイファはまっすぐ私の瞳を見据えた。彼女の唇が小さく動く――烈核解放【屋烏愛染】。

そうして私の心臓がだんだんと静かになっていった。いや死ぬわけじゃない。これまで無闇に高鳴っていた鼓動がいつも通りに戻っていったのだ。

リンズを見やる。そこに立っていたのは普通の少女だった。

確かにきれいだ。可憐な容姿は一億年に一度の美少女（私）にも匹敵するかもしれない。だが理不尽な高揚を覚えることはもうなかった。心臓が爆発しそうになることもなかった。

ということは。マジで私は作られた感情に従って動いていたらしい。

「ごめんなさい……私は卑怯な小物だから。こうすることしかできなかった。もうコマリさんが私に協力する理由はない。華燭戦争を辞退すればすべてが元通りになるから」

「なに言ってるんだよ」

私は彼女に一歩近づいた。

そうだ。これが引っかかっていたのだ。

「リンズは私に助けてくれって頼んだじゃないか。だから私は天仙郷までやってきた。いまさら『もういい』って言われても困るぞ。私の力不足が原因なら返す言葉もないけど……」

「えっと……あなたは私のことが好きじゃないんでしょ？」

「好きだよ」

再びヴィルが吐きそうになったので慌てて口を塞いだ。

リンズは目を丸くして硬直していた。私は彼女の手を取って訴えかけるのだった。

「お前は天仙郷のためを思って動いている。悪いことをするシーカイを止めようとしている。それは自分のためじゃなくて人のためを思って行動しているんだと思う……だからリンズの心はとてもきれいだよ。私は好きだ」

「どうして？　なんでそんなこと言ってくれるの……？」

「リンズの力になりたいって思ったからだよ！」

リンズが驚いたように瞬きをする。

頬に紅葉が散った。視線をきょろきょろさせて俯く。

「でも。だって……」

「恋愛感情なんか操作する必要はなかったんだよ。何度も言うけどな……リンズはこんな私を頼ってくれたんだ。それだけでお前のところへ向かう理由になる」

「っ……!?」

リンズはそれきり赤面して何も言えなくなってしまった。

メイファにいたっては狐に抓まれたような顔をして棒立ちしている。

ヴィルが訳知り顔で「そういうことです」と締め括った。

「コマリ様には小細工よりも真摯な気持ちがいちばん有効なのですよ。何せこのお方は頼まれたら断れないタイプの吸血鬼ですからね」

「そんなことはない。私は意志が強いタイプの吸血鬼だ」

「とにかく我々は引き続きお二人に協力いたします。とはいえ決して不埒な考えは起こさないように。あと罰として【屋烏愛染】でコマリ様を私に惚れさせること」

「お前がいちばん不埒じゃねーか‼――ったく」

ヴィルの妄言を一蹴して私はリンズの瞳を見据えた。

何故か「あわわ」といった感じで目を逸らされてしまった。

回り込んで顔をのぞいてみる。彼女はきゃあっと悲鳴をあげて数歩後退した。嫌われたのかと思ったが違うらしい。恥ずかしくて何も言えないといった様子である。

メイファが「おいリンズ」と戦慄したような雰囲気で呟いた。

「まさか矢印の方向が逆になったとか言い出さないよな……？　あのプロポーズの一件から様子がおかしかったが……」

「違うのっ！　ほんとに違うからっ！　えっと……コマリさんっ」

緑色の髪を揺らしながらくるりと向き直る。

杏のような香りが風に乗った。純粋な瞳がまっすぐ私を見つめる。

「今まで利用してごめんなさい。厚かましいけど……コマリさんには協力してほしいの」

「私でよければ何でもするよ」

「ありがとう。……コマリさんには華燭戦争で勝ってほしい。丞相を倒してほしい。私と結婚してほしい……あっ！　今のはちょっと語弊がある言い方だったよね……もちろんコマリさんにお嫁さんがたくさんいるのはわかってるから」

「いや一人もいないんだが」

私は苦笑いをして彼女に手を差し出した。

「……でもわかった。一緒に頑張ろう」

「うん。お願いします」

リンズが手を握り返してくれる。

確かにリンズのやり方は奇天烈(きてれつ)だったかもしれない。でもそれは天仙郷を思っての行動だったのだ。被害はなかったのだから私には責めるつもりは毛頭(もうとう)なかった。

あとは全力で戦えばいい。丞相の悪事を暴けばそれでいいのだ。

そんなふうに私らしくもなく闘志をメラメラ燃やしていたときのことだった。

「――リンズ殿下。お時間でございます」

私の視線の先。リンズの背後に影のごとく数人の天仙が現れた。

ひらひらとした衣服。ヴィルが「あれは愛蘭朝の使いですね」と耳打ちしてくれた。

「なんだお前ら⁉　リンズを連れ戻しに来たのか⁉」

私は彼女を護(まも)るようにして前に出る。

ぎゅっと裾をつままれた。指の震えまで伝わってくるようだった。

おかしな話だ——単純な戦闘能力で考えればリンズのほうが遥かに強いだろうに。

ふとメイファが「おや」と何かに気づいたらしい。

「いや……待ってくれ。こいつらは丞相の部下じゃない」

「我々は天子の近衛兵でございます」中央の男が一歩近づいてきた。「華燭戦争に備えてリンズ殿下を連れ戻すようにとの勅命です。丞相の意図とは関係ございません——こちらが証拠の勅書でございます」

「……確かにこれは天子の筆跡だ。魔力も間違いない」

「はい。天子陛下は殿下とお話をご所望です」

「わかりました」

リンズが彼らのほうに向かって歩いていく。

彼女は私を振り返ってぺこりと一礼をした。再び風に乗って杏のような香りが漂う。

「——じゃあコマリさん。明日はよろしくね」

「もちろん」

「リンズ殿下。参りましょう」

【転移】の魔法が発動する。眩い光が辺りを包み込み——気づいたときにはリンズやメイファの姿はその場から消え失せていた。

私は橋の上に立ち尽くしながらギュッと拳を握った。

リンズの気持ちはわかった。ならばそれに応えるために頑張らなければならない。とりあえず明日のための作戦を練ろうじゃないか――そう思ってヴィルのほうを振り返ったとき。

「コマリ様。大変です」

変態メイドが欄干に手をつきながら京師の風景を眺めていた。

そうして衝撃の事実を口にした。

「この橋、どうやって降りればいいんでしょうか？」

接続されている建物には入口がついていない。

いま私たちが立っているのは景観のための〝飾り橋〟らしかった。

「ヴィルは空を飛べないの？」

「普通の人間が空を飛べると思いますか？」

「……誰かに連絡したら？」

「通信用鉱石はメイファ殿にしがみついたときに全部落としてしまいました」

「…………」

それから私は橋の上でヴィルとしりとりをして過ごした。

日が暮れる頃になってようやく京師を巡察する天仙がフワフワと通りかかる。私たちは絶叫して助けを求めた。かくしてなんとか地上に戻ることができたのである。

六国新聞のロビー活動は順調に進んでいるらしい。

翌日の朝刊には『殿下&閣下特集』などというふざけた特集が組まれていた。

曰く――私とリンズは小さい頃に「結婚しようね」と指切りげんまんした運命の人同士だったとか。天舞祭前のパーティーで再会したときから関係が始まっていたとか。実はこれまでも週に一度秘密のデートをする仲だったとか。

さらに六国新聞はリンズとシーカイの関係をめちゃくちゃな論調で批判していた。

曰く――リンズは本当はシーカイのことが嫌いだった。でも公主としての役目があるから結婚しなくちゃいけない。シーカイは宰相としては有能だけど婚約者としてはダメダメ。何故ならリンズの気持ちを尊重していないから。こないだもリンズとコマリの仲を引き裂くために刺客を送り込んで騒動を起こした（これは天竺餐店の襲撃を脚色したのだろう）云々。

確かにグド・シーカイは人気者だ。しかしこの記事が広まるにつれ「コマリ×リンズもアリなんじゃないか?」という意見が湧出するようになったらしい。こんな捏造記事でアリだと思える神経がよくわからない。しかしメルカとティオの街頭インタビューによれば京師の約三割の人間が〝コマリ×リンズ派〟だそうだ。ネリア曰く「勝算は十分ね！」とのこと。

かくして天仙郷の神仙種たちは公主のパートナーを巡って真っ二つに割れた。

その決着をつけるのが本日の戦い――華燭戦争。

☆

天仙郷宮殿〝紫禁宮〟――その中の大広間で華燭戦争は行われると言う。

私はヴィルやサクナを引き連れて会場に足を踏み入れた。その瞬間あらゆる方向から人間どもの視線が襲いかかってきた。

やばい。緊張する。トイレ行きたい……あんまり水飲まなきゃよかったよ。

「ねえヴィル。いきなり殺し合いが始まったりしないよね？」

「列席している者たちの顔ぶれをご覧ください。各国のビッグネームばかりですよ。こんなところで死闘を始めれば大問題になります」

「心配しないでください。コマリさんは私が護りますよ」

サクナが私の背中をさすってくれた。

なんて心優しい子なんだ。昨日まで正気を失って凶暴化していた気もするけど私の勘違いだったようだ。やっぱりサクナは清純派の美少女で間違いない。

「そういえばネリアは？」

「カニンガム殿や第七部隊は別行動ですよ。コマリ様の役割は丞相をぶちのめすことだけなので他のことはご心配なさらず」

「――テラコマリではないか！　華燭戦争楽しみにしているぞ」

不意に声をかけられて振り返る。

白銀の髪を持つ少女――プロヘリヤ・ズタズタスキーが立っていた。その隣にはラペリコ王国のリオーナ・フラットもいる。彼女は尻尾をゆらゆらと揺らしながら目を丸くした。

「テラコマリ！　その服素敵だねえ！　気合ばっちりじゃん」

「服？　ああ……」

ちなみに私は何故かタキシードを着せられていた。リンズが花嫁なのでそれに合わせるようメイファに言われたのだ。まあドレスとかより動きやすくていいんだけどさ。

「それにしても十六で結婚とは驚いたな。私にはそんな相手はいないのに……」

「プロヘリヤは一生結婚できなさそうだよね！」

「やかましいな。私には結婚よりも優先するべきことが山ほどあるんだ。だいたいお前はどうなんだ？　自分のことを棚に上げて私を嘲笑っているわけじゃないよな？」

「ふえ……？　も、もちろん彼氏の一人や二人はいるけど……？」

「猫の王国には倫理観がないな。もう少し精緻でスマートな嘘を吐きたまえ」

この二人って意外と仲が良いんだな。なんか羨ましい。

プロヘリヤが「ところでテラコマリ」と私に向き直った。

「丞相陣営の動きには注意しておけよ。言うまでもないことだろうが」

「わかっているよ。あいつがリンズに変なことをしないように私が頑張るんだ」

「丞相本人もそうだが、私の勘が『もっと危険なやつが潜んでいる』と囁いているんだ」

「シーカイ以上の変態がいるってことか？　いても全然おかしくないけど」

「私は夭仙郷に来たばかりだから全体像が摑めていない。お前が何を思ってアイラン・リンズの結婚相手に立候補したのかも判然としない。しばらくは高みの見物をさせてもらおう」

プロヘリヤが凛然とした動きで去っていく。リオーナが「嘘じゃないからな⁉　ほんとなんだからな～⁉」と抗議しながら彼女の背中を追った。

プロヘリヤは希代の賢者に匹敵するくらい頭がいい。もしかしたら他の人にわからないモノが見えているのかもしれないな――そんなふうに適当に考えていたときである。

「――嗚呼！　テラコマリ・ガンデスブラッド将軍！　よくぞ参られたね！」

「シーカイ……！」

会場の前方。一人の男が大仰に両手を広げながら近づいてくる。

そこここで歓声があがった。夭仙たちが「丞相！　丞相！　丞相！」とコマリンコールみたいな絶叫をあげている。どこの国でも人気者はあんな感じなのだろう。

「私に恐れをなして逃げ出すかと思ったが！　いやはや〝オムライスの大魔王〟と呼ばれているだけのことはあるねえ！　そんなにリンズが欲しいのかい？」

「あ……当たり前だ！　お前がリンズと結婚するのはたとえ神が許しても私が許さない！」

「何故だい？　私はこんなにもリンズを愛しているというのに」

「嘘くさいんだよ！　だいたいリンズはお前のことが好きじゃないんだ！　いちばん大事なのは本人の気持ちだろ⁉」

「じゃあリンズは誰が好きなんだね？」

口籠ってしまう。周囲の人間たちがジッと私に注目している。

丞相が嘲笑したような気がした――「おやおや臆してしまったのかな？」といった顔でこちらを見下ろしてくる。もうどうにでもなれ。これはそういう作戦なのだから。

私は人差し指を丞相に向けて宣言するのだった。

「リンズが好きなのは――私だ！　テラコマリ・ガンデスブラッドだ！　だから私はリンズを奪う！　お前なんかにリンズは渡さないぞ！」

一瞬の沈黙。しかしすぐに場は弾けた。

うおおおおおおおおおおおおおおおお‼　コマリン‼　コマリン‼　コマリン‼――拍手喝采が巻き起こる。リオーナの部下のカピバラどもが会場を縦横無尽に駆け巡る。ヴィルとサクナが心霊写真に写っている怨霊みたいな顔で私を見つめているのが印象的だった。

「――なっははは！　そうかそうか！　やはりキミは情熱的なお方だ！　しかし本人はどう思っているのだろうかねえ？　リンズ」

丞相が会場の入口のほうへと目を向けた。つられて私も振り向く。

そこには花嫁が立っていた。夭仙郷らしくない純白のウエディングドレスを身にまとった翠緑の少女――アイラン・リンズ。彼女は恥ずかしそうに頬を染めて無言を貫いていた。そのいじらしさが彼女の可憐さに拍車をかけてやまない。メイファの烈核解放が解除されていない私だったら死んでいただろう。今の私でも一瞬心臓が爆発しそうになったし。

「……え？　なんでリンズはあんな恰好しているの？」

「これは異なことを。華燭戦争が終われば結婚式に移るのだから当たり前だろう？」

なるほどなるほど。だったらおかしくないな。

それにしてもリンズ可愛い。思わず見惚れてしまうほどだ――ふと目が合った。紅色の瞳がじっと見据えてくる。彼女は蚊の鳴くような声で「がんばって」と伝えてきた。羞恥心のせいでそれが限界なのかもしれなかった。でも私には十分気持ちが伝わった。

「――シーカイ！　リンズは私がもらうからな！」

夭仙郷丞相グド・シーカイは悪役のような笑みを浮かべて言う。

「では始めよう。私たちの戦いを」

☆

「上級障壁魔法・【クリアウォール】」

天子お抱えの近衛兵たちが魔法を発動する。私と丞相を閉じ込めるような形で〝見えない壁で仕切られた空間〟が作られた。ぺたぺたと壁を触ってみる。外側の音は聞こえる——しかし自由に出入りすることは無理そうだった。

「不正防止のためさ。悪く思わないでくれたまえ」

シーカイが優雅に紅茶を飲みながら言う。閉鎖空間の中には私とシーカイしかいない。

ヴィルもサクナも観客たちも壁の外側から見守ることしかできなかった。

私が南側。丞相が北側。東側（壁の外）にはウェディングドレスに身を包んだリンズ。そして西側（こっちも壁の外）には軍機大臣ローシャ・ネルザンピが立っている。さらにその外側には椅子が大量に並べられて観客たちが大騒ぎをしていた。

「さてルールを説明しようじゃないか！　頼むぞネルザンピ卿」

「わかったよ」

どうやらネルザンピは審判役らしい。これに異を唱えたのは背後のヴィルである。

「お待ちください。その女は丞相側の人間のはずです。不公平ですよ」

「おやおや。それは杯中の蛇影というものだよヴィルへイズ。華燭戦争の結果は審判が決めるわけじゃない。アイラン・リンズ自身が決めるのさ」

「しかし」

「そもそも勝負内容は我々じゃなくて天子陛下と近衛兵で決めたんだ。そこに丞相府の勢力が介入する余地はないから安心したまえ」

ネルザンピはヴィルを適当にあしらって説明を始めてしまった。

「さて——ルールは簡単さ。先に『LP』が尽きたほうが敗者となる」

「LP？　なんだそれ」

「リンズポイントの略だ」

本当になんだよそれ……。

「これからアイラン・リンズに関する三番勝負を行う。一回戦は『リンズに対する理解を問う戦い』。二回戦は『リンズの気持ちを問う戦い』。そして三回戦は『国民投票』だ。これら勝負の趨勢（すうせい）によって所定のLPが削られていく。ちなみに減る一方で増えることはないよ。これはライフポイントと言い換えることもできるね」

なるほど。全然わからん。

「そして三回戦が終わった時点でより多くのLPを保有していた者がリンズ殿下と結婚する権利を獲得するというわけだ。ちなみにLPが0になったらその時点で敗北が決定する」

つまり場合によっては二回戦や三回戦が行われないこともあるのか。

「……物理的なバトルじゃないんだよな？」

「面白いことを言うねガンデスブラッド閣下。そんな勝負内容だったらあなたに有利すぎるじゃないか。丞相に【孤紅の恤】を止める術はないからね」

「わははは！　そうだな！　私が本気を出せばシーカイは一瞬でケチャップだ！」

ネルザンピは幽霊のように笑っている。その表情を見ていると心が削られていくような気分だった。この人は……なんというか。ネリアやカルラやプロヘリヤとは対極の位置に立っているような気配があるのだ。かといってスピカのような邪悪な人間とも少し雰囲気が違う。

「あーよかった！　シーカイを秒殺しちゃったら寝覚めが悪いからな～」

「ただし死人が出ないのでは緊張感がないよね。だから少し趣向を凝らすことにしたよ」

死人のような視線が私を射抜く。

「LPが0になった瞬間、二人の頭上に設置してある爆弾が爆発することになっている」

「は？」

私は思わず天を仰いだ。黒い球体のようなモノがフワフワと浮いている。

「……え？　なんつった？　爆弾？」

「ああ。半径一キロを焦土に変える威力を秘めた魔力爆弾だ。まあ安心したまえ。その障壁を破るほどじゃないから周囲に被害はない。あなたの肉体が粉々になって弾け飛ぶ程度だよ」

「はあああああああああああああああ!?」

こいつ……こいつ何を考えているんだ⁉　魔核もないところで爆発四散したら死んでしまうんだぞ⁉　いや魔核があっても粉々になるのはごめんだけどな⁉

「おいネルザンピ！　今すぐ撤去しろ！」

「おや将軍。怖いのかね？　殺戮の覇者ともあろうお方が恐怖しているのかね？」

「そ……そうじゃないっ！　私が勝ったときにシーカイが爆発したら寝覚めが悪いからな！」

「私は一向にかまわないよ！　命を賭した戦いほど甘美なものはないからねえ！　さあガンデスブラッド将軍！　私と華麗なる愛の闘争を始めよう！」

「こいつ……自分には魔核があるからって……！」

「『実つれども虚なるが若くす』か――謙遜することはないよ。あなたには強大な力があるじゃないか。烈核解放を使えばこの程度の爆弾なら防げるだろう？　なぁに我々だって人を殺したいわけじゃないんだ。でも少しくらい爆発しないと面白みに欠けるからねえ？」

ふざけやがって。こっちがどんな気持ちで臨んでいると思ってるんだ。

だがこんなところで挫けるわけにはいかない。それに有事の際はヴィルが助けてくれるはずだ。振り返るとメイドが自信満々の無表情で親指を立てていた。ひとまず信頼しておくとしよう。私が死んだらお前のせいだからな。

「……わかったネルザンピ。だが私は頭脳戦も得意だから爆発したりはしないぞ」

「おっと誤解があるようなので正しておこう。これは頭脳戦じゃなくて〝情熱戦〟さ――百聞は一見に如かずという。さっそく始めようじゃないか」

　ネルザンピはタバコに火をつけながら言った。

「最初に与えられるＬＰは両者２０００Ｐ。そして一回戦の勝負内容は――『リンズの個人情報当てクイズ』だ」

　いきなり胡散臭いバトルが始まってしまった。

　近衛兵たちがリンズの前に長テーブルを準備する。その上には六枚のカードが並べられていた。

それぞれに以下のような文章が書かれている。


〈１・休日の趣味……２００〉

〈２・小さい頃に飼っていた猫の名前……２００〉

〈３・好きな食べ物……４００〉

〈４・五歳の誕生日に父親からもらったプレゼント……４００〉

〈５・好きな人……６００〉

〈６・身長＆体重……６００〉


「リンズ殿下には予め複数の質問の答えを用意していただいた。それを交互に当てていく簡単なクイズさ。カードの表面には質問が、裏面にはその答えが記されている。引っ繰り返して回答者の答えとリンズ殿下の答えが合致していれば正解。ちなみに回答権はそれぞれ三回ずつだ。正解したカードは処分される。不正解だった場合は回答権がある限り何回でも挑戦していい」

「あの数字は？」

「正解したとき相手から奪えるLPだ。奪うといっても自分に加算されるわけじゃないけれどね。ちなみにリンズ殿下はしゃべっちゃいけないよ。ヒントを与えられると困る」

「え⁉　あの……むーっ！」

椅子に座っていたリンズが猿轡を噛まされる。

なんてひどいことをするんだ。こっそり教えてもらおうと思っていたのに！

「おいヴィル⁉　まずいぞ！　私はリンズのことを全然知らない！」

「そのために昨日デートしたのでは？」

「そうだけどさ！　こんなピンポイントな個人情報知るわけないだろ⁉」

「まったくですね。あれがリンズ殿でなく私についてだったらコマリ様は迷うことなく答えられるのに。身長体重どころかスリーサイズまで完璧のはずです」

知らねえよ。というツッコミを入れる前にネルザンピがコインらしきモノを取り出した。そのまま指でピンと弾く。コインはくるくると回転しながら放物線を描いて床に落下した。

表になった面には「骨」という謎の文字が刻まれている。

「骨。つまり先行は骨度世快──丞相のターンだな」

「なっはははは！　それではさっそくエレガントに決めてあげようじゃないか！」

私を置き去りにして勝負が始まってしまったらしい。

丞相はテーブルの上に視線を走らせながら「う～ん」と考える仕草をした。

あれ……？　これって私に不利すぎないか……？　だってシーカイのほうがリンズと過ごした時間が長いんだぞ？　私はリンズのことなんて全然知らないんだぞ……？

「コマリ様。答えられる項目はありますか？」

「一個もない……いや一個はあるかもしれないけれど……」

「600LPのダメージは避けたいですね。元が2000しかないので致命傷です」

それは大丈夫だろう。地雷くさい〈好きな人〉は手を出しにくいはずだ。それに〈身長&体重〉に関してはシーカイが知るはずもない。知っていたら変態である。

「決まった！　6番〈身長&体重〉を答えようじゃないか！　リンズの身長は一四六センチメートル！　体重は四〇・七キログラム！」

「お前変態だったのか⁉」

「小数点まで一致しているな。正解だよ丞相」

「やっぱり変態じゃねーか‼」

カードの裏にはシーカイの回答通りの答えが記されていた。

客席から歓声があがる。あの客どもも少々おかしいらしい。

リンズは顔を真っ赤にして硬直した。私は怒り心頭に発してシーカイを睨みつける。

「お……お前ぇっ！　他人の個人情報を暴露してよく平気でいられるな⁉」

「なっはははは！　リンズは私の所有物だからねえ！　所有物のデータを公開する権利は所有者にあると思わないかい？」

「ふざけんな！　お前みたいな変態がいるから世の中は変になっていくんだよっ！」

「まあ落ち着けガンデスブラッド将軍。ちなみに今のであなたのＬＰは６００減った」

「なっ……」

いつの間にか会場の前方に巨大なスクリーンが掲げられていた。

〈シーカイ：２０００　テラコマリ：１４００〉

なんてこった――そんなふうに頭を抱えた瞬間、頭上で何かが動くような気配がした。爆弾がＬＰの減少に応じて降下しているのである。死がだんだんと近づいてきているのである。尻尾を巻いて逃げ出したい気分になってしまった。

「どうすればいいヴィル⁉　爆発したら正真正銘の死を迎えるんだけど⁉」

「ここに【転移】の魔法石があります」

「でかした！　それを渡してくれ！」

「見えない壁があるので渡せません」

「ああああああああああああああああああ‼」

このメイドが糠喜びをさせる達人だということを忘れていた。くそめ。

「ガンデスブラッド将軍。次はあなたの番だ」

「うぐっ……」

ネルザンピに促されて残り五枚となったカードを見る。

予想がつかないモノばかりだ。リンズの趣味って何なのだろう。人は見かけによらないから適当なことは言えない。ヴィルはあれでカブトムシの飼育が趣味だったりするからな。

となれば私に残された選択肢は一つだけ。

「……5番の〈好きな人〉で」

「ほう！　それは華燭戦争の核心を突くカードだねえ！　はたしてリンズはどんな答えを書いたのか気になるねえ！　私の名前が書いてあると嬉しいねえ！」

「そんなわけないだろ！　答えは――」

ちらりとリンズのほうを見る。彼女は林檎を凌駕するほど赤くなっていた。

わかる。わかるぞその気持ち。私がお前の立場だったら今頃全身を掻き毟って死んでいたことだろう。リンズはよく我慢しているよ。

でもお前は勝ちたいんだよな？　私と結婚したいんだよな？

だったら答えは決まっている。私はぎゅっと拳を握りしめて叫んだ。

「――答えは『私』だ！　リンズが好きなのは『テラコマリ・ガンデスブラッド』！」

「残念。答えは『お母さん』」

「…………………」

え？　お母さん？　お母さんってあのお母さん？

へえそうなんだ。ふーん。リンズってお母さんが大好きだったんだね。

「なっははは！　もしかしてガンデスブラッド将軍――キミは自意識過剰なのかい⁉」

「ち……違うんだあああああああああああああ‼」

私は涙を流しながら絶叫した。体内の血が一デシリットルも残らず沸騰してしまいそうである。リンズが視線で「ごめんねごめんね」と謝ってきた。自分に置き換えて考えてみればわかることなのだ。好きな人を教えてくださいと言われて馬鹿正直に意中の人の名前を書くだろうか？　私だったら恥ずかしくて無難な答えを書くだろう。いやでも待て。名目上でも私はリンズの婚約者候補なんだぞ。そんなところで恥ずかしがってどうするんだよ。普通私の名前書くだろ。勝ちたいんだったら恥を忍んでテラコマリ・ガンデスブラッドって書くはずだろ⁉

「残念ですねコマリ様。フラれてしまったようです」

「嬉しそうに言うんじゃねーよ‼　これで一気に不利になったんだからな⁉」

「では次は丞相の手番だな」

ネルザンピが無慈悲に告げる。駄目だ。リンズの気持ちがわからない。あと活火山の噴火口にダイブしたかのように全身が熱い。このままでは普段の冴え渡った思考が発揮できない。

「そうだねえ……3番〈好きな食べ物〉！　白菜！」

「正解だ」

「なっ……⁉」

私が懊悩しているうちにもシーカイは着々と正解していく。というかリンズって白菜が好きなの⁉　そんなの私に当てられるわけないだろーが⁉　今度白菜料理の美味しいお店に連れて行ってくれよ‼――などと考えているうちにスクリーンの表示が切り替わった。

〈シーカイ：2000　テラコマリ：1000〉

それに応じて爆弾もゆっくりと下がる。私に残された時間はあまり多くないらしい。

「コマリ様。大丈夫ですか」

「もう無理だよ……とりあえずリンズの趣味を考えないと……」

「いま教科書を読んで人相学の勉強をしているところです。リンズ殿の表情から彼女が何を考えているのか当ててみたいと思います」

「いま勉強してるの⁉」

「整った鼻梁。少し儚げな眉。二重瞼の大きな瞳――分析が完了いたしました。リンズ殿の趣味はスカートめくりです」

「んなわけあるか‼‼‼」

「大丈夫ですよコマリさん。リンズさんの個人情報なら入手してきました」

　ヴィルを押しのけるようにしてサクナが前に出た。私は思わず首を傾げてしまった。

「入手してきた？　どういう意味だ……？」

「コマリさんがリンズさんと結婚しちゃうのは嫌ですけど、コマリさんが爆発するのはもっと嫌ですから。だから私もコマリさんと一緒に戦います」

「サクナぁっ……！　やっぱりサクナは心優しい美少女だなぁっ！」

　私は感激してしまった。謎の人相学で場を引っ掻き回す変態メイドとは大違いである。

　そして大違いなのは優しさだけではなかった。彼女の目が一瞬赤く光った気がした。

「4番……〈五歳の誕生日に父親からもらったプレゼント〉。私の調査によればリンズさんは懐中時計をいただいたそうです」

「どうしてわかるんだ？」

「大丈夫です。私を信じてください」

「違いますコマリ様！　私のほうを信じてください！　スカートめくりですッ！」

　よくわからない。よくわからないけど私の取るべき選択肢は決まっていた。

「さあガンデスブラッド将軍。次はあなたの番だが」

「う、うむ――4番だ！　リンズはお父さんから懐中時計をもらったんだ！」

　ちらりとリンズのほうを向いた。紅色の瞳が見開かれていた。ということは――

「――正解だ。よくわかったね将軍」

うおおおおおおおおおお!!　コマリン!!　コマリン!!　コマリン!!――ムルナイトやアルカから来ていた外交使節が謎のコマリンコールを始めた。カードの裏側には確かにリンズの筆跡で『懐中時計』と書かれていたのである。

「なっははは！　これは驚いた！　まあ私は懐中時計のことも知っていたけどねえ！」

「負け惜しみはやめろ！　リンズにいちばん詳しいのはこの私だからな！」

正面の表示が〈シーカイ：1600　テラコマリ：1000〉に変わる。それとともにシーカイの頭上にある爆弾が少しだけ降下した。

私はほっと胸を撫で下ろした。とりあえず相手のLPを削ることはできたが――しかし気になる点がある。どうしてサクナはリンズの誕生日プレゼントなんて知っていたのだろう？

「えへへ。烈核解放を発動しました」

私の心を読んだようにサクナが言った。

にっこりとした笑顔。何故だか私は薄ら寒いものを感じてしまう。

「……ん？　何て言った？」

「【アステリズムの廻転】です。殺してきました」

「…………………………」

サクナの烈核解放は殺した人間の記憶を閲覧・改竄できるという破格の異能。

まさか。まさか。まさかのまさか――

「――大変です丞相ッ!!」

いきなり会場に官服を着た天仙たちが雪崩れ込んできた。この時点で嫌な予感しかしなかった。心の準備が完了する前に先頭に立っていた男が爆弾にも等しい情報をもたらした。

「天子陛下が！　何者かによって暗殺されておりますッ！」

場にどよめきが走った。

そりゃあそうである。天子といえばリンズのお父さんだろ。天仙郷でいちばん偉い人なんだろ。そんなのが暗殺されたとなったら国を揺るがす大事件に決まっている。

「落ち着きたまえ！　その情報は本当なのかね!?　神具でやられたわけではないだろう!?」

「おそらく素手で腹部を貫かれたものと思われます。そして陛下のご遺体のもとには脅迫状が残されておりました……犯人が残していったのでしょう」

「馬鹿げているねえ！　いったい何と書かれていたんだ!?」

「それが……『十分ごとに宮殿に仕掛けた爆弾を爆発させていく』とのことで」

会場は混沌とした空気に包まれた。

色々な国の色々な偉い人たちがヒソヒソと密談を始める。中には恐怖で顔を真っ青にしている者もいる。壁際のプロヘリヤはジュースを飲みながら「ほお」と面白そうに笑っている。リンズはわけがわからず硬直していた。

そして――シーカイの泰然とした表情にわずかな亀裂が入ったのを私は見た。

「犯人の見当はついているのか?」

「わかりません。しかし状況証拠的に……」

天仙たちが何故か私のほうに注目した。おい。おいおい。ちょっと待て。まだ私たちがやったって決まったわけじゃないだろ。そういう証拠が出てきたわけじゃないだろ。

「ねえヴィル。わけわかんないんだけど」

「天子を殺したのはメモワール殿ですよ」

「なんでそんなことしたの?」

「私がお願いをしたのです。今回は証拠を一切残していません。少なくとも華燭戦争の間にバレることはないかと。そして第七部隊の作戦は始まったばかりなのです——」

遠雷のような音が聞こえてきた。

続いてグラグラと地震のような衝撃が会場を襲う。いったい何が起きたのだろう?——疑問に思っていると扉を蹴破るような勢いで別の天仙たちが転がり込んできた。

「た、大変です丞相！　西の離宮で爆発事故が発生しました！」

あーあ。終わったよ。

もう笑うしかねえな（笑）。

「……おいヴィル。このテロは華燭戦争と何か関係があるのか?」

「目的は二つ。一つはカニンガム殿の手助けです。彼らが丞相の悪事を暴くための時間を稼ぐこと。

つまり夭仙郷首脳陣の意識を宮殿に向けることで動きやすくすること」

「もう一つは？」

「丞相への揺さぶりです。冷静な判断力を奪うためですね」

ヴィルが「さてコマリ様」とまっすぐ私を見据えてきた。

「いつものように将軍オーラをまとってこのように宣言してください。ごにょごにょ」

そう言って耳打ちをしてくれる（見えない壁越しだけど）。

シーカイが忌々しそうな目でこちらを見つめてきた。

「……ガンデスブラッド将軍。まさかとは思うが夭仙郷にイタズラを仕掛けたわけではないよね
え？　わかっているのかい？　もしイタズラがバレたらキミは大変なことになるぞ？　リンズの
婚約者としての資格を失うだけではすまない」

「さてね。私が何をしようと私の勝手だ」

もはや四の五の言っていられる状況ではなかった。

私はなるべく七紅天らしい笑みを浮かべて囁くのだった。

「ところでシーカイ。お前は宮殿を見に行かなくていいのかね？　丞相なんだろう？　事件現場
や事故現場を自分の目で確かめておくのは重要だと思うのだが？」

「なっ……まさかキミ……！　ネルザンピ卿！」

「おっと待ちたまえ丞相。その籠から出ればあなたは失格になるよ」

「しかしだなネルザンピ卿！」

「そういうルールだ。最初に言っただろう？」

「ぬぅ……！」

シーカイが額に汗を浮かべて私を睥睨してきた。

怖い。おしっこ漏れそう。でも漏らしたら台無しなので必死で我慢する。

「なるほど驚いたねえ……！　私の目を華燭戦争ではなく宮殿の騒動に向けさせるつもりなのかい？　だがそう簡単にはいかないよ」

シーカイは通信用鉱石を取り出して方々に指示を飛ばし始めた。

やがて余裕の表情を取り戻して椅子に腰かけるのだった。

「外の軍を呼び戻した。事件の調査は彼らに任せよう。さあ華燭戦争を続行しようじゃないか将軍――もっとも決着がつく前にキミが逮捕されてしまうかもしれないけどね！」

ニヤリと笑ってから「1番〈休日の趣味〉！　盆栽！」と絶叫した。

正解だった。私のＬＰがゴリゴリと削られていく。しかしシーカイは気づかない――おそらく彼は第七部隊の変態的な策略に嵌ってしまっているのだ。

☆

「――天仙郷には将軍が三人いる。第一部隊アイラン・リンズは華燭戦争の真っ最中。第二部隊の隊長は核領域でレインズワースに足止めをされている」

「たしかお兄様がエンタメ戦争を仕掛けたんですよね？」

「そうよ。京師の防備を薄くするために長引かせて帰還を遅らせているの――そして第三部隊は星辰庁の護衛。たったいま宮殿に向かって出発したみたいだけれど」

星辰庁から天仙たちが姿を消していく。天仙郷は六国の中でもっとも武力を軽んじている国だ。特に今の丞相グド・シーカイは軍事費のほとんどを福祉政策に回すことによって国民の人気を得ているらしい。つまりこの国には戦闘能力が足りていないのだ。ゆえに宮殿の護衛をするとなれば秘密の実験場の戦力まで駆り出さなければならない。

ネリアは双眼鏡を覗きながら口端を吊り上げた。

「これで穴ができたわね。さっそく見物に行こうかしら」

「承知いたしました！　ネリア様は私が護ります」

「あの！　本当に……勝手に入っちゃっていいんですか⁉」

「何言ってんのよエステル。警備がいないってことは入ってもいいってことでしょ？」

「でも立ち入り禁止って書いてありますよ？　不法侵入ですよ……⁉」

「あんたはどこまで真面目なのよ⁉　敵に情けをかける必要があるかってんだー！」

「わっ⁉――あはははははは！　くすぐらないでくださいー⁉」

「ネリア様。吸血鬼に構ってる状況じゃないですよ」

ガートルードは膨れっ面で魔法石を取り出した。それは【転移】のための〝門〟を構築するための一品だった。

「これを設置するのは中でいいですか?」

「そうね。こっちに来た瞬間すぐにわかる場所がいいわ」

ネリアはエステルを解放しながらニヤリと笑う。華燭戦争の参列者は一つの場所に集まっているのだ。つまり――彼らは丞相の悪事を暴くための証人となる。

☆

サクナはマジで天子を殺したらしい。彼女の助言はことごとく私の命を救ったのである。

「2番〈小さい頃に飼っていた猫の名前〉! ユーシエ!」

「正解」

客席から歓声があがった。再びコマリンコールも絶叫される。

カードの裏には確かに〝ユーシエ〟と書かれていた。さすがは【アステリズムの廻転】である。

他人の記憶を読み取る程度は朝飯前らしい――それにしても私は気が気ではなかった。

会場の外では多くの人間が走り回っている音がするのだ。

夭仙郷政府は天手古舞。第七部隊のやつらが大暴れをしているせいである。

「メラコンシー大尉から連絡がありました。次は宮殿南方の建物を爆破するようです」

「普通にテロ予告してくんなよ」

「大丈夫です。捕まることはありませんよ。何せ彼らはテロのプロですからね」

「そんなプロいてたまるか!!　だいたい後で証拠を掴まれるんだったら意味ないだろ!?」

「意味はありますよ。丞相を一時的にでもこの場に縛りつけられるのですからね」

メイドの発言の意味が露ほども理解できない。

これ後でめちゃくちゃ怒られて殺されるよな。というか殺される前に爆弾で死ぬ可能性もあるよな。どっちに転んでも死だよな——乾いた笑いさえ漏れてくる。

「一回戦終了。丞相が優勢のようだね」

スクリーンに表示されているのは絶望的な数字だった。

〈シーカイ：1600　テラコマリ：800〉

ダブルスコアだ。このまま進めば私の負けは必至。会場の人間たちが「閣下まずくね？」「やっぱり丞相のほうが殿下に相応しいのか」「俺閣下に5万メル賭けてるのに……」とかほざいている。

勝手に賭博をするんじゃねえよ。こっちの身にもなってくれよ。

ちなみに彼らのほとんどは宮殿の爆発事件などお構いなしといった様子である。

修羅の世界で生きている人間どもは根本的に精神構造が違うらしい。

「コマリさんっ……！　大丈夫⁉」

不意にリンズが声をかけてくれた。猿轡を外してもらったらしい。

「私なんかのために……そんな怖い思いをして……嫌なら逃げてもいいのに」

もしかして私が爆弾を怖がっていることがバレたのだろうか？　というかリンズって私が最弱であることに気づいているのだろうか？　そうだとしても――そんなことは関係ない。

「大丈夫だよ。私は逃げたりしない」

「コマリさん……」

「たとえお前の趣味や好物がわからなくても……お前が天仙郷をなんとかしたいって思ってることは十分にわかるんだ。だから私は目の前の変態に必ず勝つ」

リンズが頰を赤らめてモニョモニョし始める。客席の連中が「ヒューヒュー！」と口笛を吹いて拍手喝采をしていた。あいつら華燭戦争を見世物だと思っているらしい。

「さすがだねえガンデスブラッド将軍！　飼い猫の名前は私も知らなかったよ！」

シーカイが不気味な笑顔で手を叩いてる。内心では私のことを蛇蝎のごとく嫌っているに違いない。しかしここは殺戮の覇者らしく虚勢を張っておくとしよう。

「ふん！　このくらい当然だ！　お前の変態的な策謀はこの私が粉々に破壊してやる！」

「でもＬＰは私のほうが多いよねえ」

「ぐっ……」

「つまり現時点では私のほうがリンズに相応しいということだ！　よく考えてみれば当たり前のことさ――私はもともと天子から公主を下賜されていたんだ。キミはそれを横取りしようと企んでいる盗人みたいなものだからねえ」

「リンズをモノ扱いするなよ⁉　仮にも婚約者候補ならもっと大事にしてやれ‼」

「なっははは！　リンズが私のモノになった暁には考えておくよ！」

「こいつ……！」

「コマリ様落ち着いてください。こちらが勝てばいいのです」

ヴィルに宥められて私は冷静さを取り戻す。

そうだな。この極悪変態には必ず正義の鉄拳を食らわせてやらなければならない。

「――さて。一回戦の『リンズに対する理解を問う戦い』が終了した。続いて『リンズの気持ちを問う戦い』を始めたいと思う」

ネルザンピが指をパチンと鳴らした。

天仙たちが現れてリンズに近づいていく。彼らは丁重な手つきでベルトのようなものを運んでいた。「え？　え？」――と困惑するリンズの身体にそれを巻き付けていく。

「おいちょっと待て⁉　何か変態的なことをするつもりじゃないよな⁉」

「人聞きの悪いことを言わないでくれ。あれは魔力・波動・意志力・鼓動・体温など諸々の情報を計測する魔法道具の一種。我々は〝どきどきメーター〟と呼んでいる」

なんだよその馬鹿っぽい名前……⁉

「二回戦は『愛の告白大会』だ。二人にはこれからリンズ殿下に対する思いの丈をぶつけてもらう。そしてどれだけ〝どきどきメーター〟が反応したかによってＬＰの減少を判断する」

「わけわかんねえよ‼」

本当にわけがわからない。しかし客席の連中は大喜びをして「やっちまえ閣下！」「リンズ殿下を茹蛸にしちまえ！」などと無責任な野次を飛ばしている。どきどきメーターに拘束されたリンズは既に茹蛸のように真っ赤になっていた。シーカイが「面白いね！」と絶叫した。

「天子陛下はやはりリンズの気持ちを大事にしているようだ！　もし私の言葉にどきどきメーターが反応するならば彼女は私を意識しているということなのさ！」

「ふざけんな⁉　あんな胡散臭い道具を信じられるわけないだろ――――」

ひゅんっ！　とネルザンピが何かを投擲した。それはナイフだった。鋭利な刃は吸い込まれるようにしてリンズに向かって驀進し――彼女の頰をかすめて背後の壁に突き刺さった。

「なっ……」

私は鯉のように口を開けたまま固まってしまった。

次の瞬間――スクリーンに「16」という数字が表示された。

「――どきどき値〝16〟だ。メーターは正常に作動しているだろう？」

タバコを灰皿にグリグリと押し付けながらネルザンピは笑う。

リンズに怪我はない。だが九死に一生を得たような表情で目に涙を浮かべている。

あの16という数字がどうやって算出したモノかはわからない――しかし観客たちは一様に頷いて「これなら信頼できるな」という顔をしていた。

「な……何やってんだよ⁉　危ないだろ⁉」

「危なくないさ。当てないようにコントロールした」

「そういう問題じゃないっ！　だいたいこの程度じゃ信頼できないんだよ！　あの数字がどうやって計算されてるのかもわからない！　今すぐ勝負方法を変えてくれ！」

「おいおい私に言われても困るよ。これは天子陛下が決めたことなんだ。文句なら陛下に奏上してほしいところだが――彼はいま死んでいるからね」

後ろのサクナが「殺しちゃってごめんなさいっ！」と大慌てで謝った。私は拳を握りしめて言葉を噤む。観客たちは大盛り上がりだ。ここで文句を言い続ければ反感を買うだろう。反感を買えば三回戦の投票で不利になるだろう――くそ。挫けるわけにはいかない。

「いいねいいねその瞳！　さすがは将軍――しかし二回戦は私にすごく有利な内容だ。実は趣味で詩歌を嗜んでいてねえ。小娘の心を揺さぶる言葉などスラスラ出てくるんだよ」

大した自信である。一方で私には少しも自信がなかった。

何故なら……何故なら私は誰かに愛の告白なんてしたことがないから。

経験というモノが圧倒的に欠如しているから。

「先行はガンデスブラッド将軍だ。十五秒以内に愛を囁いてくれたまえ」

よりにもよって私が先なのかよ……まだ何も思いついてないんだけど……。

羞恥と絶望が脳髄を揺さぶる。しかし観客たちは期待の眼差しを向けてくる。背後のヴィルとサクナも壊れた人形のような無表情で私を凝視している。

そして――リンズは不安そうに私に縋っていた。

恥ずかしいなんて言っている場合ではない。彼女を救うためには愛を囁くしかないのだ。

「……わ」

全身に力を込めて声を絞り出す。

「……私は……なんていうか……上手く言えないけど……リンズと……一緒に……いたいんだ……だから……私と……結婚してくれないか……？」

「「「……………………………………」」」

すべての人間が琥珀に閉じ込められた虫のように固まった。

顔から火が出そうだった。心が擂粉木でゴリゴリと削られていくような気分。

しかし私はぐっと堪えてリンズのほうを見つめ――

「へうっ」

ぼふんっ。リンズの頭から湯気が出た。

次の瞬間――私は彼女の心臓が爆発したのかと思った。しかし違った。宮殿の建物が遠くで爆発していた。メラコンシーのやつがきっちり十分で爆破したようだ。テロリストどもは絶好調である。そして同時にスクリーンにどきどき値が表示された。

195。ナイフで殺されそうになるよりも彼女は動揺しているらしかった。

☆

うおおおおおおおおおおおおおおお!! コマリン!! コマリン!! コマリン!!――

初っ端から高得点を叩き出したテラコマリに拍手喝采とコマリンコールが送られる。観客にとってはテロよりも目の前の華燭戦争のほうが重要らしかった。

プロヘリヤ・ズタズタスキーは腕を組んで場の様子を観察する。

おかしな点はない。ないはずなのだが――何かキナ臭いものを感じる。

「きゃーっ!! 聞いたプロヘリヤ!? 愛の告白だよラヴ・ロマンスだよ!!」

「やかましいなリオーナ。あれはおそらくテラコマリの本心ではないぞ」

「本心だって絶対! だってお互いあんなに顔が真っ赤なんだもんっ!」

リオーナは面白い演劇でも見るかのように手を叩いている。そしてそれは観客どもも同じだった。

この場で唯一不快そうに顔を顰めているのは丞相グド・シーカイである。

「やってくれるねえ。テロを続けながら私のLPもゼロにするつもりかい?」

「な……なんのことだ⁉　私はテロなんてしてないからな⁉」

「なっははは！　いつまで余裕でいられるか見ものだね！　いま夭仙郷軍が到着したところだよ。キミが爆破テロを仕掛けた証拠なんてすぐに見つかるだろうさ」

「それはわからないだろ！　だから私はお前に降参をオススメする！　華燭戦争なんかやってたらテロリストを捕まえることもできないからな！」

「その必要はない！　夭仙郷軍第三部隊がなんとかしてくれるからね！　そして私は犯罪行為を働いてまで人のモノを横取りしようとする吸血鬼を叩きのめさなければならない。華燭戦争に勝利してリンズを手に入れるのは――この私だ」

　プロへリヤは丞相をジーッと観察しながら考える。華燭戦争を提案したのは彼のほうだ。リンズを自分のモノにしたいのならばテラコマリなど無視すればいいはずなのに。

『――プロへリヤ様。テロ行為を働いたのは本当にムルナイト帝国軍のようであります』

　通信用鉱石からピトリナの声が聞こえてきた。宮殿でスパイ活動をしているのだ。

『夭仙郷軍は未だに彼らの正体を摑めていませんが、バレるのも時間の問題です。まず第七部隊の動きは過激すぎます。そしてラッパーのような男がダンスをして挑発をしています』

「なるほどありがとう。引き続きよろしく頼む」

『承知』

　通話が切れる。ピトリナの言うことが本当なら第七部隊には〝やる気〟がないのだ。

「む」

ふと違和感を覚えた。

軍機大臣ローシャ・ネルザンピ。黒い女が死体のような笑みを浮かべて言った。

「さあ次は丞相の手番だ」

「わかった！　では一言――」

☆

「――リンズ。私のものになれ」

たったそれだけの言葉だった。

私は困惑した。そんなシンプルな口説き文句でリンズの心が動くはずもない。というかリンズはシーカイのことを好いているわけじゃないのだ。冷静に考えたらこの勝負は私に有利すぎる気がするな――と思っていたのだが。

スクリーンに〝202〟という数字が表示されていた。

……え？　なんで？　何が起こったの？

「なっははは！　やはりリンズは私のモノになりたいようだねえ！」

「はあああああ⁉」

うおおおおおおおおおおおおお!!　丞相万歳!!　丞相万歳!!　丞相万歳!!――天仙たちが騒ぎ始める。わけがわからない。手の震えが収まらない。

〈シーカイ：1405　テラコマリ：598〉

　LPが減っていく。爆弾が近づいてくる。

　私は裏切られたような気分でリンズを見た。彼女は瞠目して押し黙っていた。

「おいリンズ⁉　なんでシーカイの言葉に絆されてるんだよ⁉」

「ち……違うのっ！　数字が勝手に……」

「どうしたんだよリンズ⁉　本当はシーカイと結婚するのを受け入れていたのか⁉　こないだ私にプロポーズしてくれたのは嘘だったのか……⁉」

「さっきのコマリ様のプロポーズも嘘ですけどね」

「あのっ！　どきどきメーターが……壊れてるかも……」

「壊れてないさ！　どきどきメーターは本人ですら気づけない深層心理を当ててくれる魔法の道具――きっとリンズの内なる願いが漏れてしまったのだろうねえ」

「そんな馬鹿な話があるか!!」

「吠えるのは勝手だがねえガンデスブラッド将軍。そろそろ自分の天命が尽きそうなことに気づいたんじゃないかい？」

　シーカイに言われてハッとした。私のLPは残り598。下手をすれば二回戦で決着がついてしまう可能性もあった。そしてそれはつまり私の死を意味しているのだ──しかも普通の死ではない。魔核によって蘇ることができない正真正銘の死。

私は歯軋りをしてしまった。

ふざけんな。あいつ絶対にイカサマしてるだろ。でも見破る方法がわからない。死にたくない。逃げ出してしまいたい──ふとリンズがこちらを見つめていることに気がついた。

泣きそうな顔。彼女はこうやって幾度となく理不尽な目に遭ってきたのだろう。

許せるはずがなかった。そうして私の中で何かのスイッチが入った。握った拳がぷるぷる震えるのを自覚しながら心に勇気の火を灯す。

──リンズを惚れさせるしかねえ。

「次は私の番だよな」

できる。できるはずだ。何故なら私は希代の賢者だからだ。

『いちごミルクの方程式』『オレンジの季節の恋』『黄昏のトライアングル』──それだけじゃない。私が紡いできた恋物語は全部合わせれば百万文字を超えるのだ。私の脳内にはリンズの心をとろけさせるための〝力〟が眠っている。

「『愛の告白大会』はそれぞれ十回ずつだね。さあ将軍……せいぜい頑張ってくれたまえよ」

ネルザンピが白い煙を吐きながら笑う。

自分は捨てろ。羞恥心も捨てろ。頭の中で自動的に生成された文章だけを吐き出せ。大事なのは小説のキャラになりきること。そうだな——たとえば『オレンジの季節の恋』に出てきたマリオネット伯爵が適任か。大丈夫。希代の賢者なら楽勝だ。

「リンズ。前から思っていたんだけど」

私は彼女のほうに向き直って口を開いた。

「きみを見ていると身体がぽかぽかしてくるよ。まるで陽だまりにいるみたいだ。その柔らかな空気のもとでだけ私の心は安らぐのだろう」

「え？　コマリさん……？」

「私の世界はこれまでずっと紅色だった。血で血を洗うような闘争に明け暮れていた——それはそれで楽しかったのかもしれない。でも私の心は乾いていった。それを潤してくれたのがきみなんだ。リンズと一緒にいると世界が色鮮やかに染まっていく」

「そこまで……？」

「鳥たちが歌い、花々が輝き、空が青く澄み渡る。そのことに気づかせてくれたのはきみの素朴な笑顔なんだ。私の心臓はきみの笑顔で爆発してしまった。この美しい世界できみと一緒に生きていきたいと思った。だからリンズ——私のもとへ来い」

「にゃ⁉　あのっ、でもっ、」

「イヤとは言わせないぞ。心臓を爆発してくれた責任を取ってくれよな？　きみの孔雀みたいに綺麗な髪に触れていいのは私だけだ」

「――――――」

ぱっ。スクリーンの表示が切り替わった。

どきどき値〝324〟。

うおおおおおぉぉぉ――――――!!　コマリン!!　コマリン!!　コマリン!!

会場が爆発した（比喩）。

「なんだあの数値!?」「バケモンかよ……」「リンズ殿下が目を回しているぞ！」「閣下には口説きの才能もあったのか!?」「あんなに強引に迫られたら靡かないわけがない！」「リンズ殿下は押しに弱いからな！」――観客たちが好き放題に言っている。

私は自分の心を殺した。殺さなければやっていられなかった。

だって……だって愛の告白をしてしまったんだぞ!?　しかも小説の中でしか使わないような恥ずかしい台詞だったんだぞ!?　絶対今夜ベッドで絶叫しながら悶えるやつだよこれ!?

「コマリ様……血の涙が出てきました……どうしてくれるんですか……」

背後でヴィルやサクナがゾンビみたいな顔をしていた。

ごめん。お前たちの気持ちがわからない。

「嗚呼！　なんということだろうか！　リンズが不埒な吸血鬼に誑かされてしまった！」

リンズの様子を見るに私の口説き文句はそれなりの効果を発揮したようである。あんな小っ恥ずかしい台詞を囁かれたら誰だって羞恥心でドキドキするよな普通。

「いいねいいね！　殺すことしか能のない殺戮将軍だと思っていたが、ぞんがいキミは〝情熱戦もお得意のようだねえ」

「当たり前だろ！　私は希代の賢者なんだから！」

「面白い――では私のターン！」

リンズに向き直って丞相が叫んだ。

「すまなかったリンズ！」

「え」

「私はキミを蔑ろにしていたようだ！　モノ扱いして本当に申し訳なかった！　だがそれは好意の裏返しだったのだ！　私は誰よりもリンズのことを思っている。キミは崖に咲く花のように美しい――無遠慮な私の振る舞いに耐えながら天仙郷のことを考えてくれていた。嗚呼なんて愛らしいんだ！　私の心はキミの可憐な立ち居振る舞いに射止められてしまったよ！」

こいつ……⁉　呼吸をするように気障な台詞を吐きやがって‼

しかも自分の行いを反省しているかのような口ぶりである――だが私の目は誤魔化せない。こいつの口説き文句は嘘で塗り固められたペラッペラの戯言なのだ。

「さあ私と一緒に新しい天仙郷を作ろうじゃないか！　恐れることはない！　二人でならどんな困難もグロリアスに乗り越えてゆけるさ！」

そう言ってシーカイは誘うように手を伸ばした。

この男は勘違いをしている。上辺をどれだけ取り繕っても彼女の心には響かないのだ――何故ならリンズは私と結婚するつもりなのだから。と思っていたのだが。

「おやおや。意外と彼女の心に響いたようだね」

悪意のこもったネルザンピの声。私は慌ててスクリーンに目をやった。

どきどき値〝112〟――絶望的な数字がそこに浮かんでいた。

「おいリンズ!? さっきからどうしたんだ!?」

「わからない……わからないのっ! 何故かどきどきメーターが……」

「嗚呼! やはり口では嫌だと言っても身体は正直なものだねえ！」

LPは〈シーカイ：1081 テラコマリ：486〉となっていた。まずい。このままでは死ぬ。まだ『世界のオムライス100選』を食べ尽くしてないのに。いやそれよりもリンズが極悪変態に誑かされているという事実に耐えられない。私は絶叫していた。

「リンズ、目を覚ましてくれ！ 変態の口車に乗っちゃ駄目だ！ きみを幸せにできるのは私だけなんだ！ 私と結婚したら毎日美味しいオムライスを作ってあげるぞ！」

「はうっ!?」

〈シーカイ：909 テラコマリ：486〉

「おっとリンズ！ 吸血鬼に誘惑されてはいけないよ！ 今までのことはすべて謝ろう――だからその玉のように綺麗な瞳に映すのは私だけにしてくれたまえ！」

うおおおおおおおおおおおおおおおお――!!　丞相万歳!!　丞相万歳!!

〈シーカイ：909　テラコマリ：390〉

「リンズに相応しいのは私に決まってる！　その証拠に私はきみの良いところをいくつでも挙げることができるぞ！　まず心が優しい！　京師を一生懸命案内してくれようとした！　あと恥ずかしそうな笑顔が可愛い！　身長が私と同じくらいだから親しみが持てる！」

「なっははは！　私だってリンズの美点を列挙できるよ⁉　リンズは何事に対しても真面目なんだ！　科挙官僚でもないのに聖典をすべて暗記している！　詩文の才能も私ですら目を見張るほどさ！　いつかリンズに恋の漢詩を吟じてほしいねえ！」

「吟じてほしいだって⁉　自分から吟じずしてどーする!!　聞いてくれリンズ！　私が温めていた詩だ！――『きみに出会ったその日から　私の心は嵐の岬　きれいな緑色を見るたび思い出すの　あなたの遠慮がちなはにかみを』」

「まどろっこしいねえ！　リンズは引っ込み思案なんだ！　こっちから伝える場合にはストレートでエネルギッシュな言葉のほうが効果的なのだよ！――というわけでリンズ！　私と手を取り合って未来を作り上げようじゃないか！　キミは美しい！」

「んなッ……⁉　おいリンズ惑わされるな！　お前のことを一番わかっているのは私だ！　リンズは可愛い！　一生懸命！　頑張り屋さん！」

「キミは誰よりも天仙郷のことを思っている気高いお人だ！　私とともに来い！」

「リンズ私だ！　結婚してくれ！」

――熱のこもった言葉の応酬が続く。私やシーカイが何かを言うたびに観客たちが「うおおおおおおおお！」と馬鹿みたいに大騒ぎをする。ついでに場外からは第七部隊の暴動による絶叫や破壊音が聞こえてくる。紫禁宮はどこもかしこもお祭り騒ぎだった。

もはや正常な思考は失われていた。私はいかにしてリンズの気を引くかに専心していた。シーカイの熱に影響されて私の語彙力は希代の賢者のそれから凡庸なものへと変わっていく。いつの間にか私は汗だくになって「好き」とか「結婚して」とか叫ぶ機械と化していたのだ。

「リンズ！　今から十数えるうちに返事を――」

「もうやめてくださいコマリさん！　リンズさんがおかしくなってしまいます！」

「そうです!!　かわりに私に向かって愛の言葉を囁いてくださいッ!!」

サクナとヴィルが叫んでいた。そうして私はハッとする――花嫁が両手で顔を隠してしまっていたのだ。当たり前だった。アホみたいに歯の浮く台詞で集中攻撃されたのだから。

「ごめんリンズ……！　さすがに遠慮がなさすぎた」

「べつに。べつにいいんだけど……ちょっと恥ずかしくて」

「悪かった！　次はもうちょっと節度のある言葉遣いをするから――」

「その必要はないぞガンデスブラッド将軍！」

シーカイが悪魔のような笑みを浮かべていた。

そうして会場の者たちが息を呑む。嫌な予感がしてヴィルを振り返る。彼女は青ざめた顔で真正面を見据えていた。私は再び視線を前のほう――つまりスクリーンに向けた。

〈シーカイ：141　テラコマリ：0〉

「え……？」

「いやあ危なかった！　キミが見境のない求愛をするから負けてしまうかと思ったよ！　でもリンズは私を選んでくれたみたいだねえ……！」

「ちょっと待て⁉　あの数字やっぱり適当すぎるだろグベッ⁉」

ネルザンピに詰め寄ろうとした瞬間ゴチン‼――と見えない壁に額をぶつけてしまった。しかし痛みで騒いでいる場合ではなかった。私は涙目になって黒い女を睨みつける。

「な……なんで私がゼロになってるんだ⁉　変だろ⁉」

「変じゃないさ。あなたのLPは丞相によって削り取られてしまったんだよ」

「そんな……」

やっぱり変だ。こんな恣意的に決着がつく戦いに意味なんてない。何がLPだ……あんなものはゲーム性を付与することによって偽りの公平さを演出するための飾りではないか。

私はリンズを見やる。緑色の少女は顔面蒼白になって震えていた。先ほどまで羞恥で真っ赤になっていたのが嘘のようだった。あの表情を見て確信した。リンズは丞相の言葉に絆されてなんかいない。こいつらはイカサマを働いていたのだ。

「ふ――ふざけんな！　こんな結果が認められるわけないだろ⁉」

「そうですネルザンピ殿。今すぐどきどきメーターを分析させてください」

「そんな権利があなたたちにあると思うのかい？　もちろん丞相にもどきどきメーターを調べる権利なんてないよ。これは平等な戦いなんだ――そしてテラコマリ・ガンデスブラッドは華燭戦争に敗北した。これは観客の皆様方も認めていることじゃないか」

　私は絶望の波に攫われながら耳をすませた。

「閣下負けちゃったか」「まあ仕方ないよな」「これは殺し合いじゃないんだし」「殺戮の覇者もさすがに恋愛勝負じゃ丞相には勝てなかったな」「良い見世物だったよ」――そんな感じでみんな納得していた。中には「はやく爆発しろぉ！」などと叫んでいる者までいる。

「なっははは！　これで終わりだねえ！」

　肩がびくりと震える。道化師のような哄笑が響く。

「リンズは私のモノだ。そしてキミはテロの疑いで逮捕される。殺戮の覇者？　六国を救った英雄？――けっこうなことだ。でもそんな肩書きは夭仙郷では意味をなさない。リンズの心を奪うことはできない。私の野望を食い止めることはできない」

　ヴィルやサクナがネルザンピに文句を言っている。しかし私の耳に入ってくるのは丞相の言葉だけだった。そして――ゆっくりと爆弾が下りてくる気配がする。

「この程度の爆弾で殺すことはできないだろうがねえ――ようするに結婚式前のエンターテイン

メントだよ。リンズもキミが爆発する花火で喜んでくれることだろうさ」

「お前……リンズをどうするつもりなんだ……？」

「未来永劫幽閉する。やつは私が天子になるための道具にすぎぬ」

やはり。やはり先ほどの謝罪は嘘八百だったのだ。

ヴィルとサクナが見えない壁をドンドンと叩いている。観客たちは「腕の見せ所だな！」と楽しそうに笑っていた。シーカイが厳かな声色で宣告をした。

「――さあ将軍。派手に爆ぜたまえ」

「待て」

誰かが声を発した。

☆

星辰庁の内部には最低限の人員しか配備されていなかった。

襲いかかってくる兵士たちを蹴散らしながらネリアは進む。

そこは夢想楽園の焼き直しのような場所だった。あちこちに設置された牢獄にはぴくりとも動かない人間たちが無造作に放り込まれている。ネリアたちが入ってきても彼らは反応を示さなかった。死んでいるのかと思ったが違う。意識がないのだ。

「な……なんですかこれ」

エステルが表情を歪めて立ち尽くしている。

新米の軍人には少し過激な映像だったかもしれないなとネリアは思う。

「おいこらティオ！　さっさと《電影箱》用意しなさいっ！　スクープよスクープ！」

「わかりましたから尻尾を握らないでくださいパワハラセクハラで訴えますからねっ！」

六国新聞の記者たちが大喜びで駆け回っている。

ふとネリアは気づく。掃除の行き届いた床にはキラキラと輝く球体がゴロゴロと転がっていた。野球に使われるボールほどの大きさの水晶。何かの研究に使われているのだろうか。

「これ……意志力？」

「ネリア様？　どうかしましたか？」

「わからない。でも……ここにいる人たちは何か心的なショックを受けている。もしかしたら烈核解放の開発どころじゃないかもしれないわ……」

「そうなのですか⁉　許せません、許せませんねえティオはやく撮影を開始しろオラァ‼」

「いま準備してますから首根っこつかまないでくださいっ！――つながりましたっ！」

侵入者を感知した警報魔法石がやかましい音を撒き散らす。まったくもってウスノロだ。すでに丞相の企みをぶっ壊すための準備は整っているというのに。

施設の奥から待機していた兵士たちが血相を変えて飛び出してきた。

ネリアは双剣を構えて不敵な笑みを浮かべた。

世界を独り占めしようと企む愚かな人間は真っ二つになってしまえばいいのだ。

「〝門〟の準備が整いました。いつでも大丈夫です」

「よくやったわガートルード！　さあかかってこい悪人ども！」

天仙たちは雄叫びとともに突撃してきた。

桃電一閃。彼らは悲鳴をあげる間もなく双剣の餌食となった。

☆

客席の中央――白銀の少女が苛立ちを隠そうともせず立ち上がっていた。

プロヘリヤ・ズタズタスキー。その視線は何故かネルザンピのほうへと向けられていた。

「なんだこの茶番は。明らかにお前たちは不正をしているではないか」

「嗚呼！　これは六凍梁大将軍！　いったい私が何をしたというのだね？」

「胸に覚えがないのなら教えてやろう。リオーナ」

「わかったよっ！」

リオーナが「にゃにゃっ！」と客席から大ジャンプをした。そうして反対側の壁の近くに降り立つ。そのまま猛烈な勢いで壁面を殴りつけた。

ばこぉんッ!!――レンガがいとも容易く破壊される。各国のお偉方が「なんだなんだ」とどよめく。しかしレンガの奥に浮かび上がった光景を見て一様に押し黙ってしまった。

「――メイファ⁉」

リンズが立ち上がって叫ぶ。シーカイが「チッ」と舌打ちをする。

壁の向こうには空間があった。猿轡を嚙まされ血塗れになったリャン・メイファが横たわっている。さらに彼女の横にはナイフを手にした天仙が立っていた。シーカイの部下だろう。

「驚いたかね諸君？　このグド・シーカイという男はとんでもないペテン師だぞ。馬鹿げた口説き文句を唱えるのと同時に壁の向こうにいる少女に対して暴行を働き、それによって得られた〝動揺〟を数値に変換してテラコマリのLPを削っていたのだよ。そこの少女――リャン・メイファにもどきどきメーターとやらが巻き付けられているだろう？」

場に衝撃が走った。そして私も少なくない衝撃を受けていた。リンズが泣きながらメイファのほうへ駆け寄っていく。私はその様子を眺めながら愕然としてしまった。丞相グド・シーカイは――自分の目的のためなら平気で他人を傷つけられる正真正銘の悪人だったのだ。

私は怒りの感情を抑えつけてシーカイを睨む。

やつは開き直ったような顔でこんなことを言った。

「私がやったという証拠はあるのかい？」

「お前……！」

「むしろ私はキミの悪事の証拠を摑んでしまったけどねえ」

「はあ？　何を言って――」

「――丞相！　テロリストを捕らえました！」

会場の扉を開いて夭仙たちが駆け込んでくる。縄でぐるぐる巻きにされた誰かが引きずられていた。私は表情を失ってしまった。その金髪頭には嫌というほど見覚えがあったからだ。

「ムルナイト帝国軍第七部隊ヨハン・ヘルダース中尉です！　宮殿の宝物庫に放火しようとしているところを捕縛しました！」

「お前なに捕まってるんだよ⁉」

暴行を加えられたのだろう。ヨハンはボロボロの傷だらけになっていた。自業自得といえばそれまでだが……でもここにはムルナイトの魔核がないんだぞ⁉　可哀想すぎるだろ……⁉

「悪いテラコマリ……調子に乗って踊ってたら不意打ちされちまった……クソッ……」

やっぱり自業自得だな。

「――なっははは！　これでテラコマリ・ガンデスブラッドがテロリストだということが判明したね！　さてどうしてくれようか。このまま逮捕して投獄してしまうのがいいかねえ」

「いや違うんだ！　釈明をさせてくれ！」

「動かぬ証拠が出たのにかい？　これでキミは『暴力行為によって花嫁を奪おうとした悪人』だよ――おっと！　烈核解放を発動して有耶無耶にしようなんて考えないでくれたまえよ。そんなことをしたら夭仙郷の神仙種たちが黙っちゃいない」

ぶぉん。何かの魔法が解除される。

見えない壁が消えていた。華燭戦争が終わったので不要と判断されたのだろう。

「やめて……丞相……」

リンズが泣きながら訴えた。彼女の傍らにはぐったりしたメイファが倒れている。

「コマリさんに悪気はないの。だから許してあげて……」

「許してあげたいのは山々だがねえ。悪人は法によって裁かれなければいけないんだ」

夭仙たちが私たちを取り囲む。

観客は固唾を呑んで事の成り行きを見守っていた。リオーナやプロヘリヤが助けてくれる気配はない。彼女たちも罪人の肩を持つわけにはいかないのだろう。

終わった。何もかもが――

すべてを失った気分で立ち尽くしていたとき。

「……？　何だこれは」

シーカイが眉をひそめる。客席の要人たちも戸惑いの表情を浮かべる。

会場のいたるところで淡い光が浮かび上がる。私は状況が呑み込めずに立ち尽くしていた。しかしネルザンピが「おや」と面白そうに口元を歪めて言った。

「これは【転移】の魔法が発動する兆候だね。まさか逃亡するつもりなのかい？」

「なッ……ガンデスブラッド将軍⁉」

「逃亡などしませんよ」ヴィルがクールに言い放った。「茶番を終わらせるために【大量転移】を発動させていただきました。会場の皆様を楽しい場所へご案内いたします」

「なんだと……？　近衛兵！　あのメイドを取り押さえろ！」

ヴィルの手には先ほど私に見せびらかした魔法石が握られていた。

そうだ……思い出した。あのときから魔法の準備は始まっていたのかもしれない。

シーカイの指示を受けた兵士たちが突撃してくる。しかしサクナの魔法によっていとも容易く蹴散らされてしまう。そうこうしているうちに魔法が完成したらしい。

「ふざけるな！　これは民意を蔑ろにする行為だぞ⁉」

「蔑ろにしているのはどちらでしょうね――さあグド・シーカイ殿。年貢の納め時です」

ヴィルが勝ち誇ったように宣言した。間もなく莫大な光が辺りを包み込む。

会場の人間たちはそのままどこかへ飛ばされてしまった。

☆

『――皆様こんにちは！　立国新聞のメルカ・ティアーノです！　またしても我々はとんでもないスクープを手に入れてしまいました！　希代の名宰相グド・シーカイは怪しからぬ無法計画を

秘密裏に稼働させていたのですっ！　ご覧ください――』

新聞記者のメルカ・ティアーノが高らかに星辰庁の状況をお届けしている。

今頃京師は――いや核領域を含めた六国全域は大騒ぎだろう。

「ネリア様！　上階の〝門〟が作動したようです！　テラコマリやグド・シーカイを含めた各国要人が続々と【転移】してきています！」

「よし！　ヴィルヘイズに『奥を調査するからそっちは任せた』って伝えておきなさい」

ネリアは指示を飛ばしながら星辰庁の深部へと足を踏み入れる。

牢獄となっているのは一階部分だけだった。地下に進むとまた違った不法行為の証拠が残っている。どうやら麻薬などの原料となる植物が栽培されているらしいのだ。それも一種類や二種類ではない――ありとあらゆる奇妙な草どもが生えていた。

「なんですかこれ。夢想楽園とは毛色が違いますね……？」

「見てくださいカニンガム大統領！　こっちの部屋には調合器具みたいなものが揃っていますよ。薬でも作っていたのでしょうか？」

「よくわからないわね。とりあえず目に焼き付けておきなさい」

襲いかかってくる兵士を切り伏せながらネリアは周囲を警戒する。

しばらく進むと〈関係者以外立入禁止〉という札の貼られた扉が見えてきた。ガートルードが先行してドアノブを回す。しかし鍵がかかっているのかビクともしなかった。

「施錠だけじゃありませんね。魔法的な障壁によって守られているみたいです」

「あのっ！　関係者以外入っちゃいけないから鍵がかかってるんじゃ……!?」

「あなたは本当にテラコマリの部下なんですか……？　上司を見習ってもうちょっと暴力的に行動したほうがいいと思いますよ」

「どきなさいエステル！　こんな怪しい扉は私がぶっ壊してあげるわ！」

「え？――うひゃあぁっ!?」

桃色の剣戟に気圧されたエステルが尻餅をつく。

【尽劉の剣花】は鋼の扉を豆腐のように切断してしまった。真っ二つになった〈関係者以外立入禁止〉の張り紙がヒラヒラと床に落ちていき――そうしてネリアが目にしたのは大量の神具が置かれた武器庫だった。

「おおっ!?　こっちは違法な武器庫ですか!?　スクープスクープ!!」

「尻尾千切れる!!　尻尾千切れる!!　これ以上引っ張るなら退職願を書きますからね!?」

「そんな願いは却下だ却下!!　死ぬまで働け!!」

新聞記者どもが遠慮会釈なしに侵入していく。

ネリアもガートルードとエステルを伴って部屋の様子をうかがう。武器庫。厳重に防御策が講じられていた割にはつまらない中身である。深掘りすれば恐ろしいモノが出てくるのだろうか。

いずれにせよ丞相のことはコマリに任せて自分は星辰庁のすべてを暴いてしまおう。

「あれ？　何でしょうかこれ……」

エステルが床に落ちていた紙切れを拾った。

誰かのメモだろうか？――何気なく覗き見しようとした瞬間のことだった。

ガクンと世界が揺らいだような気がした。

「……⁉」

にわかに強烈な殺意がほとばしる。

柱の陰。誰かがこちらを睨みつけているような気配があった。

「あいつは……まさか」

ネリアは思わず身震いしてしまった。

直後――目にもとまらぬ速度でそいつが斬りかかってきた。

☆

【大量転移】の光が収束する。

辺りの空気が変わった気がした。私はおそるおそる顔を上げてみる――すると自分が牢獄のような辛気臭い空間に突っ立っていることに気づいた。

広さは華燭戦争の会場よりもある。いたるところに鉄格子によって区切られた空間が点在している。そしてその牢の中には人間たちが折り重なっていた。私は息を呑んでしまった。なんだよあの人たち。マネキン……じゃないよな？　それにしては全然動かないけど。

「丞相殿！　これはどういうことですかな⁉」

誰かが声をあげた。偉そうな顔をした蒼玉（そうぎょく）のおじさんである。どうやら会場にいた全員が丸ごと移動してしまったらしい——辺りは困惑した様子の人々で溢（あふ）れかえっていた。

「ヴィル……ここどこなの？　あの人たちは……」

「ここは星辰庁ですよ」ヴィルがよく通る声で言い放った。「丞相グド・シーカイは星辰庁で人体実験を行っていたのです」

「なっ……」

多くの人々が息を呑む気配がした。観客たちがヒソヒソと会話を始める。牢屋とシーカイの顔を交互に眺めて懐疑の視線を突き刺す。

「ば……馬鹿な！　何かの間違いだろう⁉」シーカイがワナワナと震えて怒鳴った。「ここが星辰庁だという証拠があるのか⁉　ここにいる者たちは何だね⁉　捕らえられているのか⁉　だとしたら明らかに事件の現場だ！　軍と警察に調査させなければならぬ！」

「ええそうですね。ですからネリア・カニンガム大統領やガートルード・レインズワース将軍が深部へ足を踏み入れて更なる調査を進めているところです」

「わけがわからないッ‼　キミたちは……いったい何を企んでいるんだ⁉」

「そっくりそのままお返ししたい台詞ですね」

ヴィルがサディスティックに笑って一歩前に出る。

どう見てもシーカイの様子がおかしい。まるで痛い腹を探られたかのような表情。

「なるほどな」プロヘリヤが観客を代表して両手を広げた。「ヴィルヘイズ。この明々白々たる犯罪の痕跡はいったい何なんだ？　皆にわかりやすいよう説明してくれたまえ」

「ここは愛蘭朝政府直轄の〝星辰庁〟です。長らく所在地は不明とされてきましたが、リャン・メイファ殿やネリア・カニンガム殿の活躍により我々はその所在を突き止め、さらに内部に侵入することに成功しました。そして【大量転移】のための〝門〟を構築することで皆様方をご招待したのです。これはすべてコマリ様の指示です」

「ガンデスブラッド将軍……貴様ッ……!!」

シーカイが親の仇でも見るかのような目で睨んできた。いや全然知らんのだが——というツッコミを入れる余裕はなかった。私の目は周囲の牢獄に釘付けになっていたからだ。

「シーカイ……この人たちは何なんだ？　お前は何をやっていたんだ……？」

「コマリ様の疑問はもっともです。星辰庁の正体はご覧の通り牢獄でした。そして星辰庁を統括しているのは星辰大臣でもあるグド・シーカイ殿です。つまりこの惨状はすべてそこの男が引き起こしたことなのです」

「出鱈目を言うな!!」

「おや？　そこに倒れている者には見覚えがあるぞ」プロヘリヤが険しい表情で牢獄に目を向けた。

「京師の路地に行方不明者に関する張り紙があった。その中の写真と顔が一致しているように思えるがね……これはどういうことだ？」

「その通り。丞相グド・シーカイは京師の夭仙たちを攫って人体実験をしていたのです。つまり京師で発生している『連続行方不明事件』は愛蘭朝星辰庁……つまりグド・シーカイが引き起こしていたのです！」

　要人たちがどよめく。シーカイに視線が集中する。

「こ……これは何かの間違いに決まっている！」

「間違いではありませんよ――ほらご覧ください。皆様がお怒りです」

「何てやつだ」「名宰相の姿は仮面だったのか」「人道に反している」「よくも自国民にこんなヒドイことを」『放っておくわけにはいかない』『逮捕してしまえ！』――人々は躍起になってシーカイを批判していた。ヴィルが「ふっ」と鼻で笑って言う。

「これでは華燭戦争どころではありませんね。こんな悪事を働くような人間にリンズ殿の婚約者は務まりません。それどころか丞相も務まらないのでは？」

「国民の声を聞いてくれ……連中は私を信頼してくれるはずだ……！」

「無駄ですよ。六国新聞のお二人が星辰庁の内部を全世界へお届けしていますから」

　シーカイの顔面がみるみる青ざめていった。

そうして私はすべての計画を理解した。

華燭戦争なんて目眩ましにすぎなかったのだ。ヴィルやネリアの狙いはシーカイの目を星辰庁から遠ざけ警戒を緩ませること。そして不意を突いて【転移】させることで悪事の証拠を白日の下にさらすこと。大勢の観客というこれ以上ない目撃者もばっちり準備してあった。

ヴィルが一歩前に出た。プロヘリヤやリオーナが臨戦態勢を取る。

ネルザンピが「ふふふ」と笑いながらタバコを踏みつぶした。

「諦めたらどうだい丞相。連中は最初からこれを狙っていたんだよ」

「なッ——ネルザンピ卿⁉」

「何を驚いているんだ？　ネリア・カニンガム大統領が不自然に欠席している時点で予想はついていたじゃないか。てっきり気づいていたと思ったのだけれど——違ったのかい？」

「何を……」

「そうかそうか気づいていないのか。ならばあなたの天命はここで尽きた。悪人は捕まらなくちゃいけないよねえ」

「戯言を抜かすな‼　お前だって私と一緒に——」

「——『私と一緒に』？　どういう意味ですか丞相」

シーカイは暗闇に怯える子供のように振り返った。

「違う……これは誤解だ！　私もネルザンピ卿も潔白なんだ！　そもそも私がここにいる人間を

貶めたという証拠はあるのか⁉　ちなみに私はテラコマリ・ガンデスブラッドがテロリストだという証拠を掴んだぞ⁉　まずはそっちを検証するのが先ではないかね⁉」

「宮殿の爆破と誘拐事件の真相――民衆にとってはどちらが大事だと思いますか？　あなたは民意によって権力を得た丞相様なのでしょう？」

「ぐっ……それは……！」

「星辰庁とやらの目的は知りません。しかし醜悪な悪事に手を染めていたことは疑いようのない事実です。さあ諦めてお縄にかかってください」

「そんな……馬鹿なことを……許してたまるか‼」

シーカイは身を翻して逃走をはかる。

銃声が轟いた。びっくりしたシーカイはそのまま床の上に転倒してしまう。

撃った本人――プロヘリヤは不敵に笑いながら銃を下ろした。

「逃げるとは卑怯だな。しかしそれは自白したようなものだぞ」

シーカイの表情から完全に余裕が消えた。彼はしばらく眼を見開いて辺りを見渡す。しかしどこにも味方はいなかった。この場にいるすべての人間が丞相に不信感を抱いていた。

「わ――私は！　私は夭仙郷のためを思って行動していた！　その気持ちは今でも変わっていない！　天子一族が腐っているから臣下である私が厳然と君臨しなければならなかった！　大のために小を切り捨てるのは為政者として当然の選択だろう⁉　それはここにいる多くの者がわかっ

ているはずだ！　それなのに――」

「シーカイ。私はとても残念だよ」

不意に誰かが溜息交じりにそう言った。

ふんわりとした雅な声――その場の誰もが振り返った。天仙たちが恐縮したように平伏して道を開ける。見知らぬ男の人がゆったりとした足取りで近づいてくる。

「天子陛下……！」

え？　天子？　天子ってリンズのお父さん？　さっきサクナに殺されたはずじゃあ――と思ったけどよく見れば豪奢な衣服は血まみれだった。回復魔法で高速蘇生したのだろう。彼まで転移していたとは予想外である。

「お父様！　どうして……」

「おおリンズ。今日もいい天気だねえ」

「天子陛下っ！」シーカイが血相を変えて天子のもとへ駆け寄った。「奏上申し上げます！　星辰庁など私の与り知らぬところです！　これはテロリスト・テラコマリによる陰謀！　なんと邪悪な吸血鬼でしょうか！　すぐさま捕縛して尋問にかけましょう！」

「必要ない」

天子はぴしゃりと言い放つ。

「この場を見れば民が苦しんでいることがよくわかるよ。残念……本当に残念だ。お前は丞相として朝政をしっかり担当してくれているのかと思っていたのだが」

「その通りです。私は官僚として天仙郷のために働いてきました――丞相グド・シーカイの働きは陛下がいちばんご存知のはずです。それでも私が信じられないのでしょうか」

「信じられない。ここにいる者たちが信じていないからな」

シーカイの表情が固まった。天子は笑顔のまま「捕縛しろ」と命令した。

すると近衛兵の天仙たちが音もなく極悪丞相に近づいていく。

「陛下は……陛下はそれでいいのですか？　このままでいいと思し召しなのですか……？」

「平和だからよいではないか」

「ッ――私が何のために星辰庁を運営してきたと思っている⁉　あなたが動かないから！　あなたが何もしないから私がやらなければならなかった！」

「何を言ってるんだ？」

「貴様は――娘の命が惜しくないのかと聞いているんだ‼」

「ははははは。リンズが死ぬわけないじゃないか」

シーカイが奈落の底に突き落とされたような顔をした。

プロヘリヤが眉をひそめる。ヴィルが顎に手を当てて何かを考え始める。

「――さあ。彼を連れていきたまえ」

近衛兵たちは天子の命令に従ってシーカイをどこかへ連行した。彼は少しも抵抗をしなかった。

悄然とした面持ちで己の運命を受け入れようとしている。それはすべてのやる気を失った人間の顔――どこかで見たことがあるような表情。

彼の姿が見えなくなってから「コマリ様」とヴィルが呟いた。

「なんとか勝利できましたね。お疲れ様でした」

「ああ。一件落着だな……」

そのときだった。

頭上で何かが動く気配。私は何となしに振り仰いだ。

爆弾が重力に従って落ちてきていた。

「え？」

遠くでシーカイが「思い知れテラコマリ・ガンデスブラッド！」と叫んでいた。ああ。爆弾まで一緒に【転移】してきたんだな。シーカイが自暴自棄になって作動させたんだな――私はそんなふうに夢見心地で死の足音を聞いていた。

馬鹿みたいに突っ立って破滅の瞬間を待つことしかできない。

そのまま爆弾はゆっくり落ちてきて――間もなく世界は真っ白に染まっていった。

「――――、」

絶対に死んだと思った。こんな至近距離で爆発されたら私の貧弱な肉体なんぞ踏み潰された金平糖のごとく粉々になってしまうに決まっていた。

でも痛みはなかった。私は死んでしまったのだろうか。

それにしては五感がクリアすぎる気がするのだが――

モクモクと煙が晴れていく。驚きに目を見開いた観客たちの顔が視界に映る。

背後から「コマリ様！」と今にも泣き出しそうな声が聞こえてきた。

「コマリ様……ご無事ですか……⁉」

「ヴィル？　あれ？　私は……」

自分の身体を見下ろしてみる。傷一つない。どこも痛いところはない。確かに心臓はバクバク鳴っているけれど――いつも通りのテラコマリ・ガンデスブラッドがそこにいた。

私はようやく理解した。どうやら爆発から生き延びたらしいのだ。

「――ふふふ。面白いねえテラコマリ・ガンデスブラッド」

ネルザンピが小声で呟いた。腐った視線が私だけにまとわりついてくる。

「その爆弾は京師の魔法石工場で生産しているモノだ。二千個に一個ほどの割合で不良品が混じるらしい。この土壇場でそれを引くとは――天も仰天するほどの豪運だよ」

ゾッとした。つまり私が生き延びたのは完全なる偶然だったということなのか……？

不意に観客たちが歓声をあげた。誰もが「さすが閣下！」『おかげで命拾いした！』『丞相の最後っ屁から我々を救ってくれたぞ！」といった感じで驚愕（きょうがく）している。

だがこれを利用しない手はない。私は足腰に力を込めて立ち上がった。

「――驚くことじゃない！　こんな線香花火みたいな爆発はくしゃみだけで消し飛ばすことができる！　私を殺したいのならば百億万倍の威力のモノを持ってくるんだな！」

うおおおおおおおおおおおおおお!!　コマリン!!　コマリン!!　コマリン!!　コマリン!!――喧噪が巻き起こった。なんかもう意味がわからない。こうして生きていられるのが夢のようだった。

シーカイが絶叫しながら夭仙たちに運ばれていった。最後の最後で私は――私どころかこの場にいる全員がぶっ殺されるところだったらしいのだ。なんて恐ろしいやつだ。

「素晴らしい。素晴らしいよガンデスブラッド将軍」

天子がにこやかに笑いながら近づいてきた。

「華燭戦争に勝利するどころか我々の命も救ってくれた。やはりきみこそがリンズの伴侶に相応しい――さあ皆の者！　彼女の健闘を称えたまえ！」

次の瞬間――　わあああああああああああああ!!　と夭仙たちが一斉に騒ぎ始めた。本日何度目かもわからないコマリンコールが絶叫される。

脳の処理が追い付かない。丞相。爆弾。華燭戦争。そして牢屋に囚われた人々――何から手をつければいいのかわからない。不意にリンズがゆっくりとこちらに歩み寄ってきた。

「コマリさん。あの……」

彼女は恥ずかしそうに口を開いた。

「迷惑かけてごめんね……怖い思いをさせちゃったね……」

「え？　いや……ううん。とにかくリンズが無事でよかったよ」

何故かリンズは赤くなって俯(うつむ)いてしまった。

「そ……それよりも！　はやく星辰庁の調査をしないと。この人たちを解放しないと……」

「そうだったな！　おいヴィル！　はやく牢獄を――」

「――テラコマリ・ガンデスブラッド将軍。それは後回しでいいよ」

不意に天子が話しかけてきた。

柔和な顔立ち。優しそうな視線。そして贅の限りを尽くしたような服装（血で汚れているけれど）。確かにリンズと雰囲気が似ているような気がする。

「私は天子アイラン・イージュ。リンズの父親だ。よろしくね」

「よ……よろしく！　えっと……それよりも捕まってる人を助けないと……」

「どうでもいいじゃないか」

リンズが硬直した。私も呆気(あっけ)に取られて二の句が継げなくなってしまう。

「……いや。どうでもいいといったら語弊があるね。ここの後始末は朝廷の官吏(かんり)たちがやってくれる。英雄にそんな雑事を押し付けるわけにはいかないからね」

「でも……私にできることはないかなって思ってて……」

「はっはっは。硬くなることはないよ。きみは私の家族になるのだから」

「「は⁉︎⁉︎」」

私とヴィルとサクナの声が重なった。

リンズが「何言ってるんですかお父様！」と顔を赤くしていた。

「きみは本当に立派だねえ。後で私の自慢の石庭を案内しよう。宮廷に保存されている名画も見てほしいな。あとはそう——せっかくなら漢詩観賞会にも出てみないかい？」

私は不思議な気分になってしまった。

これだけの騒ぎがあったのに余裕すぎないか？　目の前に多くの困っている人たちがいるのに呑気（のんき）すぎないか？　これが王者の風格というものなのだろうか？　でも皇帝や書記長とはまとう雰囲気が違う気がする。いやそんなことよりも。

「あのっ！　さっきの『家族になる』ってどういう意味……？」

「おやすまない。これからきみはリンズと結婚するんだよ」

私は何を言われたのだろう。

いやまあ。華燭戦争の勝者はリンズと結婚する権利を得られるという話だが——

「さあ会場に戻って結婚式を始めよう。来賓の方々も心待ちにしているよ」

「え……ちょっ……⁉」

気づけば夭仙たちが【大量転移】の魔法石を準備していた。

光が拡散する。私たちは来た道を引き返すような感じで強制移動させられてしまった。

※

〝夕星(ゆうせい)〟は言った――「魔核は今の役割に囚われるべきでない」と。

ローシャ・ネルザンピはその考え方に深く共感している。逆さ月のような紐帯(ちゅうたい)の緩い連中とは違うのだ。あの組織の構成員は己らのボスの思想を正しく理解していなかった。そしてボスは仲間たちに自分の思想を正しく伝えていなかった。だからこそムルナイトに敗北した。

しかし我々には彼らと違って〝信〟がある。

夕星に対する絶対的な信頼が。共感が。そして目的意識が。

輝く恒星のまわりに多くの衆星(しゅうせい)が集まるがごとく一体となって悪行(あくぎょう)に励んでいる。

「ふふ。丞相も哀れな男だね」

ネルザンピは宮殿の廊下を歩きながらタバコに火をつけた。

今日で七本目だ。夕星からは散々「控えるように」と言われていたことを思い出す。しかしここに彼女はいないのだから無視するとしよう。

星辰庁から【転移】してきた馬鹿どもは会場で結婚式を行っている。

ご苦労なことだった。黒い女が一人消えたことなど誰も気にとめていないらしい――やはりこの国は骨の髄まで平和ボケしていた。

「おめでとうリンズ殿下。あなたが選んだ道は真っ赤に染まっているけどね――おや」

通信用鉱石が光を発した。ネルザンピは歩みを止めることなく応じる。

「もしもし。こちら軍機大臣」

『メアリだ！　こちらの目的は達成したぞ！』

いつもより興奮した声色だった。

ゲラ＝アルカの遺臣メアリ・フラグメント。彼女には星辰庁の警備を任せておいたのだ。

『清々しい気分だ！　お前のもとで苦汁を味わってきた甲斐があった』

「ごくろうごくろう。しかし手を焼いたのではないかね」

『造作もない。私はこの瞬間のために首都の監獄を脱出したのだから』

メアリが獣のような笑い声を漏らす。

『——ネリア・カニンガムを捕縛した。後は好きにやっていいんだな？』

☆

会場に戻ってくるとリンズと一緒に壇上へと押し上げられてしまった。

期待と祝福のこもった視線があちこちから注がれている。リオーナとプロヘリヤも笑みを浮かべている。ヴィルとサクナは真顔で突っ立っていた。魔核で傷が治ったメイファが「やれやれ」と肩を竦めている。

星辰庁に関しては近衛兵とネリアたちに任せることにしたらしい。

だから私とリンズは結婚式を開催することになった――らしいのだが意味がわからない。どうして結婚しなければならないのか。どうして私は壇上でリンズと向かい合っているのか。

目の前に立っているのは――純白のウェディングドレスを身にまとった緑色の花嫁。

彼女はめちゃくちゃ恥ずかしそうに私の瞳を見据えていた。

「どうしよう……？」

「どうしようって言われても……」

「コマリ様ぁっ！　テロを再開しますか⁉　したほうがいいですよね⁉」

「コマリさん‼　もう一回天子さんを殺しますか⁉　殺したほうがいいですよね⁉」

「落ち着け二人とも⁉」

犯罪者予備軍（ヴィルとサクナ）を黙らせながら私は考える。この状況で結婚を拒否すればブーイングが巻き起こるだろう。かといって結婚式に踏み切る勇気もない。というか今さらだけど私とリンズは女の子同士だよな。この国では法律的に結婚できるのだろうか。

天子が好々爺然とした笑顔で言った。

「そうだね。とりあえず誓いのキスでもしてもらおうか？」

「え？　ちょっ……キス⁉　キスってあのキス⁉」

観客どもが歓声をあげる。中には「ちゅーしろ‼」などと囃し立てているやつもいる。

何がちゅーだよ。ちゅーは軽々しくしていいもんじゃないんだぞ。わかってるのかよ。

「ど、どうする? さすがにキスはまずいよな……?」

「そ……そうだね。ごめんねコマリさん……こんなことになっちゃって……」

そう言って彼女は恥ずかしそうに俯く。あまりに現実離れした光景なので束の間心を奪われてしまった。それほどまでに花嫁姿のリンズはきれいだった。

いやいや何を考えているんだ。

とりあえず誤解を解かなければ——そこで私は違和感を覚えた。

リンズの紅色の瞳。その綺麗な輝きを見ていると心がざわめく。

ふと不思議な感慨が湧き上がった。彼女の紅色には既視感があるのだ。

ヴィル。サクナ。ネリア。カルラ。

これまで一緒に戦ってきた仲間たちと同じ色をしている。

もしかして。この子の目は——

衝撃の事実に気づきかけた瞬間である。私が何かを言うよりもはやくリンズの身体が倒れかかってきた。まさか本当にちゅーするつもりなのか⁉——私は予想外の展開に我を失ってあたふたした。しかしいつまで経ってもちゅーは果たされなかった。

「けほっ」

かわりに誰かの悲鳴があがる。続いて会場に喧噪が広がっていく。

リンズが咳をした。私のタキシードが血塗れになっていた。

驚愕のあまり身動きが取れない。

リンズの口から血液が滝のように溢れ出してくる映像を脳が理解しようとしない。

メイファが血相を変えて叫んでいた。天子は奇妙に呆けて黙然としていた。それ以外の観客は何をするべきなのかもわからず棒立ちしている。

リンズが血を撒き散らしながら床にしゃがみこんだ。

「あ……れ……？　おかしいな……薬……、飲んだはずなの、に……？」

げほっ。純白のウェディングドレスが鮮血によって染め上げられていく。

最初はリンズも「何でもない」『大丈夫だよ」と苦しそうな反応を見せていた。

しかしやがてぐったりと沈黙してロクな返事をしなくなってしまう。

血に染まる結婚式のど真ん中に佇みながら私は言葉を失った。

シーカイを倒せばすべてが終わると思っていた。しかしそれは勘違いだったのだ。リンズの苦しみが消えることはない。彼女のもとに平穏が訪れることはない。

天仙郷を蝕む呪いが解けることはないのだ。

☆

エステル・クレールは京師の街路を走っていた。

走る――というよりも地を這いつくばるような有様だった。軍服はボロボロ。身体は傷だらけ。ムルナイトの魔核がないので痛みが薄れていくこともなかった。

「閣下……閣下……！」

道行く人々がぎょっとして目を向けてくる。

しかしそれどころではなかった。エステルは涙を流しながら宮殿に向かって進む。

思い起こされるのは先ほど起きた〝事件〟。

ネリアに率いられたエステルは星辰庁へと向かった。丞相の悪事を暴く重要な任務だった。そしてそれは途中まで上手くいっていたはずである――ネリアもガートルードも新聞記者たちも迫りくる兵士を切り伏せて数々の不正を暴いていった。

だが一人の女がすべてを引っ繰り返した。

ニヒルな笑みを浮かべた翦劉。彼女は謎の烈核解放でネリアを一瞬にして切り伏せてしまったのだ。単純な戦闘能力の差ではない。あの女はネリアに対して何かをしたのだ。

それからは坂を転げ落ちるような感じだった。

ネリアが敵わぬ相手にガートルードが敵うはずもなかった。新聞記者たちも抵抗できるはずがない。そしてエステルも同じように制圧されるはずだった。実際に敵の攻撃になすすべもなかった――しかし最後の最後で死にかけのネリアが「コマリのもとへ行け！」と絶叫したのである。

エステルはすべての力を逃走へと注ぎ込んで条件反射的に上官の命令に従った。

「どうして……どうしてこんなことに……」

さっきから通信用鉱石がつながらない。

魔力的なジャミングが施されているのかもしれない。

もしかして。

もしかして私たちは最初から誘導されていたのではないか……？

京師のガイドブックを広げる。とりあえず路地裏に入ろう。こっちのほうが近道だから——そんなふうに考えながら往来を外れたときのことだった。

「——おや。エステル・クレール少尉じゃないか」

薄暗い路地の向こう。まるで煤のように黒い女が立っていた。

エステルは呆然として声もなかった。夭仙郷軍機大臣〝死儒〟ローシャ・ネルザンピ。丞相と手を結んで夢想楽園の続きを行っていた悪人。

「メアリは兎を一匹逃がしてしまったようだね。あとで文句を言っておこう」

「あなたは……いったい何が目的なのですか……⁉」

「教えるわけがないだろう。ところで少尉も星辰庁の中に入ったのかい？」

「ッ——そうです！　あなた方の悪事の証拠はつかみました！　そして六国新聞によって報道もされています！　逃げても無駄ですよ——」

胸に衝撃が走った。

エステルは奇妙な感覚を抱きながら視線を下に向けた。

穴が開いていた。どくどくと血が漏れていた。全身から力が抜けてどさりとその場に崩れ落ちてしまう。装備していた《チェーンメタル》もじゃらじゃらと地面に落ちてしまう。

「何が――」

「少尉は見てはいけないモノを見てしまった。朝(あした)に真実を知れば夕べに殺されても文句は言えないよねえ。いやすでに報道されてしまったんだっけ。じゃあ世界の人間を殺戮しなくちゃいけないのか。予定通りだな」

咥(くわ)えタバコのネルザンピが薄い笑みを湛(たた)えながら回転式拳銃を構えている。

遅れて撃たれたのだと気がついた。

「あ……ああっ……！」

「痛いかい？　痛いだろうねえ。だが自業自得(じごうじとく)なんだ。お前は私が宝璐(ほうろ)にしてやろう……と思ったけどやめておこうかな。他のやつらと比べて適性がないようだ」

わけがわからない。痛い。身体に力が入らない。

吸血鬼が京師で殺されればそのまま死ぬことになる。恐怖のあまり思考が弾け飛んだ。自分はここで死ぬのだと思うと寒気と絶望で身体が震えて仕方がなかった。

「コマリン閣下……」

「無駄だよ。あれはいま結婚式に夢中なのさ。そしてお前の傷は治らない。致命傷だ。残念だったねエステル・クレール――葬儀は手厚くしてやるから勘弁してくれよ」

「っ……」

そうしてエステルは自分の命が壊れていく音を聞いた。

軍学校を首席で卒業した。憧れのコマリ隊に入ることもできた。コマリン閣下や第七部隊のみんなと仲良くなることもできた。そして初めての大きな任務で天仙郷へとやってきた。

それが人生の袋小路だった。

ネルザンピがエステルの身体を担ぎ上げた。すでに全身の感覚は消失していた。

このまま死体をどこかに捨てるつもりなのだろう。

「ご……めん……ね」

エステルの最後の呟きは誰にも聞かれることがなかったのかもしれない。

涙を滾々とこぼしながら心の内で懺悔する。

ごめんねモニク。お姉ちゃん、立派な軍人にはなれなかったよ。

グド・シーカイは思う。アイラン・リンズは凡庸な少女だなと。

あれは君主の器ではない。従者のリャン・メイファが漏らすように〝小物〟なのだ。

しかしそれは決して悪い意味ではない。世の中はそうした小さな人間たちによって成り立っているからだ。上に立つ者としての器量がないからといって責められるべきではない。

彼女は分不相応な苦しみを背負っているのだ。

「公主だから」「次期天子だから」「三龍星だから」――そういう邪悪な現実にそそのかされて肥大化した理想。彼女は自縄自縛の呪いにかかっていた。

だからグド・シーカイは救ってやろうと思った。

天仙郷のため――というよりは彼女個人のため。

シーカイは寒門の出だ。一族が栄達するためには官吏登用試験〝科挙〟に挑むしかない。幼い頃から地獄のような試験勉強をさせられた。一日十四時間机に向かう。聖典の文章を一句でも間違えれば老師が打擲を放つ。それが嫌で服の裏に米粒のような文字を書いてカンニングをしたこともあった。露見したときには真冬の納屋に一日中放り込まれて死にかけた。

毎晩泣いた。こんな人生は嫌だと思った。自分は卑屈な文官などではなく将軍になって世界を駆け回りたいと思った。核領域で華々しい活躍を見せている七紅天(しちぐてん)や八英将(はちえいしょう)みたいに。

だが家の方針に逆らうことはできなかった。

折檻(せっかん)にも似た試験勉強は長らく続き、ついにシーカイは進士登第(しんしとうだい)を果たして愛蘭朝(アイランちょう)の中枢に入り込むことに成功した。自分には戦いの才ではなく文字の才しかなかったらしい。

「骨度(グド)家のことをよろしくな」

父親の媚びるような笑顔がシーカイの癇(かん)に障(さわ)った。

一族から科挙合格者が出れば誉(ほま)れだ。

しかし気に食わない。この男はシーカイの青春を奪ったのだ。自分はろくに働きもしないくせに息子にはむりやり勉強を強(し)いた。成績が悪ければ見境なしに怒鳴りつけられた。殴る蹴(け)るの暴行を加えられたのも一度や二度ではない。

——一族など知ったことか。俺(おれ)は自分の栄華のためだけに働くのだ。

シーカイの心は氷のように冷えていった。今後は自分のために生きていこうと思った。

他者を蹴落としても構わない。どんな悪評を流されようとも構わない——そんなふうに野望を固めながらあくせくと働いた。官僚として上り詰めるためには媚び諂(へつら)いや賄賂(わいろ)が欠かせなかった。

シーカイは物腰柔らかな男を演じて虎視眈々(こしたんたん)と上昇の機会を狙(ねら)っていた。

そうしてアイラン・リンズと出会った。

「あなたはアルカの道化師みたいだね」

十歳にもならぬ童だった。無邪気な微笑みは市井を駆け回っている子供と何も変わらない。こんなモノが天上天下をたなごころにする天子の娘なのかと拍子抜けした思いだった。

「リンズ殿下。私は道化師ではありませぬ。翦劉でもありませぬ」

「ううん。だって嘘を吐いているもの」

衝撃でしばし思考が停止する。

少女はそんなシーカイの内心など気にせず花束を差し出してくるのだった。

「ずっと勉強するのは疲れちゃうでしょ。これはメイファと一緒に摘んだお花よ。あなたにあげるわ」

人の心は摩訶不思議なものだ。ただ空を見上げただけで泣きたくなるときもある。

何が琴線に触れるか自分でもわからない。官僚として熾烈な争いを繰り広げてきたシーカイには、リンズの〝普通〟の優しさが恐ろしいほどに効いた。

※

ネリア・カニンガムは薄暗い部屋で目を覚ました。身体が金属のように重たい。鈍い痛みが節々で主張している。とりあえず起きよう――反射的にそう考えて全身に力をこめる。

しかし起き上がれなかった。

よく見れば全身をベッドに拘束されているのだ。さらに裂傷によってボロボロになった自分の身体も見える。溢れ出した血によってベッドが濡れていることにも気づく。

恐ろしい記憶が再生された。

そうだ。自分は星辰庁に突撃したのだ。そしてまんまと罠に引っかかった――

「――ネリア・カニンガム大統領。ようやく目覚めたようだな」

暗がりの奥から背の高い女がヌッと姿を現した。

ネリアはすべてを思い出した。怒りが弾けて視界が真っ赤に染まっていく。

「お前は……ゲラ＝アルカの……！」

「ふん。覚えていたか」

女は獣のように瞳を輝かせながら静かに近づいてくる。

旧八英将メアリ・フラグメント。かつてマッドハルトのもとで国民たちを虐げていた翦劉である。

レインズワースの次くらいに突っかかってきたので幾度も衝突した覚えがあった。

メアリは六国大戦の後、首都の監獄に収容されていた。

しかし少し前に神具で自殺をしたという話だった。葬儀も開かれたので本当に死んだのだと思い込んでいたが、まさか夭仙郷に逃げて丞相の手先になっていたとは。

「他のみんなは⁉　ガートルードは……⁉」

「知ったことか。――ネリア・カニンガム。私はお前に復讐(ふくしゅう)をするために鍛錬を積んだ。ついに憎き大統領を降すことができて嬉(うれ)しいぞ」

「丞相の悪事は全国にばら撒(ま)かれたのよ？　あんたも破滅するわ」

「これは私とお前の問題だ。丞相は関係ない」

ネリアは舌打ちをした。自分は星辰庁で呆気(あっけ)なく敗北を喫(きっ)したのだ。あれは単純な剣技の差ではない。特殊な烈核解放(れっかくかいほう)が発動していた――あるいは心の隙(すき)を突かれたような気がする。

「ここはどこ？　星辰庁？」

「誰(だれ)にも知られていない隠れ家だ」

「コマリは……？」

「やつらは貴様を置いて宮殿へ戻ってしまった。好都合だな」

メアリが腰の鞘(さや)から剣を抜く。先ほどネリアの身体を引き裂いた一品だ。何をするつもりなのかは子供でもわかる。ネリアは恐怖心を押し殺して脱出するための戦略を練った。

「……私のことを恨んでいるの？　ねちっこい人間は嫌われるわよ」

「マッドハルト大統領のためだ。お前のせいであの人はすべてを失った」

「何言ってんの。マッドハルトは敗北を認めて素直に退いたでしょうが」

「信じない。信じない」

怒りに染まった視線が肌に突き刺さる。

「知っているかネリア・カニンガム。お前を恨んでいる人間は山ほどいるんだぞ。正義を執行して悦に浸っているのかもしれないが、結局お前のなしたことは身勝手な暴力だ」

「暴力で支配してた連中が言うこと？　私は自分のやったことを後悔してないわ。だってそれがアルカのためだったもん」

「ふん――愚かしいな。お前のせいで多くの罪なき人間が不幸になったというのに」

「はあ？　どういうことよ……」

「ゲラ＝アルカの役人たちは多くが罪を着せられて投獄された。そしてその親類縁者は市民から迫害にあっている。その中には暴力とはまったく無縁の人間も多数含まれているのだ」

たとえマッドハルト政権のもとにいた人間であっても罪のない者はたくさんいた。大きな改革をすれば必ず犠牲者は出る――そんなことは大統領になる前からわかっていた。

確かにネリアの支持率は高い。王国時代の君主を含めても類を見ない人気だ。

でも批判は常に湧出していた。大統領府には日頃（ひごろ）から張り紙や落書きが施されるのだ――曰（いわ）く「調子に乗っている」『我らの生活を返せ』『辞任しろ』『お前は前大統領に及（およ）ばない』。

ガートルードは「気にしたら駄目ですよ！」と言う。

レインズワースは「反逆者は殺してしまえばいいんだ」と言う。

しかしそれではマッドハルトと同じだ。どんな意見であっても真剣に聞いてやるのが大統領の役目なのだとネリアは思っている――そしてその真面目（まじめ）さが命取りとなることもあった。

ネリア・カニンガムは未熟な小娘にすぎない。優しすぎるのだ。

「お前はこの場で殺す」

メアリが剣を振り上げる。

ネリアは歯軋りをして暴れた。しかし拘束が解ける気配はない。懐に忍ばせておいた魔法石もすべて奪われてしまっている。ここで首を切断されたら蘇ることができない。この女はネリアに本物の死をもたらすつもりなのだ――絶望的な気分で煌めく刃先を見つめていたとき。

「待ちたまえ」

さらなる絶望がやってきた。黒い女が靴音を鳴らしながら歩み寄ってくる。

「殺してしまったら宝璐が作れないじゃないか。少しは考えてくれよ」

天仙郷軍機大臣ローシャ・ネルザンピ。彼女が何者なのかはわからない――しかし背筋に寒気が走った。この女には他者を畏怖せしめる独特の空気があるのだ。

「……何のつもりだ。こいつは私が好きにしていいという約束だろう?」

「好きにして構わないよ。だが肉体的な傷を与えて喜ぶのでは上品とはいえないね。ネリア・カニンガムが憎たらしいのなら人格尊厳を破壊してやるのがいい」

「お前が宝璐を作りたいだけじゃないのか?」

「その通り。少し引っ込んでいてくれるかい?」

しかしメアリは納得したらしかった。剣を鞘に納めると腕を組んで道を開ける。ネルザンピが亡者(もうじゃ)じみた笑みを湛(たた)えながら近づいてくる。ネリアはぎゅっと拳(こぶし)を握って叫んでいた。

「お前は何を企(たくら)んでいる⁉　リンズを手に入れて愛蘭朝を乗っ取るつもりなの⁉」

「愛蘭朝は乗っ取るさ。だがそれは手段であって目的ではない」

やはりこの女は邪悪だ。丞相と手を結んでリンズを利用しようとしている。

「勘違いしてもらっては困るよ。べつに私は丞相の仲間ってわけじゃないさ。あの男は私に利用されたんだ——あなたたちは丞相がリンズの敵であると勘違いして彼を陥(おとしい)れてしまった。可哀想(かわいそう)にねえ。まあ勘違いされるような振る舞いをしていたのが悪いのだろうけど」

「はあ?」

「とにかく宝璐だ。あなたは宝璐を知っているかね大統領」

ネルザンピが杖(つえ)のようなモノを取り出した。

戦闘用の杖。紅雪庵(こうせつあん)でクーヤ先生が持っていたモノと似ている。

「この杖は《思惟杖(しゆいじょう)Ⅱ》。我らが盟主の力を分け与えられた神具だ。これを振ることによって人間の意志力を奪うことができる」

「まさか……モニクみたいな〝消尽病(しょうじんびょう)〟にできるってわけ?」

「それは無印の《思惟杖》の力だ。あれは意志力の一部を削るものにすぎない——だが改良を施した《思惟杖Ⅱ》は現状の意志力をごっそり奪って〝宝璐〟に変換することができる。消尽病どころか廃人一直線だろうねえ」

ネリアには彼女の言葉が少しも理解できない。

墓場に吹く風のような声が恐怖を喚起させるだけだった。

「ちなみにだけどね。すでにあなたのお仲間は動かなくなってしまったよ」

ネルザンピがぱちんと指を鳴らした。空間魔法【召喚】が発動したらしい――ドサドサと空中から何かが落ちてきた。頬を叩かれたような衝撃を覚えた。

「ガートルード⁉　それに新聞記者も……！」

床にガラクタのように積み重なったのはネリアの仲間たちの身体だった。

ガートルード・レインズワース。メルカ・ティアーノ。ティオ・フラット。

表情が消えている。まるで糸の切れた人形のように四肢を投げ出して微動だにしない。口の端からだらしなく涎を垂らしながら沈黙している姿はまさに廃人といった有様だった。

「殺しちゃいないよ。宝璐にされて動かなくなった人間――その中でもきれいな容姿の者たちを冷凍保存して並べるのが趣味なんだ。彼女らはいいねえ。特にオレンジの翦劉の子」

「ふ……ふざけんな‼　ぶっ殺してやるわ‼」

「怖いねえ。ふふふ――六戦姫はいずれも巨大な意志力を持っている。ネリア・カニンガムから作られる宝璐はきっと美しいだろうねえ」

《思惟杖Ⅱ》が近づけられる。

その先端から淡い光が発せられるのを見つめることしかできない。

「さあネリア・カニンガム。大統領の責務なんか忘れて人形になってしまいなさい」

「お前にむざむざ殺されたりしない！　私はアルカの大統領だから……！」

「そうかい？　でもあなたに恨みを抱いている人間は山ほどいるよ？」

思考が止まる。捨てきれない優しさが毒となってネリアの心を蝕む。

黒い女は絵本の読み聞かせをするような調子で語り始めた。

「——首都に翦劉の男の子がいましたとさ。お父さんはアルカのお役人。決して裕福な暮らしではなかったけれど、お父さんとお母さん、そして三つ年の離れた小さな妹と一緒に平和に暮らしていました。でも空が金色に輝いたときからすべてが変わってしまったのです」

首都を包みこんだ黄金の烈核解放。

そうなった原因はコマリに救援を求めたネリア自身だ。

「マッドハルト大統領は消えてしまいました。男の子のお父さんも例外ではありません。お父さんは自分でも知らない間に夢想楽園へ物資を手配する仕事をさせられていたのです。そのせいでお父さんも牢獄に入れられてしまいました——そして男の子の家族は路頭に迷うことになります。学校でも『マッドハルトの手先』とイジメられました。街の人たちも一家のことを侮蔑し、嘲笑い、追い出そうとしました。食うもの着るものに困った一家はついに首都を飛び出し、他の国へと向かい、みんな自殺をしてしまいましたとさ。めでたしめでたし」

ネルザンピの言葉が真実である保証はどこにもない。

だが「そういうことがあったかもしれない」という可能性が重苦しく圧(の)しかかる。

マッドハルトは人を苦しめても心が痛まない人間だった。しかしそれは為政者(いせいしゃ)としては必要な資質だったのかもしれない。ネリアは自分のせいで苦痛を味わっている人々がいるかと思うと胸が張り裂けそうになってしまう。

ああ。私はどうしたらいいのだろう。

あの少女なら――あの吸血姫(きゅうけつき)ならどう答えるのだろうか。

「天は人間の世界の政(まつりごと)を天子に委任する。この天子に資質がないと判断されれば革命が起こり新しい天子が立つ。あなたには資質があると思っていたが……少し荷が重かったのかねえ」

身体から何かが抜けていく。

大切なモノが奪われていく気配がした。

「――おやおや。さすがは六戦姫だ。宝璐の美しさも人一倍ってわけかい」

視界が暗くなっていった。心が閉ざされて何も感じなくなる。

ネルザンピが「素晴らしい素晴らしい」と心のこもっていない声で賞賛していた。

最後に見たのはネルザンピが抱えている球体のキラキラとした輝き。

ネリアが失った意志の輝き。

人形と化したネリア・カニンガムを見下ろしながらネルザンピは笑う。

翦劉たちから慕われる月桃姫は虚ろな瞳で天井を見つめている。その胸元には星の形をした痕が浮かび上がっていた。夕星の力を振るうと何故かあれが出現するのだ。

こうして若き大統領の身体は空っぽの抜け殻となった。

ネルザンピはわくわくしながら掌の中で輝く宝璐を見つめる。光物はいい。見ているだけで心が落ち着く。しかも六戦姫の宝璐は他とは比べ物にならないほど美しかった。

それまで黙って見ていたメアリ・フラグメントが眉をひそめて言う。

「おい。今さらだが……それはいったい何に使うんだ。丞相は何故それを求めていた」

「宝璐のことかい？　丞相はこれが金丹になると思っていたんだよ」

「金丹……？」

「だがこんなモノは金丹になり得ない。彼は悪党に利用されたんだ。宝璐を大量生産するには国家ぐるみでやる必要がある――人を一人攫うにも色々と隠蔽工作がいるからね。だから私はもっとも操りやすい夭仙郷を狙ったのさ。この国は骨の髄まで腐った斜陽国家なんだよ」

「だからその宝璐は何に使うんだ。お前が丞相を裏切ったことはわかるが……」

「きらきらで綺麗だろう？　これは人を殺すための武器になるんだ」

メアリが理解不能といった様子で顔をしかめる。

この脳筋女に婉曲な説明は向かないようだ。

「……ネルザンピ。もうネリア・カニンガムの肉体に用はないだろう。私がもらい受ける」

「おやおや。人形と化した肉体に興味があるのかい？　趣味が悪いねえ——だがそれはやめておいたほうがいいよ。勝利の宴を始めるのはすべての復讐が終わってからだ」

「すべての復讐だと？」

「お前はテラコマリ・ガンデスブラッドが憎いんじゃないのかね？」

メアリの表情が一変する。憎悪の感情がむくむくと膨れ上がる。

「月桃姫はテラコマリを破壊するための武器さ。こんなところで壊されてはたまらないぞ」

「お前の目的はいったい何なんだ？」

ネルザンピはタバコに火をつける。宝璐をかざしながら酷薄に笑う。

「——我ら〝星砦(ほしとりで)〟の悲願は人類滅亡。そして障害となるテラコマリ・ガンデスブラッドを殺害するように仰せつかっている」

「星砦？　人類……？」

「そして準備は整った。ひとまず天子を脅迫して魔核(まかく)のありかを教えてもらおうかね」

ネルザンピは静かに体内の意志力を解放した。

死んだような瞳が紅色の燐光(りんこう)を発する。メアリが驚きに満ちた声をあげた。ネルザンピが手をかざすと――部屋のあちこちに転がっていた〝人形〟がゆっくりと身体を起こし始めたのである。

それはまるで墓穴から死人が蘇るかのような光景だった。

「列核解放【童子曲学】――心を喪って絶望している彼らに〝道〟を教えてあげたのさ。儒者とは教育者の側面も持っている」

人形たちが立ち上がる。彼らは光のない瞳でジッとネルザンピを見つめている。

その中にはもちろんネリア・カニンガムも含まれていた。世界を救った大統領も心を奪われてしまえば脅威ではない。人としての尊厳を失い、ただの傀儡となってしまう。

夕星の力を宿した《思惟杖Ⅱ》は人間の意志力を宝璐に変換する。宝璐はそれ単体でネルザンピの武器になる。一方で宝璐を奪われた肉体は物言わぬ人形となり果てる。ネルザンピがこれを保存しているのは単に趣味のためだけではない――列核解放で操るためだったのだ。

「さあ子供たちよ。京師は華燭戦争と丞相のスキャンダルで破裂寸前だ。暴れるのにちょうどいいタイミングだと思わないかい?」

人形は言葉を発しなかった。かわりに音もなく三々五々に散っていく。

こうして死儒の計画は最終段階に移行する。

☆

夭仙郷京師は台風のような喧噪に満ちていた。

丞相兼星辰大臣グド・シーカイの悪事が暴かれたのだ。

これまでシーカイを慕っていた国民たちは一気に掌を返した。高層建築のあちこちに張られていた丞相を讃えるポスターはズタボロ。どこからともなく現れた活動家が紫禁宮の前に張り込んで「丞相辞任しろ！」と大声を張り上げている。夭仙郷の各地に建てられたグド・シーカイを讃える石碑も次々にぶっ壊されているのだという。

だが私にとっては関係なかった。シーカイは近衛兵に連れ去られてしまった。星辰庁の秘密は追及されるだろう。でもリンズを取り巻く問題は何一つ解決していなかった。

どんちゃん騒ぎの華燭戦争――その裏に隠された真実が私の前に立ち現れた。

リンズは不治の病に侵されていたのだ。

「どんな治療方法も効果はなかった。魔核だって効きやしない。どんどん身体が衰弱していって……しまいには血を吐いて倒れてしまうタチの悪い病気なんだ」

紫禁宮の離れ。リンズの一室。

私とヴィル、サクナ、メイファの四人はベッドの中で眠る緑色の公主を見つめていた。

もちろん結婚式は中止だ。リンズの発作は収まったらしい――しかしこのまま目覚めないような気がして胸が張り裂けそうになる。

「症状の悪化を遅らせる薬はある。それを毎日飲んでいれば日常生活に支障は出ないはずだったんだが……気休めの薬ではどうにもならない段階まで進んでいたらしい」

「治療方法はないのですか？　天仙郷政府も対応を打っているはずですよね？」

「いや。天子陛下はリンズの病気をなかったことにしている。現実逃避しているんだ。そして丞相は言わずもがな……だからリンズは自分でなんとかするしかなかった」

「ちょっと待ってよ。自分の娘なんでしょ？　いくらなんでも現実逃避なんて……」

「そういう天仙なんだよ。あの人は」

メイファは腹立たしそうにそう言った。私は会場で見かけた天子の姿を思い浮かべる。

優しそうな瞳。その笑顔の裏で彼が何を考えているのか想像することもできなかった。

「僕たちは二月にムルナイト帝国を訪れた。そのとき二つの目的があると話したことを覚えているか？」

「ごめん何だっけ。一つは丞相を倒してっていう話だったけど」

「もう一つは〝金丹〟の捜索だ。――天仙郷には〝不老不死の仙薬〟という伝説的な薬が伝わっている。これはその名の通り不老不死の恩恵をもたらす秘薬だ。そしてレシピ自体はその辺の書店で簡単に手に入る」

「それでリンズ殿の病を治そうとしていたと？」

「その通りだ。だが仙薬は簡単に調合できるわけじゃない――そのレシピの中で一つだけ正体不明の材料がある。それが金丹なんだ。こればかりがどうしても見つからなくてね。天仙郷どころか六国のどこを探しても尻尾すら摑めなかった」

「では何故ムルナイトを訪れたのでしょうか」

「吸血動乱のときに〝常世〟への入口が開いたと聞いた。未知の異世界なら金丹の手がかりがあるんじゃないかと思ったわけだけど――まあ駄目で元々だな。藁にも縋る思いだった」

「あの……金丹っていうのはどんな形をしているんですか？」

サクナがおずおずと口を開いた。確かにそれは気になる。

「古代のレシピによれば『キラキラと輝く星のような球体』らしい」

その場の全員が考え込んでしまった。ヴィルにもサクナにも心当たりはないようだ。もちろん私のような見識の狭い引きこもりにわかるはずもない。

「あれ……？　ここは……」

ベッドから声が聞こえた。メイファが飛び跳ねんばかりの勢いで駆け寄る。

リンズが意識を取り戻していたのだ。

「リンズ！　大丈夫か⁉」

「メイファ……？　うん。平気」

私たちも慌ててリンズのもとへ近寄る。

彼女はすでにウェディングドレスから寝巻に着替えさせられている。いくぶん落ち着いたらしい――先ほどまで土気色をしていた表情には少し赤みが差していた。

「コマリさん……私は倒れてしまったの？」

「ああ。突然血を吐くからびっくりしたけど……本当にもう平気なのか？」

「ただの風邪だから。薬を飲んでおけばすぐに治るよ」

痛々しい笑顔が胸を抉った。

この少女は私たちに心配をかけまいとしている。いまさら気を遣う必要はないのに――いや自分が病気であることを他人に知られたくないのだろうか。

「……ごめん。メイファから色々聞いちゃったんだ。リンズの病気のこととか」

紅色の瞳が見開かれていった。確かめるように自分の従者を見つめる。そうして状況を把握したらしい――リンズは消え入りそうな笑みを浮かべて「ごめんなさい」と頭を下げる。

「私は不治の病。薬を飲み忘れると身体がおかしくなっちゃう。今日は飲んでたのにおかしくなっちゃったけど……悪気はなかったの。血で服を汚しちゃってごめんなさい」

「はあ？」

私は呆れてしまった。メイファが「リンズはこういうやつだよ」と溜息を吐く。

「いや……血のことならいいよ。それよりもリンズが心配だ。えっと……私はこれからどうしたらいいんだ？　どうしたらリンズの役に立てる……？」

「もういい。コマリさんは十分力になってくれた。おかげで丞相を糾弾することができた。私を幽閉しようとする勢力がいなくなれば本腰を入れて金丹を探せるようになるから」

リンズが立ち上がった。慌てて引き留めようとするメイファに向かって「お手洗いに行くだけだから」と微笑みかける。

だが私は絶大なモヤモヤで頭がどうにかなりそうだった。

もういいだって？　用が済んだら私はもう必要ないってことか？

たぶんそうじゃないのだ。リンズは優しい子だ。これ以上私に迷惑をかけたくないと思っているのだろう。天仙郷の面倒くさい事情に巻き込みたくないと思っているのだろう。

でも――それでは私の気が収まらない。

「リンズ！　私はこんなところで帰ったりしないからな！」

「きゃっ⁉」

思わずリンズの肩を摑んでいた。いや勢い余って彼女をベッドに押し倒してしまっていた。困惑に濡れた瞳が見上げてくる。後ろでヴィルやサクナが何故か騒ぎ始めた。

あれ？　なんか妙な体勢になっちゃったけど……ここで止まるわけにはいかない！

「リンズは私に『助けて』って言ってくれた！　シーカイを倒して終わりなんて薄情だろ⁉」

「あの……あのっ……近い……」

「それに私はお前と結婚する権利もあるんだ！　まあただの権利だけど……とにかく最後まで責任を取ってリンズのそばにいる！　リンズの力になりたいんだ！」

「そんなこと言われたら……もう無理……」

「無理⁉　もしかして迷惑だった……？　私のこと嫌いだったか……？」

「違うよっ！　コマリさんのことは好き！」

「え？　そうなの？　よかった……」

ぎゅっ。不意にひんやりとしたモノを感じた。

振り返る。何故かサクナが笑顔で私の足首を摑んでいた。

「サクナ？　どうしたんだ？」

「いえ。コマリさんに触っていないと耐えられなくて」

よくわからないが気にしないでおこう。私はリンズを振り返って続けた。

「とにかく！　私もリンズのことが好きだ。だからお前の力に……っておわあああ⁉」

ギュッ。生温かいモノを感じた。

振り返るまでもなかった。いつの間にかメイドに全身を抱きすくめられていた。

「おいヴィル⁉　いきなりどうしたんだ⁉」

「私もリンズ殿のようにコマリ様に組み敷かれないと耐えられません。このままではコマリ様を抱えて窓から飛び降りてしまいそうです」

「やめろ‼」

私は必死になってメイドと格闘する。何故かサクナのやつも私のふとももにへばりついている。

リンズは身の危険を察知したのかモゾモゾと逃走を始める。……っておい！　いま私の服に手を

突っ込んだのは誰だ⁉　え？　サクナ？　くそ……ヴィルのやつめ！　お前が変態行為を働くから
サクナが真似しちゃったじゃないか！

「はなせヴィル！　サクナの成長に悪影響を与えているのはお前だったんだな⁉」

「納得いきません。メモワール殿ばかり擁護されるのは不公平の極みです」

「あああああああ‼　くすぐるなあああああああああ‼」

「……すまない閣下。リンズの話を聞いてやってくれないか」

メイファが本当に申し訳なさそうに口を開いた。ヴィルとサクナが動きを止める。

いやそうだよ。今はリンズだよ。変態に構っている状況じゃないのだ。

「ごめん！　おいこら離れろ！」

「そうですよヴィルヘイズさん。ふざけている場合じゃありませんよ」

「サクナの言う通りだ。後で遊んでやるから少し自粛してくれ」

「は………？　なんで私だけ………？　メモワール殿は………？」

ヴィルが混乱した顔で固まっていた。

私は気を取り直してリンズに向き直る。彼女は頬を赤らめて俯いてしまった。

「……コマリさん。ありがとね。私のことを考えてくれて」

「当たり前だろ。もう遠慮し合うような仲じゃないんだ」

「うん。だから……私も全部話します」

リンズがまっすぐ私を見据えた。その小さな口が言葉を紡ごうとした瞬間――外からドタバタと何者かが近づいてくる気配。

「閣下！　大変なことになりました」

扉を蹴破る勢いで闖入してきたのはベリウス・イッヌ・ケルベロである。

マナーも何もあったもんじゃない。しかし彼は気にした様子もなく報告をするのだった。

「クレール少尉が……エステルが行方不明となりました」

「は……？」

「さらに京師で暴動が起きています。メラコンシーの報告によれば政府関係施設が次々と襲撃されているようで……」

そのとき――外で盛大な爆発音が響いた。

大慌てで窓に駆け寄る。しかし様子が全然わからなかった。

メイファが「宮殿の屋上へ行こう！」と叫んで走り出してしまう。

「行きますよコマリ様！」

「え？　おい――サクナ！　リンズのことをちょっと見ててくれ！」

私はヴィルに引っ張られてメイファの後を追った。

魔法石【転移】によってすぐさま屋上に到着する。そうして驚くべき京師の光景を見た。

あちこちで爆炎があがっている。往来の人々は大騒ぎをして逃げ惑っていた。たったいま前方に屹立していた高層建築が中ほどでぽっきりとへし折れた。そのまま上部がスライドするような形で滑り落ちてゆき——ずしいいいん!!　と破滅的な音を立てて街路をすり潰す。

「な……なんだこれ⁉　まさか第七部隊が暴れ出したわけじゃないよな⁉」

「それは有り得ません。彼らは見境のある暴徒ですから」

「暴徒であることに変わりはないんだな……」

「それよりもケルベロ中尉の言う通りエステルと連絡が取れませんね。あの真面目な吸血鬼が定時連絡をすっぽかすとは思えないので異常事態ですよ」

「まさか……あの暴動に巻き込まれたわけじゃないよな?」

「さあ。そもそもエステルを率いていたカニンガム殿とも連絡が取れません。彼女たちは星辰庁に残って奥深くを探索していたはずですが、似非結婚式が開かれたあたりから音信不通になっていました。あの大統領のことですから無事だとは思いますが……」

次から次へと意味がわからない。

こちとらリンズの病気で頭がいっぱいだというのに。

「もしかしたら丞相の仕業かもしれない……」

メイファが京師の惨状を見つめながら言った。

「すべてを失ったときのために準備しておいたのかもしれないな。なんてやつだ……」

「では丞相に話を聞きに行きますか」

「ああ。やつは地下牢につながれているはずだ」

☆

シーカイに会いに行く旨を伝えると「私も行く」とリンズが言い出した。

血を吐いてぶっ倒れたばかりである。無理しないほうがいいんじゃないの？――そう宥めたのだが彼女はきかなかった。何でもシーカイに会って確かめたいことがあるのだという。

「閣下。我々はエステルの捜索に向かいます」

「うん。心配だからそっちは任せた。怪我しないように気をつけろよ」

ベリウスは「承知しました」と一礼して去っていった。

エステルやネリアのことはいったん彼らに任せよう。

私、ヴィル、サクナ、メイファ、リンズの五人は監獄までやってきた。

紫禁宮の西方に位置する巨大な収容施設である。天仙郷に盾突いた人間が捕まっているのだという。看守に案内されて地下の牢獄に足を踏み入れる。

グド・シーカイはひときわ厳重な鉄格子の向こうに座っていた。

こちらに気づくと「嗚呼」と疲れたような声を漏らす。

「なんだね大挙して。罪人を嘲笑いに来たのかい？」

「その通りです。無様の極致ですね。せっかくなので記念撮影をしましょうか」

「おいカメラを取り出すんじゃねえ！　シーカイ！　お前に聞きたいことがあるんだ」

私は牢屋に近づいた。囚われの丞相の視線がふと私の背後に向けられる。

リンズが息を呑む気配がした。そうして私は不思議なものを見てしまった。

シーカイの瞳に一瞬だけ安堵の色が見られたのだ。

「なっはははは！　どうやらリンズは無事だったようだねえ！　よかったよかった」

「……？　お前は本当によかったと思っているのか？」

「なんだい？　疑うのかい？　元・婚約者の安否を気遣うのは当然じゃないか」

疑っているわけじゃない。こいつが嘘偽りなくリンズを心配しているように見えた。だから単純に驚いてしまったのだ。

「いやあまったく。盛大に血を吐いたと聞いたからポックリ逝ってしまったのかと思ったよ——それよりもキミたちは私に何の用だね？　もしや京師で起きている暴動のことかい？」

「そ——そうだ！　おいシーカイ！　まさかあれはお前が起こしたわけじゃないよな⁉」

「人聞きの悪い！　私が天仙郷を愛していることは火を見るより明らかだろう？　どうして自分の国の都を自分の手で破壊しなければならないんだ？　理解に苦しむよ」

「じゃあ……あれは誰が扇動してるんだ？」

「ネルザンピ」

予想以上に冷たい声色だったのでビクリとしてしまう。仮面を貼りつけたような真顔。しかしその双眸の奥からは憎悪や後悔が綯い交ぜになった負の感情が溢れ出している。

「……ネルザンピ？　あの黒い軍機大臣ですか？」

「私は騙されていたようだね。彼女は私に協力すると言って星辰庁の運営に加担した。そうだね――この際だから白状してしまおう。私は人間を攫って人体実験をしていたんだ」

「ふざけたことを！」メイファが眦を吊り上げて怒声をぶつけた。「何が天仙郷を愛しているだ！お前は神仙種たちを苦しめていただけじゃないか！」

「それは否定しない。だが長い目で見れば必ず天仙郷のためになる行為だった」

「正当化をするな！　お前のせいで多くの人が――」

「落ち着いてくださいメイファさん。まずはお話を聞きましょう」

サクナがメイファの肩をぽんと叩いた。それで少し頭が冷えたらしい。

彼女は「すまない」といつものように謝罪して押し黙った。

「自分の行いを正当化するつもりはないさ。だが世界を平和にするためには時として手を汚すことも必要となる。私は星辰庁で〝宝璐〟というモノを作っていたんだ」

「宝璐？」

「素質のある者を攫って特殊な術を施す。するとその者の意志力がごっそり抜き取られて物質に変換されるんだ。それを宝璐という。見た目は……そうだね。キラキラと輝く星のような球体といったところか」

リンズとメイファがハッとしたように顔をあげる。

私も気づいた。その表現はついさっき聞いたばかりだった。

「私が初めて宝璐を目にしたのはネルザンピ卿から献上されたときだ。これこそが天命だと確信したよ。だってそれは私が長年求めていたものとピッタリ合致していたからねえ。でもその献上品では不十分だったんだ。私はもっと純度の高いものが欲しかった。するとネルザンピ卿が『私がもっと作ろうか』と提案してくるじゃないか！　嗚呼！　彼女は宝璐を人工的に作り出す道具を持っていたんだ！　私は快く承諾したよ。彼女に指示されるまま人を攫って星辰庁に閉じ込めた。そして次々に宝璐へと変換していったんだ」

「待て丞相……お前は何のためにその〝宝璐〟を作っていたんだ……？」

「私はずっと嘘をついていた」

シーカイは微笑みを浮かべていた。

それは邪悪さの欠片もない無邪気な微笑みに見えた。

「これは夭仙郷のためじゃない。すべてアイラン・リンズのためだった」

「何を……言ってるの？」

リンズが声を震わせながら悲愴な表情を浮かべる。

そうだ。こいつは夭仙郷を乗っ取ろうとしていた悪人のはずだ。実際に彼はリンズを幽閉して自由を奪った。華燭戦争ではメイファに傷も負わせた。

「リンズ殿下。私はあなたに平穏な生活を送ってほしかった。だって……公主だからという理由でそれほどの苦しみを味わう羽目になるのは不公平だろう？　無慈悲だろう？」

「ふ……ふざけるな！　適当なことを言ってリンズを懐柔しようとしているのか⁉」

「そう取られても構わないよリャン・メイファ。だが私は自分自身が正直な心情を吐露していることを知っている」

「あなたは何が目的なの……？」

「私の目的は単純だ。少しでもあなたの苦痛が和らぐように……あなたの不治の病を治そうとしていた」

「病？」

リンズがたじろいだ。

身体の震えを押さえながら私の服をつまむ。

「あなたは……あなたは私の病気のことを知っていたの？　それも魔核で治らない特殊な病気に罹っているということを」

「当たり前さ。私は愛蘭朝を牛耳る丞相だからね」

リンズが不意打ちをされたように瞬きをした。

シーカイは「なっははは」と豪快に笑って話題を変える。

「つまり私はリンズ殿下のために〝不老不死の仙薬〟の最後の材料〝金丹〟を作ろうとしていた。私は宝璐こそが金丹だと思って星辰庁を運営していた」

「じゃあ……なんで私の仲間を傷つけたの？　私の支援者はみんな捕まってしまった……」

「あなたは世情に疎くいらっしゃる。公主にすり寄ってくる佞臣は数知れず――あなたは自分の部下たちが何者なのか知らないのかい？　知らないからああなってしまったのだろうね」

「どういうこと……？」

「私はリンズ殿下に『味方をします』と言って近づいた連中の名前をすべて挙げることができる。何故なら私自身が捕縛して宝璐に変えてしまったからだ。叩けば埃の出るような輩ばかりだったよ。賄賂に恐喝、身分を笠に着て他者に暴力を振るうことも日常茶飯事。コソコソとした裏取引などすべて検挙するのも面倒なほどだ。夭仙郷が腐った斜陽国家というのは本当だったのさ。あなたに笑顔で近づいてくる連中は軒並みあなたのことを出世の道具としか思っていないロクでなしだ。やつらにとっては公主など自分が栄達するための踏み台でしかない」

「でも！　あなた自身が朝廷をめちゃくちゃにした！　風紀が乱れてるし……会議だってお昼から始まるし……」

「昼からのほうが好都合なのだ。朝はみな職務で忙しいからね」

「石碑が……丞相を讃えさせる石碑を無理矢理作らせたって……」

「まったく困るよねえ。あんなものを作られても恥ずかしいだけなのに。だが夭仙郷の神仙種たちは心の底から私の政治手腕を讃えてくれていたのだよ」

　リンズは愕然(がくぜん)としていた。私も開いた口が塞(ふさ)がらない。これほど真剣な眼差(まなざ)しをしながら語る文句はすべて嘘――もしそうだったら私は自分の目が信じられなくなってしまう。

「あなたは国民が何を欲しているのかも知らない。京師のことさえ何も知らない。それなのに身分に縛られて無謀な努力を強(し)いられている。だから公主や三龍星という立場をすべて奪ってしまおうと思った――結婚という手段によってね」

「し、知らなくはない。私は、次期天子として、夭仙郷のことを、」

「あなたは朝廷に務めている者の名をすべて言えるかね？　我々がどんな方針で政策を行っているかきちんと説明できるかね？　夭仙郷で現在優先して解決するべき社会問題は？　いやいやそういう政治的な話だけじゃない。夭仙郷の人口や面積は？　出生率は？　殺された人間の数は？――あなたは何もわからないはずだ」

「…………」

「だがそれは罪ではないよ。あなたは公主であって政治家ではない。お父様と同じように花や石を愛(め)でていればいいのさ。そうすれば苦しむことはないだろうから――私はこのことばかりは最初から一貫して主張していたね」

　リンズにとってシーカイの言葉は鋭利な正論だったのだろう。

紅色の瞳にうっすらと涙が浮かんでいた。これまでの自分の行動がすべて空回りであると理解させられた苦しみはどれほどのものだったろうか。

私は彼女の背中を撫でながら考える。

この男の「リンズを救いたい」という心意気は尊敬しよう。

だが。それでも。私には許せない部分がいくつもあった。

「グド・シーカイ殿。結局のところ宝璐はリンズ殿の病気を治せるのですか？」

「嗚呼！　なんて悲しい現実だろうね。宝璐とは意志力の塊にすぎなかった。仙薬レシピの最後の材料〝金丹〟ではなかったのだよ。何度調合しても上手くいかなかった」

「では……無駄骨だったということですね。多くの人を犠牲にしたのに」

「無駄骨どころじゃないさ。マイナスだよ」

不意に地下牢が震動した。

地上で何かが爆発するような気配がする。暴動はまだ続いているらしかった。第七部隊のやつらは無事だろうか――私は胸の内に焦燥感が募るのを感じる。

「ネルザンピ卿は『宝璐は金丹かもしれない』と偽って私に大量の素材を集めさせた。つまり人間を手配させたのだ。私は当然のように従ったよ……だがそれは愚かな間違いだった。あの軍機大臣は自分のためだけに宝璐を作っていた。そして宝璐を抜かれて空になった人形も利用していた。やつは人形を操る列核解放を持っているらしい。上の騒ぎはそれだろうな」

「リンズ殿の命を助ける方法は見つかっていない。そしてネルザンピはあなたの悪行を利用してさらなる悪行を企んでいる――そういうことですね」

「残念ながらその通りだねえ。ネルザンピ卿の目的は定かじゃない。天仙郷の乗っ取り……破壊……色々考えられるな。だが放置しておけばロクでもない結果になることはキミたちにも想像できるだろう？　これはやつを飼い慣らせなかった私の落ち度だ」

それは考え得る限りで最悪の結末のように思われた。

私は隣に立っている緑色の少女をちらりと見つめた。なんて絶望的な問題なのだろう。彼女の力になりたいと思って天仙郷までやってきたのに――私は結局何もできていない。

「……丞相。あなたの考えはわかった」

リンズが拳を握って呟いた。

「私は本当に何も知らない駄目な天仙。ずっと箱庭の中で生きてきた世間知らず。でも公主としての役目は果たさなくちゃいけない」

「リンズ殿下……話を聞いていたのかい？　そうさせないために私はあなたを閉じ込めてきたのだ。無理をすれば病気が悪化するよ」

「でも私は公主だから。軍機大臣の暴走を止めなくちゃいけない」

「聞き分けのない子だ！　あなたの病は重いんだ！――なに軍機大臣を止めるって？　無理に決まっている。やつはバケモノさ。あなたのような普通の人間はすぐに殺されてしまう」

「でも！　私は京師が壊れていくのを見過ごせないから！」

「子供が出しゃばるな！　そういうことは大人に任せておけばいいのだ！」

「あなたに任せてもどうにもならなかった！」

シーカイが怯んだ。リンズの言葉が彼の心を抉ったのだろう。

「だから私が頑張らなくちゃいけない。軍機大臣を止めて……私が天子になる。そして自分で病気を治す方法を見つける……」

「……天子なんかになるもんじゃないぞ。国のトップは心をすり減らす毎日だ」

舌打ちが聞こえた。シーカイは鉄格子を握りしめながら睨んでくる。

「構わない」

「私やゲラくん……マッドハルトのようになる覚悟はあるのか⁉　言っておくがキミのお父様にはなかったようだねえ！　なかったから引きこもって石庭なんぞに現を抜かしている！　あれでも最初は熱意溢れる天仙だったんだ！　挫折した結果があの無様な姿だ！　あんな腑抜けになるくらいなら最初から天子の地位など辞退すればよかったのだ！　キミのような心の弱い者では同じ轍を踏むのが目に見えている！　分不相応な夢を抱くんじゃないッ！」

「やめろよ」

私はリンズを庇うようにして前に出た。

彼女はシーカイの剣幕にやられて涙を浮かべていた。夢に分相応も分不相応もない。勝手な思い込みで人の生き方を決めつけるのは許せなかった。

「リンズのことを甘く見すぎだよ。こいつは確かに病弱だし京師のこともよく知らない。でも天仙郷のために頑張りたいと思ってるんだ。その思いを無下に扱うのは私が許さない」

「コマリさん……」

「それにリンズは一人で頑張るわけじゃないよ。私がついている」

シーカイが「は？」と声を漏らす。

「……何を言ってるんだねテラコマリ・ガンデスブラッド？　キミは天仙郷を征服しに来た殺戮の覇者ではなかったのか……？」

「いやお前こそ何を言ってるんだ⁉　私がそんなことするはずないだろ⁉」

「新聞では世界征服をすると宣言しているじゃないか！　そして実際に宮殿を爆破した！　捕らえた帝国軍第七部隊の吸血鬼たちは『閣下は世界征服をするのだ』と供述している！　キミはリンズに取り入って天仙郷の乗っ取りを企む大悪ではなかったのか⁉」

「おいヴィルどうすればいい⁉　風評被害が限界突破してるんだけど⁉」

「好都合ですね。もっと勘違いさせておきましょう――グド・シーカイ殿。コマリ様は天仙郷の国土をフライパンにして前人未踏の超巨大オムライスを作るつもりなのですよ。もちろんケチャップのかわりに人間の血を利用します」

「嘘つくな‼」

変態メイドに構っている暇はない。

シーカイの誤解を解かなければ――いや解く必要なんてないな。

他の誰に何を思われようとも関係ない。私はリンズのために動くと決めたのだから。

「リンズ。お前はお前のやりたいことをやればいい。そのためなら何でも協力するから」

「コマリさん……ありがとね。やっぱりコマリさんは優しいね」

リンズは涙を拭いながら微かに笑った。

べつに私は優しくなんかない。シーカイやネルザンピが許せなかっただけだ。

「……ガンデスブラッド将軍。キミは本当にリンズを助けてくれるのかね」

「できる限りのことはする。私はそのために天仙郷に来たんだ」

道化師のような瞳が私をねめつけた。リンズが不安そうにしがみついてくる。そのまま数秒睨み合いを続けていると――やがてシーカイは「ふっ」と観念したように相好を崩した。

「せいぜい頑張りたまえ！　その小娘はキミが思っている以上に小物だぞ」

「お前にリンズの何がわかるんだ」

「なんでもわかるさ。だが失態を演じた人間にとやかく言う権利はない。リンズ殿下のことはよろしく頼んだよ」

シーカイは珍しく殊勝な態度で頭を下げるのだった。

この男は確かにリンズのことを慮っていた。でも夢想楽園の真似事をして多くの人を苦しめたのも事実だ。自分の都合で誰かに悲劇を押し付けるのは許されざる行為だと私は思う。

「頼まれなくてもわかっているよ」

「……そうだな。キミはリンズの婚約者だったもんな」

私はシーカイを一瞥してから踵を返した。

「行こうリンズ。あいつの取り調べは偉い人がやってくれるだろうから」

「うん……」

そうして牢獄を後にする。リンズは最後までシーカイのことを気にしているようだった。無理もないだろう。彼はリンズにとっては純粋なる敵とは言い難いのだ。

ともすればメイファ以外で唯一自分の身を案じてくれていた天仙なのだから。

「丞相は。どうして私の病気を治そうとしてくれていたのかな……」

「そんなの決まっているだろう。リンズを長生きさせて利用しようと思っていたんだ。公主を傀儡にしておけば朝廷で幅を利かせられるからね」

「でも……そんな感じじゃなかった気がするの」

「私が殺して脳内を見ましょうか？　そうすれば全部解決ですよ」

おいサクナ。笑顔で怖いことを言わないでくれるか。

そんなふうに戦々恐々としながら牢獄を進んでいく。

そのとき――ふと真上から爆発音が聞こえた。続いてすさまじい衝撃と震動が襲いかかる。天井からぽろぽろと落ちてくる土くずを腕でガードしながら私は頭上を仰ぎ見る。

「コマリ様。たったいまメラコンシー大尉から連絡がありました。どうやら暴徒はこの監獄にも攻め込んでいるようです」

「……は？　なんで？」

「ここが政府施設だからでしょう。先ほど軍機大臣ローシャ・ネルザンピから正式な声明があったそうです——『魔核のありかを教えなければ愛蘭朝の主要な拠点を次々に潰していく』とかなんとか。つまり暴動の黒幕は本当にあの黒い女だったのです」

「魔核を……魔核を狙っているの？　軍機大臣は」

リンズが胸元に手を当てながら不安そうに問う。ヴィルが「おそらくは」と首肯した。

「本人がそう言ってますからね。天子を脅迫しているようです」

どいつもこいつも魔核魔核。そういうのは逆さ月一つで十分だろうに。いや——もしかしてネルザンピはスピカの手下なのだろうか？　でもそういう雰囲気はしなかったんだよな。スピカの組織が〝月〟なら……ネルザンピは闇に浮かぶ〝星〟という感じだった。

メイファが舌打ちをして叫んだ。

「とにかく移動しよう！　我々は一刻も早く軍機大臣のもとへ行かなければならない！」

「そ、そうだな！　ここにいたら死ぬしな！　さっさと逃げ——」

走り出そうとした瞬間である。

天井が爆発した。いや正確には天井が崩れて落ちてきた。

私は悲鳴をあげることしかできない。このまま死ぬのか？——と思ったらヴィルがいきなりタックルをかましてくる。私は彼女に抱きしめられたまま床の上をゴロゴロと転がった。お昼に食べたサラダを吐きそうになったが必死で堪えて視線を正面に向ける。

「死ね！　テラコマリ・ガンデスブラッドォ——————ッ‼」

剣を構えた数人の男たちが襲いかかってきた。

え？　なんで？　ネルザンピって私を殺そうとしているの？——そんなふうに絶望する私を差し置いてヴィルがクナイを投擲。刃が敵の腕に突き刺さって鮮血が撒き散らされる。

「メモワール殿！」

「はい」

サクナが間髪入れずに杖を振るった。白色の魔力が凍てつく氷に変換されて襲撃者たちに襲いかかる。彼らは抵抗することもできずに氷像のごとく固まってしまった。

私はあまりの寒さに身震いをした。それを察知したヴィルがギューッと抱きしめて温めてくれる——のかと思ったが変なところ揉むんじゃねえよ変態メイドが⁉

「放せ！　あと助けてくれてありがとう！　そしてこいつら何で私を狙ってたんだ⁉」

「コマリ様が命を狙われるのは不変の真理ですが……ネルザンピの目的がわかりませんね」

「こいつらが丞相の言っていた〝人形〟か。瞳から生気が感じられないな」

メイファが興味深そうに氷像を眺めていた。

確かに生気が感じられない。そして彼らの額には星の形をした痕が残されていた。これがネルザンピの傀儡となっている証なのかもしれない——だとしたらモニクは。

「コマリ様！　第二波が来ます！」

「え？　おべっ⁈」

ヴィルに首根っこを摑まれて変な声が出てしまう。

破壊された天井から続々と殺意を漲らせた殺人鬼どもが降ってきた。誰も彼もが「死ねやテラコマリ！」みたいな感じで私を睨んでくる。意味がわからない。敵の放り投げた手榴弾らしきモノが私の頰スレスレを掠めて背後で大爆発した。やっぱり意味がわからない。

「ヴィルヘイズさんっ！　魔核から魔力が供給されないので私の氷結魔法には限りがあります！ここはいったん退避して態勢を立て直しましょう！」

「わかりました。コマリ様、失礼いたします」

「え？——おいヴィル担ぐなよ⁉　恥ずかしいだろ⁉」

「ではお姫様抱っこにします」

「こっちも恥ずかしいよっ‼」

しかしヴィルは私を無視して爆走を始めた。

背後からは怒声と魔法がセットになって飛んでくる。怖すぎる。今にも死んでしまいそうである。

でも弱音を吐くわけにはいかないのだ。

ちらりと隣を見やる。私と同じようにメイファにお姫様抱っこされたリンズと目が合った。

なんだか気まずくなって目をそらしてしまう。だが——私はこの子のために頑張ると決めたのだ。とりあえずネルザンピのやつに文句を言ってやらねば気がすまなかった。

☆

『——軍機大臣ローシャ・ネルザンピ卿からのご連絡です。これらの暴動はすべて天子陛下の不徳のいたすところです。革命が成立しようとしているのです。これは天命なのです。天子陛下は次の天子たるネルザンピ卿に〝天子たる資格〟——すなわち魔核の管理権限を譲渡してください。完了するまで草莽(そうもう)による暴動は継続することでしょう』

京師に設置されたスピーカーから声が響いている。ネルザンピの部下だろう。

『また革命を邪魔する不埒者(ふらち)もいます。公主アイラン・リンズと七紅天テラコマリ・ガンデスブラッドの一党です。彼らの首には軍機大臣から賞金がかけられます。国民の皆様は見つけ次第殺害してください。あるいは目撃情報等々をお伝えください。繰り返します——』

「——なんだこれは!!　馬鹿馬鹿(ばかばか)しいにもほどがあるッ!!」

プロヘリヤ・ズタズタスキーは耐えきれなくなって大声をあげた。

京師の上空。高層建築と高層建築をつなぐ橋の上に佇(たたず)みながら苛立(いらだ)たしそうに腕を組んでいる。

その隣には猫耳将軍――リオーナ・フラットの姿もあった。

「何が何だかわかんないよね。どうしてネルザンピって人はこんなことをしたの？　っていうかこんなことができるの？」

「前者はネルザンピが魔核を欲しがる悪党だから。そして後者はネルザンピが他人を操る能力を持っているからだ。京師で暴れている連中を見たまえ。あれは本人たちの意志によるものではないぞ。本来自分自身の心があるべき場所にべつの何かを埋め込まれているらしいのだ」

「どうしてわかるの？」

「あの虚ろな表情を見ればわかるだろう。意志力が外部から操作されているんだ。おそらくモニク・クレールの〝消尽病〟をさらに悪化させたような症状だ」

プロヘリヤは銃を握りしめて京師の有様を観察する。これだけの騒ぎを一人の力で鎮めるのは不可能だ。やるならば首謀者たるネルザンピを殺さなければならない。

だがネルザンピはどこかで部下に指示を飛ばすだけで自分は一向に姿を現さない。

ピトリナを走らせて捜索しているが未だに尻尾を摑めなかった。

そもそも――現在プロヘリヤとリオーナは下手に動けない状況にあった。

天仙郷天子から各国首脳に連絡があったらしいのだ。

曰く「これは国内の問題だから干渉しないでくれ」。

手を出せば天仙郷の軍隊を出動させて迎撃するとまで豪語しているらしい。天子の意図はわからない。ネルザンピに脅迫されてそう主張しているのかもしれない。

「書記長め……変なところで律儀なやつだ。このままでは軍機大臣の思う壺だぞ」

「ウチの王様も『手を出すな』って言ってるよ。まあアレは考えがあるわけじゃなくて単に興味がないだけなんだろうけど…………………………ん??」

リオーナが目を丸くして固まった。

不審に思って「どうした」と問いかける。しかし返事はなかった。顔の前で手を振ってみても空中コサックダンスを踊ってみても反応がない。ジーッと京師の一角を見つめている。

「謎(なぞ)の電波にやられたか？　毛が逆立って尻尾が太くなっているぞ」

「いや……そうじゃなくて……お姉ちゃん？」

「お姉ちゃん？」

プロヘリヤはリオーナの視線の先を見た。

天仙郷政府が運営する銀行である。すでに天井が吹っ飛んでひどい有様になっていた。

そこでプロヘリヤは見覚えのある二人が大暴れしているのを目撃した。

「ティオ!!　金よ金!!　ありったけの金を集めなさい!!」

「ヒャッハー!!　これで心置きなく仕事をやめられるぜェ――――ッ!!」

「どけオラァ!!　ここにある金は全部六国新聞の活動資金だっつってんだろうが!!」

「見てくださいメルカさん!!　額縁の裏側に大量の金目のモノが!!――　テメエら隠したって無駄

なんだよォ!!　私の鼻は広大な砂漠から一粒の砂金を一秒で見つけられるほど高性能だからなァ!!　私の爪の餌食になりたくなかったら金を全部寄越しな!!」

「でかしたティオ!!　あんたの天職は強盗ね!!　記者と強盗の兼業を認めるわ!!」

…………。

…………。

「お姉ちゃんが……ついにグレた!?!?!?」

「いや違うだろ。あれも操られてるんだ。たぶん。おそらく」

「でも放っておけないよ!?　あーもー手のかかる姉!」

リオーナが橋から大ジャンプ。流星のような速度で銀行に向かって急降下した。

仕方ないのでプロへリヤも浮遊魔法を発動してついていくことにする。

「ヒャッハー!!　一銭も残らず差し出せオラァ――」

「人様に迷惑かけんなっ!!」

「ぐべっ!?」

鉈を片手に乱暴狼藉を働いていた猫耳少女の横っ面にドロップキックが突き刺さった。彼女はパチンコ玉のように軽々と吹っ飛んでいき――そのまま壁に激突。一瞬で気を失ってしまったらしい。ぐるぐると目を回して動かなくなってしまった。

「ティオ!?　誰よ私たちの強盗を邪魔する犯罪者は――オグェッ」

蒼玉(そうぎょく)のほうはプロヘリヤが手刀で黙らせておく。

そうして場は静かになった。壁際で震えていた一般市民の方々が「ズタズタ閣下だ!」「ズタズタ閣下が助けに来てくれた……!」と感激に濡れそぼった声を漏らす。ほどなくして銀行は盛大な拍手喝采(かっさい)に包まれた。とりあえず調子に乗っておくことにした。

「わっはっはっは! このプロヘリヤ・ズタズタスキー閣下が来たからにはもう安心だ! 非力な愚民(ぐみん)どもは家に帰って枕(まくら)を高くして眠るがよい!」

「それどころじゃないでしょっ!」

ベシッと頭を引っ叩かれた。リオーナが不満そうな顔で佇(たたず)んでいた。

「これもネルザンピの仕業だっていうの? 普通に有り得そうな未来だったんだけど」

「お前は姉に対する信頼がないのだな。だが見たまえ——この新聞記者の胸元に星のマークがついているだろう?」

プロヘリヤは気絶している蒼玉記者の服を引き千切ってリオーナに示した。

「これは消尽病を示すものだと私は推測している。何故なら紅雪庵のモニク・クレールの身体にも同じものが浮かび上がっていたからだ」

「誰モニク・クレールって」

「ようするにこの星のマークこそが操られている証拠なのだ。ネルザンピは他人の意志力を奪って何らかの命令を吹き込んでいるのだろう」

リオーナが頭上にハテナマークを浮かべて首を傾げた。

しかしすぐに納得したらしい。彼女は獰猛に瞳を輝かせて「とにかくネルザンピを倒せばいいんだね！」と息巻いた。確かにそれくらい単純なほうがわかりやすくていい。

そこでプロヘリヤはふと思う。ネルザンピに狙われている吸血鬼――テラコマリ・ガンデスブラッドは今どこで何をしているのだろう？

☆

鼻の奥をツンと刺激するようなにおい。

ヴィルヘイズ中尉がたまに調合している薬に似ていた。ふと自分がベッドに寝かされているらしいことに気づく。モゾモゾと身体を動かすと胸のあたりがズキリと痛んだ。

エステル・クレールはようやく目を覚ます。

軍服や下着はいつの間にか脱がされていた。かわりに傷口に包帯が巻かれて治療が施されている。わけがわからない。何故自分はこんなにもズタボロなのか――

「何が……起きたの……？」

「ふむ。辛うじて天国行きは免れたようだね」

びっくりして視線を横に向ける。お団子ヘアーの夭仙が疲れた顔をして立っていた。

エステルは驚きのあまりベッドから飛び跳ねてしまった。

「クーヤ先生⁉　どうしてここに――　いたっ」

「騒ぐんじゃない。苦労して縫合した傷口が開いてしまうじゃないか」

クーヤ先生が呆れてエステルを押しとどめた。

敵意は感じない。むしろ彼女の手つきには労りの気配さえあった。狼狽えるエステルを見下ろしながら「無事でよかった」と溜息を吐く。

「とんでもない重傷だったんだぞ。私がいなかったら確実に死んでいた」

「えっと……ありがとうございます……？」

「言いたいことは山ほどあるだろう。まずは落ち着きたまえ」

そっとベッドに寝かされる。エステルは複雑な心情でクーヤ先生を見上げた。

この人はエステルの妹・モニクを苦しめていた張本人。コマリン閣下に吹っ飛ばされて行方不明になっていたが、まさか夭仙郷に逃げ延びていたとは。

「その銃創を見ればわかる。きみは軍機大臣ローシャ・ネルザンピにやられたのだろう？　というか私はきみが撃たれるのを見ていたからね。あれはひどいものだった」

記憶が混濁していた。

クーヤ先生が「水を飲むかい」とコップを持ってきてくれる。エステルはお礼を言って受け取った。口をつけてからハッとする――　もしかして毒が入ってるんじゃないか？　しかしすぐに思い

直した。ここで殺すつもりなら最初から助けたりはしないはずである。

「話を戻そう。きみはネルザンピから容赦のない銃撃を浴びせられた。そして京師のゴミ処理場に捨てられたんだ。……驚いたよ。まさか白昼堂々人を銃撃するとは思わなかったからね。私はやつが立ち去った瞬間にきみの肉体を引っ張り出してここへと運んだ」

「えっと……ここはどこなんですか？」

きょろきょろと辺りを見渡す。小さな病室のような場所だった。おびただしい量の本が積まれている。壁の棚はよくわからない薬品やら植物やらに埋め尽くされていた。

「私の隠れ家だよ。京師東部の地下だ」

クーヤ先生は椅子を引き寄せて座った。優雅に足を組んで真剣な表情を浮かべる。

「弾丸はきみの身体を貫通したらしい――だが急所は外れている。そしてやつの〝宝璐弾〟は物質ではなく意志力の塊だ。破片を撒き散らすタイプでもないので体内残留物の心配はない」

「はあ……？」

「つまり治療はそれほど難しくはなかった。普通では考えられないほどの幸運だね」

「素人意見で申し訳ないのですが……核領域に連れていってくれればよかったのでは？」

「ネルザンピの銃は神具だ。魔核に頼ることはできない」

息を呑む。自分は本当に生死の境を彷徨っていたらしい。

いずれにせよエステルはこの人に救われた。そのことだけは正確に把握できた。

「あの。クーヤ先生……助けていただいてありがとうございました。でも……どうして。あなたはモニクにひどいことをしていたのに」

「その点は本当にすまなかったと思っている。私は弱者を助けるべき医師なのにな」

クーヤ先生は自嘲気味に笑った。そして真面目な態度で頭を下げてくる。二つのお団子を見つめながらエステルは思う――この人は心を入れ替えたのだろうか？　あるいは根っからの悪人というわけではないのだろうか？　よくわからなかった。

「ネルザンピは私に実験を命じていたんだ。その目的は意志力の仕組みを知ること。私は彼女に命じられるままモニクくんを苦しめてきた……でもガンデスブラッド閣下に叱られてしまってね。ちょっと心を入れ替えようと思ったんだ」

「…………」

「信じられないだろう。殴ってくれてもいい」

エステルにはクーヤ先生を責めることができなかった。

突然のことで頭が追い付いていないのだ。殴るだけの体力もない。何より彼女は心からの謝罪をした。そしてエステルを治療してくれた。ひとまずは保留にしておこうと思った。

「……私は私の仕事を全うします。ネルザンピ軍機大臣が何を企んでいるのか、カニンガム大統領がどうなったのか、そして京師で何が起きているのか教えてくれませんか」

「いいだろう。私もネルザンピを許してはおけないからな」

クーヤ先生は頭上を仰ぎ見ながら言った。

「やつは魔核を狙っているんだ。現在京師ではやつの手下による暴動が起きている」

天井の魔力灯がぐらぐらと揺れていた。断続的な爆発音も聞こえてくる。

「そして手下にテラコマリ・ガンデスブラッドの殺害を命じている。あの吸血鬼はネルザンピが目的を達成する妨げになるそうだ」

「っ……！」

エステルはそこで初めて焦燥感を覚えた。

そうだ。こんなところで寝ている場合じゃない。まずはコマリン閣下のもとへ向かわなければ――そう思って近くのハンガーにかかっていた制服に手を伸ばす。

「おいエステルくん！　きみは絶対安静だ！　そこで寝ていろ！」

「駄目……ですっ！　私にはやることがあるんですっ！　閣下と合流して……軍機大臣を倒さないと！　カニンガム大統領を助けに行かないと！」

「それで傷口が開いたらせっかく助けた甲斐もない！　それにネルザンピはあれから姿を消してしまったんだ！　居場所は誰にもわからないんだぞ――」

クーヤ先生の言い分はわかる。でも素直に従うわけにはいかなかった。

しがみつくようにして軍服を手繰り寄せる。クーヤ先生が「あんまり無茶するようなら一瞬で筋肉が硬直する薬物を打つからな⁉」と脅迫してくる。

その瞬間——内ポケットから紙きれのようなモノがひらひらと滑り落ちた。

「？」

エステルは反射的にそれを拾ってみた。小さな文字が書かれていた。

〈すべての決着は死龍窟で〉

クーヤ先生が「なんだそれは」と不審そうにのぞいてくる。

「何かのメモか？　死龍窟とは京師郊外にある天子一族の墳墓のことだが」

思い出す。これは星辰庁に乗り込んだときに拾ったメモだ。

さらに思い出す。この筆跡はどこかで見たような気がする。棒人間が体操しているかのような文字。そうだ。コマリン閣下と一緒に行ったレストランでちらりと目にした。

「これ……たぶん……軍機大臣のメッセージ……？」

「なんだって……？」

驚きに満ち満ちた表情で紙に触れる。込められた魔力の痕跡を読み取ったクーヤ先生は舌打ちをして「本当だ」と呟いた。

「これはネルザンピのものだな。仲間に向けたメッセージなのか？」

「死龍窟で待ち合わせでしょうか？　それとも死龍窟自体がアジト……？」

「わからん……だが確認してみる価値はあるだろうな」

「行きましょう。今すぐに」

「だから無理はするなって――おいっ！」

エステルはクーヤ先生の声を無視して立ち上がる。

内臓がこぼれ落ちそうになる痛みだった。だがこんなものは大した苦ではない。軍学校の苛烈な扱きと比べたら綿毛で撫でられるのとそう変わりはなかった。

――今すぐ私も向かいます。コマリン閣下。

エステルは歯を食いしばってクーヤ先生のアジトを後にした。

しかし上半身がほぼ裸だったことを思い出して慌てて戻ってくる。

顔から火が出そうだった。

☆（すこしさかのぼる）

ローシャ・ネルザンピは天子陛下の眼前に立っていた。

何度見ても凡庸すぎるほど凡庸な男だった。

政治には無関心。娘の結婚がどうなろうと構わない。自分は宮殿の奥深くに閉じこもって煩わしい現実から逃げ続ける――こんなものが一国のトップだというのだからお笑いだった。

グド・シーカイが消えたことで天仙郷は苦境に立たされることだろう。

天子は無能。跡継ぎのアイラン・リンズも夢見がちな小物にすぎぬ。

天仙郷の命運は尽きたも同然。いや――それ以前に魔核を奪われてしまえば国家として立ち行かなくなる。どうやら六国のうち最初に陥落するのは神仙種だったようだ。あとは邪魔なテラコマリ・ガンデスブラッドを排除すればネルザンピの行く手を阻む者はいなくなる。

「――さて天子陛下。さっそくだが魔核の正体を教えてもらおうか」

豪奢な椅子に腰かけた天子がびくりと身体を震わせた。

誰も助けに来る気配はない。ネルザンピが人払いを済ませておいたからだ。

目の前の男は迷子のように視線を彷徨わせながら手遊びをしていた。

「軍機大臣。魔核とは何のことかね。どうして私を閉じ込めるのかね」

「この期に及んでまだとぼけるつもりかい？　自分の置かれた状況がわからないほど愚かではないだろう？」

「何を言っているか私にはわからないね。天子の勅命を聞けないのならば反逆者だ。近衛兵に命じて即刻捕縛してもらおう」

「近衛兵ならすべて死んでいるよ。私が始末しておいた」

「冗談はよせ。私はこれから詩歌の鑑賞会に出席する予定なのだ……」

「あなたは京師で起きていることに興味がないのか？　暴徒によって天仙たちが大変な艱難辛苦を味わっているというのに」

「それは将軍たちが鎮圧してくれるだろう。私の出る幕ではない」

その将軍たちが現在どうなっているのかを天子は知らないようだった。

第一部隊隊長はテラコマリ・ガンデスブラッドと一緒に逃走中。第二部隊隊長は核領域で足止めをされている。そして第三部隊隊長はシーカイに与していた疑いで逮捕されたのだ――しかもそれはこの男自身の命令なのである。

「馬鹿な真似はやめて私を解放せよ。そうすれば此度の非礼も不問に処そう――」

ネルザンピはつかつかと天子のほうへと近づく。

ぼけっとした瞳が見上げてきた。その眉間に向かって火のついたタバコをぐりぐりと押し付けてやった。天子が悲鳴をあげて椅子から転げ落ちた。彼は「熱い熱い！」と泣き喚いて床を這いつくばっている。すぐ魔核で治るというのに大袈裟なことだ。

「なるほど痛みに慣れていないのだね。こんな箱庭で余生を消費するだけの日々を送っていれば当然か。お前は君主たるべき人間ではない。お前の放蕩な生活のせいで私のような悪党が跋扈してしまったんだ」

「な……な……何を……」

「自国民の痛みを知らない君主に存在価値はないということだ。お前の役目など私に魔核のありかを教えるくらいだね」

「わ……私は……」

天子はぶるぶると寒気を堪えるように震えていた。

額を押さえて立ち上がる。魔核によって火傷は治ってしまったらしい。

「私は……国民の痛みなら知っている……」

ネルザンピは奇妙な気分になった。

命乞いをするでもなく魔核の正体を吐くでもなく何を言い出すのか。

「私は好きでこんな生活をしているわけじゃない……本当は名君と呼ばれるような存在になりたかった……でも駄目だった。君子は器ならず——もとい〝君子の器ならず〟だ。父帝から位を継いだときは私だって職務に熱を入れたさ……だがね。だが私は耐えられなかった。私の政策一つで人が不幸になっていくという現実に。誰かを幸福にすれば必ず誰かが不幸になる。そうして私に対して恨み言を吐くのだ……ときには弑逆を企てる者もあった……」

「そうか。しかしその辛さに耐えられる者だけが国の頂に君臨する資格を持つのだ」

「だから私には資格がないのだ！　であれば引きこもるしかないだろう！　私は誰も傷つけたくない！　傷つけられたくもないッ！　自分の部屋に閉じこもって風流に身を任せていられればそれでいいのだ！　私は天子になんかなりたくなかった！　器じゃないんだッ！」

ぱんっ。ネルザンピは引き金を引いた。

宝璐弾が目にもとまらぬ速さで天子の肩を撃ち抜いていた。血飛沫を散らしながら身体が吹っ飛んでいく。今度は神具による攻撃だから簡単には回復しない。天子は涎を垂らしながら獣のような咆哮をあげた。痛みが強すぎるせいか人間の言葉になっていない。

「驚きも何もないな。お前は私が予想していた通りの小物だったらしい。ネリア・カニンガムを重症化させたらこんな具合になるのだろうかねえ」

「あ……あああッ……ああ……」

「死にたくなければ魔核のありかを吐け。痛いのは嫌だろう？」

天子のこめかみに銃口を突きつける。もはや理性を失った天子は駄々を捏ねる子供のように藻掻いていた。少しやりすぎたか――ネルザンピは反省して天子の側頭部を蹴りつけた。

「しばらく待ってあげるよ。あと十秒数えるうちに吐きたまえ」

小動物のように瞳が震えた。八を数えたところで天子が嗚咽交じりの呟きを漏らす。

「ま……まかく……は……」

「何だね。もっと大きな声で言ってくれないと聞こえないな」

「まかくは……夭仙郷の魔核は……ないんだ……」

虚を衝かれたような気分だった。

「ない？　どういうことだね」

「存在しない。言葉通りの意味だ……夭仙郷に……魔核は存在しないんだよ」

「…………」

迫真の表情。これで嘘なら大した役者だった。

時間はあまり残されていない。天子の勅令を偽造して他国の介入は抑止しているが、もたもたしていればアルカ共和国かムルナイト帝国あたりが進軍してくる可能性もあった。

魔核が存在しないはずはない。はたして天子は何を言っているのだろう。

ネルザンピは新しいタバコに火をつけながら黙考(もっこう)する。

☆

地上は地上で身の竦(すく)むような殺気が吹き荒れていた。

監獄を脱出した私たちを出迎えたのは理性を失った人形たちの猛攻である。

「死ねテラコマリ・ガンデスブラッドォ――――――――――――――――ッ!!」

「だから何で私が狙われてるんだよ⁉」

ぼふんっ!!――――とスモークが周囲に拡散した。

ヴィルが煙玉のようなモノを投擲したのである。彼女は私をお姫様抱っこしたまま京師の往来を駆け抜けていった。四方八方から魔法による攻撃が飛んでくる。修復途中だった『天竺餐店(てんじくさんてん)』が再び吹っ飛んだ。なんかもう巻き込んでしまって申し訳ない気持ちでいっぱいだ。

「まずいですね。第七部隊が便乗(びんじょう)して暴れ出しました」

「わけわかんねえよ⁉」

「敵は暴れているのに自分たちが暴れられないのは不公平だ――と主に特殊班の阿呆どもが主張

していますね。彼らは暴徒を殺害しながら略奪行為を働いているようですね」

あいつらは私とは違う論理で生きているらしかった。

エステルはどこへ行ってしまったのだろう。私のかわりに七紅天やってくれないかな――と思っていたら銭湯の看板のところに紅褐色（こうかっしょく）の髪の少女が立っているのを目撃した。足腰はふらふら。服は血だらけ。彼女は私を見つけると「閣下！」と泣きそうな声で叫ぶのだった。

「エステル⁉　無事だったのか⁉」

「はいっ……！　クーヤ先生のおかげで……」

私はびっくりして彼女の隣に立っているお団子ヘアーを見つめた。

紅雪庵で私が図らずもぶっ飛ばしてしまった夭仙――クーヤ先生。

彼女はばつが悪そうな顔をして「一カ月ぶりだね」と腕を組んだ。

「元気そうで何よりだコマリン閣下。いや元気すぎるくらいだな」

「いけませんコマリ様！　こいつは敵です！　私の服の中に頭を突っ込んでにおいを嗅（か）ぎながら隠れていてくださいっ！」

「頭隠して尻（しり）隠さずにもほどがあるだろ⁉　お前のにおいなんて嗅ぎたくな――」

「死ねやテラコマリ・ガンデスブラッドォオオオオオオ‼」

背後から再び夭仙が斬（き）りかかってきた。

しかしサクナが氷柱を射出して串刺しになってしまう。

これはふざけている状況ではないな。はやく話を進めないと冗談抜きで死ぬ。

「エステル……何があったんだ？　今までどこにいた？　その怪我は……」

「軍機大臣に撃たれたんです。この怪我はクーヤ先生が治してくれて……えっと……あと星辰庁が……カニンガム大統領が……！」

「落ち着けエステル。私がいるから大丈夫だ」

「閣下ぁ……！」

エステルの瞳にじわじわと涙が浮かんだ。すぐに袖（そで）でゴシゴシと拭って決然とした表情を浮かべる。深呼吸をしてから「ご報告いたします」と軍人モードで敬礼をするのだった。

「……星辰庁に侵入を果たした私たちは予定通り丞相の秘密を暴きました。六国新聞の映像でお届けした通りです。しかし……待ち伏せていた刺客（しかく）にやられて全滅してしまったのです」

「全滅⁉　ネリアは……⁉」

「カニンガム大統領、レインズワース将軍、そして新聞記者のお二人は捕縛されてしまいました。すべて軍機大臣の罠だったようです。私は大統領に命じられて命からがら星辰庁を脱出し……そして宮殿に向かう途中で軍機大臣と遭遇。銃撃されて無力化されてしまったのです」

エステルは「申し訳ございません」と頭を下げた。

申し訳も何もない。エステルの報告はにわかには信じられなかった。あのネリアが敵に後れを取るとは思えない――だが実際に彼女とは連絡が取れなくなっている。

いや。それよりも。

「エステルは大丈夫なのか⁉　撃たれたんだろ⁉　服に血がついてるよ……⁉」

「それは私が治療したから問題ない」

クーヤ先生が表情を強張らせながら口をはさんだ。

「神具による攻撃だったから放っておけば死に至っただろう。だが私はそういう患者を助けるために生まれてきた医師だ。安静にしていればエステルくんは問題なく快方に向かう」

「後遺症とか残ったりしないよな？　もう大丈夫なんだよな？」

「大丈夫だ。それよりも……あの……」

クーヤ先生がどもる。私に対して少なからず恐怖心を抱いているようだった。

恐怖心……というよりも緊張しているのだろうか？　まあ細かいことはどうでもいい。

「ありがとうっ！　エステルを助けてくれて！」

「え？　あ、ああ……」

「モニクのことは色々あったけど……でもエステルを助けてくれたことは嬉しい。あとクーヤ先生が無事でよかった。魔法で吹っ飛ばしちゃったから心配だったんだよ……あれはやりすぎだったよな……ごめん」

「……え？　ああ……私は医者だからな。当たり前のことだ」

「本当にありがとう。クーヤ先生はすごいお医者様だったんだな」

クーヤ先生は幻でも見たかのように変な顔をしていた。

何故か顔を背(そむ)ける。目元を拭ってから「いや」と掠れたような声を漏らした。

「すごくはないさ。ネルザンピに唆(そそのか)されて助けるべき人間を傷つけていた――私のような人間は死ぬべきなのに何故か生きている。いったいどうして天は私を生かしたのだろうかね」

「感傷に浸っている場合ではありませんよクーヤ先生殿」

ヴィルが白い目を向けて言った。

「つまりすべての元凶はローシャ・ネルザンピ軍機大臣ということですね？　彼女を血祭りにあげればこの騒動は解決するんですね？」

「おそらくは……だがネルザンピの居場所はわからんな」

「先ほどメラコンシー大尉から連絡がありました。星辰庁は跡形もなく消し飛んでいるようです。証拠隠滅のためでしょうか……これでアテがなくなってしまいましたね」

星辰庁で敵にやられたというネリアは大丈夫なのだろうか。

あいつのことだから心配はいらないと思うけど――いや駄目だ。やっぱり心配で胸が張り裂けそうだった。はやくネルザンピの居場所を突き止めないといけない。

「軍機大臣の居場所なら……たぶんわかります」

まだ傷が痛むのだろう。エステルが苦しそうに顔をしかめて言った。

「死龍窟です。軍機大臣が書いた『死龍窟で決着を』というメモを見つけたんです」

「死龍窟？　それは天子一族の墓の通称だが」

それまで迫りくる襲撃者たちを魔法で撃退してくれていたメイファが呟く。

リンズがハッとしたように顔をあげた。

「新王朝を創始する場合は前王朝の宗廟を奉るっていう慣例があるの。やっぱり軍機大臣は本当に愛蘭朝を滅ぼすつもりみたい……」

「では行きましょう。私も閣下にお供します――――ッ、」

走り出そうとしたエステルが胸を押さえてうずくまる。私は慌てて彼女のもとへと駆け寄った。顔色が悪い。やっぱり安静にしていないとまずいみたいだった。

「申し訳ありません閣下……この程度で弱音を吐いたりはしませんので……」

「吐けよ！　無理するな！　エステルはクーヤ先生と一緒に待ってろ！」

「でも……」

「大丈夫だ。私が全部なんとかするから」

なんとかできる根拠なんてない。でも上司としては虚勢を張るしかないのだ。私は今までそうやって生きてきたのだから。エステルはしばらく呆けたように固まっていた。しかし涙を流して
「お願いします閣下」と敬礼をするのだった。

私は笑顔で答えて再び走り出す――というかヴィルに担がれて運ばれていく。

格好がつかないのはいつものことなのでスルー。

今はとにかくネルザンピをなんとかするのが先決だ。

☆

「クーヤ先生！　エステルのことは頼んだぞ！」

紅色の将軍はそれだけ言い残して去っていった。

まったく危機管理能力がない。クーヤ先生は彼女にとっては仇(かたき)であるはずなのに。モニク・クレールを苦しめていた悪人であるはずなのに。

――ありがとう。クーヤ先生はすごいお医者様だったんだな。

飾り気のない笑顔がクーヤ先生の胸を打っていた。

「あれがテラコマリ・ガンデスブラッドか……」

クーヤ先生はフレジールでネルザンピに殺されたはずだった。

しかし何故か生きていた。第三者が助けてくれたらしいことは覚えている。

吹雪(ふぶき)で霞(かす)んだ記憶の中に誰かの声が残っているのだ。

――お前にここで死なれると困る。すでに大神(おおみかみ)による未来予知は役に立たなくなってしまったが、お前の〝医術〟という唯一無二の特技は必ず彼女の助けになるだろう。

どこかで聞いたことのあるような口調だった。

あるいは夢だったのかもしれない。天が「生きろ」と囁いていたのか。

いずれにせよクーヤ先生の医術はテラコマリ・ガンデスブラッドの役に立った。それが天命だったのかもしれない。こんなにも晴れ晴れしい気持ちを抱いたのは数年ぶりだった。

「クーヤ先生。こっそり閣下の後についていきたいのですが……」

「駄目に決まっているだろう。きみはさっさとベッドに戻りたまえ」

「そんな……！　私だけ呑気に寝こけていたら帝国軍人として失格ですっ……！」

「しっかり休養するのも軍人の役目だろうに」

働きたい働きたいと泣き喚くエステルを引っ張って部屋に戻る。

医者の領分は負傷者の治療だ。世界を救うのは英雄に任せておこうではないか——そんなふうに考えながらクーヤ先生は患者を無理矢理ベッドに縛りつけるのだった。

※

霧の世界にいた。

辺りは薄ぼんやりとしている。行けども行けども光は見えてこない。心の中に残っていたはずの黄金の魔力——かつて世界を救った輝かしい思い出もどこかへ消え去ってしまった。

自分を形作るものが消えていく。残ったのは世界から向けられる罵倒だけだ。

お前には大統領の資格がない。マッドハルトを倒せたのもテラコマリの力があったから。お前自身は何もしていない。才能がない。首都の政策は穴だらけだ。マッドハルトに及ばない。お前は国民のことを考えていない。私の家族はお前のせいで散り散りになった。今すぐ辞任しろ。謝罪をしろ。死んでしまえ――

心を防御する機能が失われているらしかった。

妄想じみた悪罵の数々がそのまま鋭利なナイフとなって胸を傷つけていく。しかし痛みは感じなかった。痛みを受容する感情さえ奪われているのかもしれなかった。

自分は何をすればいいのだろう。

考えることができない。やるべきことがあるはずなのに心が動かない。

霧の中をずっと歩いていると光が見えた。

夕闇に浮かぶ星のような淡い光。

救いを求めるように手を伸ばす。すると誰かに頭をぶん殴られた。もんどり打って地面に倒れこむ。ずきずきと迸る痛みを無感動にやり過ごしていると怒声が降ってきた。

「勝手に動くな。お前は私の人形だ」

髪を掴まれる。そのまま引っ張り上げられる。

耳元で邪悪な囁きが聞こえた。

「さあ行け。テラコマリ・ガンデスブラッドを殺すのはお前だ」

善悪の判断がつかない。やるべきことがわからない。

ならばこの声に従っておこう――ぼんやりとした霧の世界でかすかに思考する。

※

京師の端っこにその陵墓はあった。

市街地の大騒ぎのせいで警備の人たちは暴徒鎮圧に駆り出されているらしかった。地面にぽっかりと開いた大穴は来る者拒まずといった様子で私たちを待ち構えている。

それは言うなれば巨大なマンホール。

壁にぐるぐると築かれた螺旋(らせん)階段を一歩ずつ踏みしめながら私は下をのぞいてみた。しかし何も見えなかった。完全なる闇に閉ざされている。外から様子をうかがえないように魔法的な結界が張られているのかもしれなかった。

「……リンズはここに来たことあるの?」

「ううん。たぶんないと思う」

「ここは墓だからな。祖先の祭祀(さいし)は天子の仕事であって公主の仕事じゃない」

天子一族が死を迎えるとこの地に葬られるらしい。穴の向こうにはリンズのご先祖様が眠っているのだ。そんなところに無断で足を踏み入れるのは罰当たりな気もする。

穴の奥底から不気味な風が吹いてきた。まるで私を死の世界へ誘っているかのようだった。

しばらく歩くと薄い膜のようなモノを通過した。その瞬間——ぱあっ！　と視界が明るく開けていく。やはり結界によって内部が見えないように加工されていたらしい。

そうして私が目にしたのは巨大な地下遺跡だった。

地面を円形にくりぬいたような空間。壁には極彩色の装飾が施されてキラキラと照り輝いていた。

そしてあちこちに無数の扉が設置されていた——おそらくここが死龍窟のターミナルのような場所なのだろう。

「すごいですね。扉の向こうに死体が置いてあるんですか？」

サクナが興味津々といった様子で辺りを見渡していた。なんだか声の調子が弾んでいるような気がする。もしかして彼女はこういうのが好きなのだろうか？

「死龍窟の構造は僕も知らないが、普通に考えればそれぞれの扉の向こうに歴代天子の棺桶が安置されているんだろうな。愛蘭朝六百年・七代の天子たちが……」

「ワクワクしますね！　棺桶の中身を見学したらまずいかな……」

いやまずいだろ。何を言っとるんだお前は。

サクナのズレた感性に内心でツッコミを入れながら広間の中央まで歩み寄る。

ネルザンピの姿はなかった。ふと頭上を仰げば暮れかかった茜色（あかねいろ）の空が見えた。京師の中央部では絶賛暴動中らしい——耳を澄ませば悲鳴や爆発音が聞こえてきた。

ふとリンズが壁の一点を凝視していることに気づく。

なんとも言えない表情だった。絶望とも諦観(ていかん)ともとれない不思議な感情のこもった瞳。

「何を見ているの?」

「……ううん。何でもないよ」

彼女の視線の先には一つの扉があった。他のものと比べて少し質素な装飾。扉の上のプレートを確認してみると――『歴代擔手之廟』と書かれていた。意味は全然わからん。

「コマリさん……私は、」

リンズが躊躇(ためら)いがちに尋ねてくる。

「私は天子になれるかな。天子としてちゃんとやっていけるかな」

「リンズなら大丈夫に決まっているだろ」

「……そうだよね。うん」

自分に言い聞かせているかのような台詞(せりふ)だった。

大丈夫に決まっている。確かにリンズは重い病気に罹っている。でも治らないと決まったわけじゃない。これから一緒に治療法を探せばいいのだ――そう思っていたときのことである。

不意に壁の扉のうち一つが音を立てて開いた。

その場の誰もがぎょっとして振り返る。死体でも出てくるのかと思ったが違った。

扉の向こうから姿を現したのは顔馴染(かおなじ)みの少女たちだったのだ。

「ネリア⁉　ガートルードも……！」

ネリア・カニンガムとガートルード・レインズワース。

星辰庁で行方不明になっていたはずの二人が無言で近寄ってくる。

ヴィルが「おや？」と眉をひそめる。しかし私は気にせず歩を進めた。だってネリアたちが無事だったんだぞ。これを喜ばずして何を喜べというのだ。

「ネリア！　よかった！　怪我とかしてないか――」

「コマリ様!!　離れてくださいっ!!」

風を切るような音が聞こえた。私はそのままネリアに近づこうとしていた。しかしできなかった。突然ヴィルが猛スピードで私に突撃してきたからである。おいおい。いつもの変態ムーブなら時と場所を選んでやってくれ――と文句を言いかけた瞬間。

ぬらりとした液体の感触。

私に覆いかぶさっているヴィルのお腹から血が溢れている。

「え？　ヴィル……？」

「コマリさん！」

今度はサクナが絶叫した。杖から射出された氷柱がネリアたちに向かって飛んでいく。二人は音もなく飛び上がってサクナの攻撃を回避していた。

わけがわからない。気づけばサクナが私の前に立って警戒心をあらわにしている。

その目線の先にいるのは――ネリアとガートルード。

私はここで初めて二人の様子がおかしいことに気づいた。目に光が宿っていないのだ。普段は意志に溢れた宝石のような瞳がひどく濁っている。私たちのことを認識していないらしい。

そして――ネリアの両手に握られている双剣。

刃先が赤く塗れていた。

これは。これはまさか。

「うぐっ……げほっ。コマリ様、」

「ヴィル⁉　大丈夫か……⁉」

「だ……大丈夫です。それよりも……街で暴れている人形と同じ目をしています……あの二人は……おそらくネルザンピに操られているのでしょう……」

真っ青な顔で苦しそうに呼吸をするヴィル。

私は愕然としてネリアのほうに視線を向けた。ヴィルの言うことは正しかった。そうでなければ彼女たちが襲いかかってくる必然性がない。ヴィルがこんなにひどい怪我を負うことになる理由がない。はやくヴィルを助けないと。ここには魔核がないんだ。核領域かクーヤ先生のところに連れていかないと。ヴィルが死んじゃう。

「――ついにこの時が来たな。テラコマリ・ガンデスブラッド」

物陰から誰かが姿を現した。

軍服をまとった背の高い翦劉である。その顔に見覚えはない。しかし私はすぐに理解できてしまった。その邪悪な殺意が物語っている――こいつはネルザンピの仲間だ。

「翦劉だと⁉　お前は軍機大臣の共犯か⁉」

「私は主犯だ。ネルザンピを利用していたのは私のほうだ」

女はゆっくりと近づいてくる。そうして虚ろな瞳をしたネリアの隣に立った。

いきなり彼女の顔面を裏拳で殴りつけた。小さな身体はその場に踏み止まることもできずに吹っ飛んでいった。私は悲鳴のような声を漏らしてしまった。

「な……何やってんだよ⁉　大丈夫かネリア⁉」

ネリアは答えなかった。ふらふらと立ち上がって再び同じ場所に戻る。まるで絡繰り人形のような動きだった。無表情のまま鼻血を垂らしている彼女の姿を見て私は確信する――この二人はやっぱり操られているのだ。

「コマリ様……お気をつけください。こいつはかつての八英将メアリ・フラグメントです」

ヴィルが懐から取り出した膏薬のフタを開ける。

彼女の傷もひどかった。薬でなんとかなるレベルじゃない。

女――メアリ・フラグメントはネリアの肩を掴みながら睨んでくる。

「そのメイドの言う通りだ。私はゲラ＝アルカ共和国の八英将。この小娘と貴様に無様な敗北を喫した翦劉だ」

「そんなやつが……今さら何の用だ……⁉」

「決まっている」メアリは殺意をあらわにして吐き捨てた。「復讐だ。私はお前に復讐するために
ネルザンピの実験に協力していた」

「お前は何を言ってるんだ……？　ネルザンピはどこにいるんだ……？」

「ネルザンピはここにはいない。あの黒い女は貴様らをここに誘(おび)き寄せて私に始末させるつもり
なのさ。まんまと罠に引っかかってくれたようだな」

「コマリさん。たぶんエステルさんのアレですよ……」

サクナに言われて気づく。エステルはメモを拾わされたのだ。そして彼女は〝生かされた〟の
かもしれない。私たちをここに誘導するための仕掛けとして。

私は悔しさのあまりギュッと拳を握った。いや――罠に嵌(はま)ってよかった。

そうじゃないとネリアには再会できなかっただろうから。

「……おいメアリ・フラグメント。ネリアとガートルードを返せ。そうすれば許してやる」

メアリが鼻で笑った。

「馬鹿か貴様は？　許すだと？　いったいどの目線でものを語っているんだ」

「殺戮の覇者の目線だよっ！　はやく二人を解放しないとズタズタにするぞ！　一秒で息の根を
止めてやるぞ！　それでもいいのか⁉」

手の震えが収まらない。おそらくこの女は私の烈核解放がどういう仕組みで動くのかを知って

いる。そして何が弱点なのかも熟知している。だからこうして私の前に現れたのだろう。

「……貴様は本当に愚かだな。見ているだけで虫唾が走る」

「はあ？　どういうことだよ……」

「自分の行いが正義だと信じて疑わない。その無神経さが気に食わん。貴様はかつて黄金の剣でマッドハルト政権を打倒した。だがその裏でどれだけの人間が苦しんだと思っている？」

「苦しんでる人がいるから私はネリアと一緒に戦ったんだよ！」

「違うッ！　貴様がゲラ＝アルカを破壊したせいで多くの人間が不幸になった！　私の身内も政権の崩壊とともに散り散りとなって――全員死んでしまったのだ！」

「えっ……」

「コマリさん危ないッ！」

ネリアが身を翻して襲いかかってきた。

彼女の双剣とサクナの杖が激突して火花が散る。

あまりの迫力に腰が抜けてしまいそうだった。温もりの感じられない瞳。かといって殺意すらない機械的な瞳。ネリアが決して浮かべることのない表情がそこにあった。

「おいテラコマリ！　ぼけっとするな！」

「おわっ⁉」

横からガートルードが長剣を構えて突撃してきた。しかしリンズとメイファが辛うじて防いでくれる。申し訳なくて仕方がなかった。メイファはともかくリンズは病気なのに。

「貴様の【孤紅の恤】の唯一の弱点は〝甘さ〟だ。仲間との望まぬ殺し合いになれば無闇に力を発揮することもできまい――さあネリア・カニンガム！　さっさと始末してしまえッ！」

「お前っ！　そんな卑怯な真似をしやがって……絶対に許さないぞ！」

「貴様が先に許されないことをしたのだ！　思い込みの正義ほど邪悪なものはない！　貴様のせいで不幸になった者は数多くいる！　自責の念というモノを感じていないのか⁉」

「そ……それは……」

「しかも貴様は愚かにも同じことを繰り返そうとしている！　夭仙郷の秩序を破壊しようと企んでいる！　ゲラ＝アルカを破壊して数多くの人間を苦しめただけでは満足ができなかったようだな⁉　これによって犠牲になる人間のことは考えてもいないらしい！」

「でも！　私はネルザンピを放っておけない！」

「ネリア・カニンガムは罪の意識に耐えられなかった！　だからそうなっている！」

私は驚いてネリアを見つめた。

彼女はサクナと一進一退の攻防を繰り広げていた。きらめく双剣の軌跡と高速で射出される氷柱が激突して突風を巻き起こす。まるで剣舞のような身ごなしで動き回るネリアの内心は読めない。だが瞳の奥には深い絶望が湛えられていた。

「アルカではその小娘に恨みを抱いている人間が少なからずいる。支持率など関係ないのだ。これは貴様やネリア・カニンガムが身勝手な暴力で変革をもたらしたからに他ならない。この娘は自らの権力がもたらす悲劇を懺悔したのだ。だから私の操り人形になった」

ネリアが劉撃魔法を放った。無数の斬撃がサクナに襲いかかる。

私は呆然とした気持ちで彼女たちの戦いを眺めていた。

紅雪庵でクーヤ先生にも似たようなことを言われた――「一方的な正義感によって破滅に追いやられた者の境遇を考えたことがあるか？」と。

ネリアはネルザンピたちに心の間隙を突かれたのだ。

「天仙郷でも同じことが起きるに決まっている。アイラン・リンズが天子になれば確かに暴動は治まるだろう――だがグド・シーカイに従っていた者はどうなる？　グド・シーカイの政策によって安寧を享受していた人々はどうなる？　その孔雀のような小娘はネルザンピ曰く小物だそうだ。いずれ父親のように罪悪感に駆られて引きこもりになるだろう」

「うぐっ……!?」

サクナは攻撃を防ぎきることができなかった。ネリアの双剣が彼女の肩にめりこんで血飛沫が巻き上がる。私は声もなくその絶望的な光景を見つめていた。地面に倒れ伏したサクナを無視してネリアがゆっくり近づいてくる。虚ろな瞳にロックオンされて思わず身震いをした。

「テラコマリ・ガンデスブラッド。貴様は〝世界を変える英雄〟などと持て囃されているらしいな。だが――貴様のような人間は不幸を振りまくだけの犯罪者なのだ！」

「…………………………、」

うずくまるサクナが「逃げろ」と目で訴えてくる。

私のそばで倒れているヴィルは既にぐったりしていた。

ガートルードとリンズ＆メイファの戦いは熾烈を極めている。どちらも傷だらけになって争っていた。

そしてネリアが双剣をこちらに向けた。

やはりメアリ・フラグメントの言っていた通りだった。彼女は確かに罪の意識を覚えていたのだ。瞳の中に見え隠れする絶望には悲哀にも似た感情が見て取れる。

降って湧いたような話だ。

このタイミングで過去の行動を責められるとは思いもしなかった。

私はネリアと一緒にアルカを変えるために戦った。そして今回もリンズと一緒に天仙郷を変えるために戦っている。だが目の前の女は「虐げられる者にも目を向けろ」と主張する。

ネリアは優しすぎるのだろう。だからネルザンピやこんなやつに唆されてしまった。

カルラだったらどう思うだろう。皇帝だったらどう思うだろう。スピカだったらどう思うだろう――頭の中で他人の意見を勝手に想像する。しかし私は首を振って雑念を削除した。

私自身がこの状況を許せなかった。

それだけで十分だった。

「わかった」

メアリを睨みつけながら私は言った。

「私のせいでお前が傷ついたなら謝るよ。私とネリアはアルカのためと思って戦ってきた……でも自分の行動で傷つく人のことは全然考えていなかった。最初にお前らが悪さを働いていたことはこの際どうでもいい。辛(つら)い思いをさせて悪かった。ごめん」

時間が止まったようにメアリが固まった。

奇妙な動物でも見るかのような目。しかしすぐに狼狽(ろうばい)の色濃い絶叫がほとばしった。

「い……今さらそんなことを!!　貴様は馬鹿なのか!?」

「そうだよ馬鹿だよ。そして今さらだ。やってしまったことは取り返しがつかないんだ。だからその後にどうするかを考えるしかない」

「何を……」

「私は世界を変えたい。目の前で誰かが傷つくのを見過ごせない。ネルザンピの暴虐を許しておくわけにはいかない」

「戯言(ざれごと)を!!　それで私のような人間が苦しむことになるのだ!!」

「責任は全部私がとる。傷ついた人にも納得してもらえるような世界にしていく。そして多くの人の心を変えていきたい。それがお母さんに言われた使命だから」

ネリアが双剣を振りかぶって突進してきた。

　私ごときでは彼女の攻撃をいなすことはできない。

　ならば――

「コマリさん！」「テラコマリ⁉」――リンズとメイファが絶叫する。すでにガートルードは二人の手によって気絶させられていた。あっちはもう問題ないだろう。

　右手の刃が恐ろしい速度で襲いかかる。地面の石に躓いて辛うじて避けることに成功。なんという豪運。天仙郷に来てから何故か偶然命拾いをすることが多い。

　左手の刃が間髪入れずに襲いかかってきた。

　今度は回避することはできなかった。

　頬に熱。皮膚が切り裂かれて真っ赤な血が飛び散っていた。

「ッ……！」

　だが致命傷ではない。痛みを感じる前に全身全霊を尽くして踏み込んだ。

　凍りついていたネリアの表情にかすかな痙攣が走る。

　私はそのまま前のめりになって彼女にしがみついた。双剣が暴れて私の肩が切り裂かれる。激痛が走って今度こそ絶叫が漏れる。しかしここで放すわけにはいかなかった。ネリアは闇の中で苦しんでいるのだ。ならば私が引っ張り上げてやらなければならない。

「おい閣下！　無理はするな――」

「無理じゃ……ないッ！　大丈夫だネリア！　お前には私がついているッ！」

暴れるネリアに力いっぱい抱き着いた。

メアリが驚きに満ちた声をあげる。

私は彼女の首筋――星形の痕に歯を立てていた。ネリアが絶叫した。じたばたと暴れて私を突き離そうとする。しかし負けるわけにはいかなかった。彼女の柔らかな皮膚を突き破る。溢れ出した紅色の液体をちゅうちゅうと吸っていく。

ネルザンピやメアリの暴挙が許せなかった。

自分のことは棚に上げて他人の負の側面ばかりを論(あげつら)うなんて卑怯にもほどがある。そしてネリアは心が優しいからまんまと引っかかってしまったのだ。ネリアのやったことはそれでも正しい――彼女にわからせてやる必要があった。

「コ……マ……リ……？」

彼女の瞳に〝意志力〟の輝きが戻ってくる。

そうして世界は黄金に染まっていった。

☆

霧の世界にいた。

何か大切なものが壊れていく感触。先生からもらった双剣を振るうたびに血が飛び散った。自分が何を斬っているのかもわからない。命令だから仕方のないことだと思い込んでいた。

でも心が泣いていた。

すでに何も感じなくなってしまったはずなのに。

何かを斬り裂くたびに胸の奥深くに眠っている理性が「やめろ」と叫ぶのだ。

ぐらりと身体が揺れる。何かが身体にしがみついてくる。

命令を遂行しなければならない。夕闇に輝く星のために障害を真っ二つにしなければならない
――そう思って剣を振り上げた。しかし誰かに腕をつかまれてしまった。

「やめなさいネリア」

ハッとして顔をあげる。この声には聞き覚えがあったのだ。

幼い頃に何度も聞いた声――ネリアが大好きな人の声だった。

「先生……？」

「その双剣は利他(りた)の剣。誰かを斬るためのものじゃないよ」

目の覚めるような思いだった。自分は無意識のうちに人を斬っていたのだ。

そうして記憶が戻ってくる。メアリ・フラグメントに敗北して――ネルザンピに捕まって心を抜き取られた。罪悪感で押し潰されそうになっていた。自分にはトップとしての資格がないのではないかと思った。しかし先生は優しく首を振って諭(さと)すのだった。

「ネリアは正しい」

「でも……」

「敵の誘いに乗っちゃいけない。ネリアは胸を張って生きればいい。コマリがついているから大丈夫──あの子と一緒に世界を変えていけば大丈夫。それがきみの役割だから」

「本当に……？」

「ああ。でもコマリは危なっかしいところがあるからね。きみがお姉ちゃんとして……あるいは妹として面倒を見てやってくれ」

先生がそっと抱きしめてくれる。懐かしいにおい。温かさ。ネリアはそのまま目を閉じようとして──ふとそれが先生ではなく別の人間だったということに気づく。

輝くような金色の髪。優しさと殺意に満ち溢れた紅色の瞳。

テラコマリ・ガンデスブラッド。

「だいじょうぶ」

彼女が静かに言った。

「おまえのくるしみは、はんぶんこだ」

※

軍機大臣は言った。

「やつらは〝優しさ〟を武器に戦っているんだよ。ゆえに人を傷つけることを極端に嫌っている。本質的には天子陛下と似ているのさ――だからそこを突いてあげればいい。自分のせいで人が苦しんでいることを思い知らせてやればいいんだ」

それは名案だなとメアリは思った。

そもそもメアリ・フラグメントに家族などいない。己の力だけで成り上がった一匹狼だ。アルカの八英将として人を殺すことだけを楽しみに生きてきた。マッドハルトの権勢を頼ればどんな不法行為も許された。罪なき人々を遊びで摘み取ったことも一度や二度ではない。

しかし人生の栄華は長くは続かなかった。

ネリア・カニンガムとテラコマリ・ガンデスブラッドがアルカを変革したのである。

メアリの悪事はすべて暴かれた。牢獄に閉じ込められて自由を失った。同僚のパスカル・レインズワースは改心してネリア・カニンガムに仕えたらしい――しかしメアリは彼ほど純粋な人間ではなかった。あるいは改心したフリをできるほど器用な人間でもなかった。

復讐してやろうと思った。どんな手段を使ってでも小娘どもを破滅させてやろうと思った。

力尽くで脱獄することもできた――しかし追っ手がかかるのは不都合だったので自殺のフリをして看守を欺いた。牢獄を抜け出した後はアルカの首都を彷徨って復讐の機会をうかがう。

「おやおや。天命はお前に味方をしたようだねぇ」

そうしてタバコの煙をくゆらせる黒い女が姿を現したのだ。

「迷惑でなければ私を利用してみないかい？　テラコマリ・ガンデスブラッドとネリア・カニンガムに復讐をするチャンスを与えてやろう」

　どの種族にも当てはまらない謎の儒者。

　ローシャ・ネルザンピ。

※

　黄金の魔力が死龍窟に吹き荒れる。

　殺意の奔流を身にまとうのは深紅の吸血鬼——テラコマリ・ガンデスブラッド。彼女はネリア・カニンガムの身体を支えながらこちらを睨みつけていた。

　メアリは歯軋りをして一歩後退した。

　列核解放を発動させないためにネリア・カニンガムを陥れた。

　テラコマリの〝優しさ〟に付け入るべく罪悪感を煽った。

　しかしどちらも効果がなかった。テラコマリはメアリが思っていた以上に芯の強い吸血鬼だったらしい——ふざけている。ふざけている。ふざけている。

「ネリア・カニンガム！　何をやっている⁉　はやくテラコマリを殺せ！」

　しかしネリアは動かなかった。

彼女の瞳にはいつの間にか光が戻っている。意志に満ち溢れた輝かしい光だった。ネルザンピが宝璐に変換したというのに。意志力を宝璐に変換された人間はガラクタになってしまうはずなのに。何故か月桃姫は意志力を取り戻していたのだ。

「よくもやってくれたわね」

怒りに震えた声が耳朶を打つ。紅色の眼光がメアリを突き刺した。

「許さない。お前は私の手で始末してやるッ――！」

黄金の魔力に後押しされて月桃姫の双剣が迫りくる。

メアリは舌打ちをして長剣を構えた。もはや搦め手に頼る段階は終わってしまったらしい。横から襲いかかる桃色の剣戟を回避しながら列核解放【心刀滅却】を発動。

「ッ――‼」

ネリアの身体がふらつく。

かつてマッドハルトのもとで体得した異能だ。すべての人間は自分の玩具である――そういう支配の思想から生まれた精神攪拌の異能。メアリと目を合わせただけで相手は脳を揺さぶられて一時的に行動不能となってしまう。

ネリアは一度この異能に敗れた。上手く決まればテラコマリ・ガンデスブラッドすら撃破できるかもしれない――そう思って口の端をニヤリと吊り上げた瞬間。

「うがッ……⁉」

双剣がメアリの胸にめり込んでいた。

激痛が迸って歯を食いしばる。腕から力が抜けて長剣が地面に落ちてしまう。目の前には迷いから脱却した月桃姫の凛々しい姿があった。血飛沫を吹き飛ばす勢いで彼女が叫んだ。

「二度も——同じ手を食らうかッ!!」

メアリは気づいた。こいつは【心刀滅却】が発動する瞬間に【尽劉の剣花】で迷いを両断していたのだ。それでいて直撃したような素振りを見せて敵の油断を誘ったらしい——小癪なハッタリに引っかかった自分の迂闊さを呪う。

「き……貴様ぁぁあああああああ!!」

一心不乱に武器を振るう。しかし再び激甚な衝撃を感じてよろめいた。

黄金の剣が肩に突き刺さっていた。しかもそれだけに終わらなかった。突き刺さった場所を軸としてメアリの身体がどんどん黄金に変換されていくのである。

忌々しい気分になってネリアの向こう——黄金の渦の中心を睥睨する。

テラコマリ・ガンデスブラッド。無数の刀剣を旋回させながら殺意を振りまく吸血鬼。メアリは悍ましさを感じて言葉を失った。相対するだけでわかる——あれは常人が太刀打ちできる相手ではない。あんなやつの罪悪感を駆り立てようなど愚かな行為だったのだ。

あの小娘の意志力は強すぎる。自分では到底及ばない。

無数の刀剣がいっせいにメアリのほうへと狙いを定め——

「はんせいしろ」

「コマリ。どいて」

殺意の塊のような剣戟がきらきらと駆け抜けていった。

メアリの身体はネリアが振るった双剣によって見事に切り裂かれている。溢れ出る憎悪を抑えきれずにメアリは絶叫した。しかし身体に力が入らなかった。ゲラ＝アルカの遺臣は復讐を果たすことなく自らの血だまりに崩れ落ちるのだった。

☆

心が落ち着いていく。

すべてを切断する【尽劉の剣花】が収まると同時に桃色の魔力も霧散した。

ネリアはハッとしてコマリのほうを振り返った。彼女は未だに黄金の魔力をまとって佇んでいた。

ネリアを霧の中から救い出してくれたのはあの吸血鬼なのだ。やっぱり世話になってばかりだな
——そこはかとない不甲斐(ふがい)なさを抱きながら彼女に近づいていく。

ふと気がついた。地面には傷だらけになったヴィルヘイズ、サクナ・メモワール、ガートルードが転がっていたのだ。

「おいカニンガム大統領！　はやく皆を核領域へ運ぶぞ！」

「そ……そうね。ごめんね……」

メイファに促されてネリアは悄然としてしまった。

血だらけになった仲間たち。自分自身が剣を振るった結果なのだと思うと申し訳なさと情けなさで死にたくなってくる。だが懺悔するのは後だ。今すぐ彼女たちを魔核の影響下に連れていかなければならない。

にわかにネリアの背後に誰かが立つ気配がした。

黄金に輝くコマリがそこにいた。ネリアは泣きそうになってしまう。彼女の肩には刃で切り裂かれた傷があった。これもネリアのせいなのだ。

「コマリ……ごめん……」

「おまえは。いもうとだから」

「え?」

「しんぱいしないで。ねりあはただしい」

たどたどしい言葉がネリアの胸をストレートに打った。

ごしごしと涙を拭う。紅色の瞳をまっすぐ見据えながら叫んだ。

「ありがとうっ！　あんたのおかげで吹っ切れたわ！」

「…………」

「でも私が姉よ！　先生から『コマリの面倒を見て』って頼まれたんだから！」

「…………………？」

コマリは首を傾げていた。その姿が愛おしくてたまらなくなってしまった。

国のトップに立つなら相応の覚悟が必要だった。そんなモノは六国大戦のときに済ませていたと思っていた。しかしネルザンピやメアリに責められるたびに自分の未熟さを思い知らされて絶望の渦に囚われてしまった。

自分には向いていないのではないか。他人を傷つけてまで地位に拘る必要があるのか。

ネルザンピに心の傷を増幅されて身動きがとれなくなってしまっていたのだ。

でもコマリが声をかけてくれた。この少女がいてくれるのなら大丈夫だと思った。

霧の中で燦然と輝く意志の力——もう迷うことはなかった。

「おい大統領！　早くしろ！」

メイファがガートルードを抱えて叫んでいる。

本当ならコマリと一緒に戦いたかった。だがどう考えても皆を治療するのが先だ。

ネリアは懐から【転移】の魔法石を取り出しながら踵を返す。

「コマリ。私はメイファと一緒に核領域へ行くわ。皆が怪我をしたのは私の責任だから。すぐ戻ってくるから……だからコマリはネルザンピを倒して。そこの公主と一緒に」

ビクリと肩を震わせたのは緑色の少女だった。

彼女は——アイラン・リンズは。

世にも恐ろしい怪物でも見るかのような目をネリアに向けていた。

「……どうしたの？」

「あ……えっと……な……なんでも……ないです……」

ネルザンピが怖いのだろうか。しかし臆する必要はないのにと思う。コマリがいれば大丈夫に決まっているのだから。アイラン・リンズもネリア・カニンガムと同じように胸を張って天子の位に就(つ)けばいいのだから。

ふとコマリが倒れ伏しているメアリのほうへ歩み寄った。

そのままガシッと彼女の首根っこを掴む。淡々とした声音(こわね)で静かに問いかけた。

「ねるざんぴは」

「うぐっ……」

「ねるざんぴはどこ？」

メアリはしばらく虚ろな目で空を見上げていた。

やがて投げやりな調子で掠れた声を漏らす。

「やつは天子のところ……紫禁宮だ……魔核の詳細を聞き出している……」

「ほんと？」

「ふふ……くはははは……私は利用されていたんだ……せいぜい苦しめネルザンピ……貴様の喉元(のどもと)に刃を突きつけてやったぞ……」

それ以降は壊れたように笑うばかりだった。自暴自棄になって味方を売ったらしい。最後の最後までどうしようもない女だなとネリアは思う。

ほどなくして【転移】の魔法が発動し始める。ネリアは光に包まれながらコマリを振り返った。すでに彼女はリンズを抱き寄せて空中に浮遊していた。

その小さな唇がかすかに動く――「みんなをたのんだ」と。

ネリアは大きく頷いてから声を張り上げた。

「ごめんねコマリ！　天仙郷のことは少し任せておくわ！」

コマリが頷いたような気がした。

黄金の柱がものすごい速度で天に向かって伸びていく。ネリアはその幻想的な光景を眺めながら目を瞑った。魔法石から放たれる光は徐々に強まっていった。やがてネリアたちの姿は忽然と消えてしまった。

4 先王の導

Hikikomari the Vampire Countess no Monmon

日陰に住む人間にとって強すぎる光は毒のようなものだ。

月桃姫。深紅の吸血姫。

眩しい人間のそばにいると自分の卑小さが際立つ。

彼女たちとの違いを強制的に認識させられて首を吊りたくなってくる。

メアリ・フラグメントとネリア・カニンガムの戦い――あれはアイラン・リンズにとって猛毒のような光景だった。意志力を奪われ、身体を人形に変えられ、もう抵抗することもできなかったはずなのに――それでもネリアはアルカ共和国のために再び立ち上がった。

自分にはそんなことはできないと思った。

光の中で輝くテラコマリとネリアを見た瞬間、これまで優柔不断を極めていたアイラン・リンズの心が固まってしまった。完膚なきまでに思い知らされてしまったのだ。

自分のような人間では彼女たちに及ぶべくもないという現実を。


アイラン・リンズは幼い頃から「天子たれ」と言われて育った。

兄弟姉妹はいなかった。父の跡を継いで天仙郷を束ねるのは長女たるリンズ。それは生まれたときから決まっていたことだった。

朝廷の人間はリンズを厳しく教育した。天子が政治に興味関心を示さなくなった時期のことである。危機感を覚えた愛蘭朝の上層部はせめて次の天子こそ君主らしい人間であるようにと熱心だった。リンズは宮殿に閉じ込められて朝から晩まで経書を学ばされた。天仙郷の未来はあなたにかかっているのですよ――教育係は幼い公主に幾度も言い聞かせるのだった。

リンズはそれが当然のことだと思っていた。

人の運命を決定づけるのは教育である。師である。そして経書である。

籠の鳥のような日々はリンズの意志力を一定の方向へと導いていった。すなわち――「自分が生まれてきた理由は天仙を導くため」「天子として天仙たちのためになる行動をしなければならない」「自分の人生における喜びは神仙種の繁栄だけである」。そういう使命感を強制的に植え付けられたのだ。

外部の者と交遊することは一切禁じられていた。教育係曰く「余計な思想が混じるから」。

リンズは納得していた。それが天仙郷のためだと言われてしまえば文句を言うこともできなかったし、そもそもリンズは籠の中で勉強するだけの毎日に満足していたからだ。

唯一接触を許されたのはリャン・メイファだった。

リンズの身の回りの世話をする係として招聘されていたのだ。

メイファは後宮に仕える官吏らしい。自分と同い年なのに立派だなとリンズは思った。彼女は聡明で気が利く世話係だった。リンズが欲していることを敏感に察知してくれるのである。筆がないと思えば持ってきてくれたし、背中が痒いと思えば掻いてくれた。

「リンズはまるで人形だな。操り人形だ。言われたことだけを淡々とやっている」

「そうかな……？」

「そうだよ。年頃の女の子はもっと我儘なもんだ」

他の女の子を見たことがないからわからなかった。

だがそれでもよかった。リンズにとっては紫禁宮が世界のすべてだった。それは大人になっても変わることがないのだろう。宮殿に閉じこもって天仙郷のために働く日々。父親がサボり気味なので天子の仕事内容は歴史書を読んで想像するしかなかったけれど。

メイファはリンズを評して「世間知らずだね」と笑った。

「こんな宮殿に引きこもってばかりいたら現実が見えなくなってしまうよ。リンズは外に出たほうがいい。自分が治めるべき人々のことを知っておいたほうがいい」

「でも。外に出ちゃ駄目って言われてるから……」

「抜け道ならいくらでも知ってる。僕は宮殿仕えをする前は京師の一般家庭で暮らしていたんだ。リンズを案内してあげることができるよ」

「でもでも……」

「京師には面白いモノがたくさんある。リンズだって本当は外に出たいんじゃないか？」

外。籠の外。今まで想像することしかできなかった世界。

リンズは誘惑に乗ってしまった。

今にして思えば、メイファはリンズを憐れんでいたのかもしれない。

確かに不幸な境遇なのかもしれなかった。幼い頃から部屋に閉じ込められて強制的に勉学を強いられる。休憩時間はぼうっと窓の外で鳥が飛ぶのを眺めるだけだ。

机に向かって経書を読むだけの毎日。帝王の何たるかを叩き込まれるだけの毎日。

そしてそれを異常だと思うことすらなかった。

反抗的な感情は湧かなかった。言葉巧みな誘導によって「公主としての役目を苦とも思わない勤勉な子供」に調教されていたのだ。それは明らかに〝普通〟とは程遠い生活だった。

「お昼の休憩に脱出しよう。東門の脇に小さな穴が開いてるんだ。子供二人なら簡単に通り抜けられるよ」

「見つかったらどうしよう……」

「大丈夫だって。僕がついているから」

——だからこそ、メイファの存在は「公主・愛蘭翎子」にとっての毒となった。

リンズはメイファに手を引かれて紫禁宮を脱出した。

胸がドキドキして仕方がなかった。

言いつけを破ることに対する背徳感。そして未知の世界へ足を踏み入れることに対しての好奇心。

自分はこのまま心臓が爆発して死んでしまうのではないかとすら思った。

穴を抜けるとしばらく小道が続いた。

メイファはビクビクと怯えるリンズを励ましながらずんずん進んだ。

視界が開ける。世界が光に満ち溢れる。

やがて目の前に現れたのは雑然とした京師の風景だった。

リンズは初めて〝色〟というものを見た。それはあまりにもキラキラした光景だった。

多種多様な人々が行き交う。馬車や牛車も行き交う。そこらに軒を連ねる釉薬塗りの建物は宮殿のそれとは比べるまでもないほどに質素だった――しかし壁に刻まれた傷やら落書きやらが生き生きとした生活感を演出している。

楽しそうな人の声。食べ物のにおい。香のにおい。色とりどりに輝くお店の商品。子供が走ってきてリンズにぶつかった。彼は「ごめんなさい」と頭を下げて楽しそうに去っていく。友達と追いかけっこをしているらしい。

リンズは途方もない衝撃を受けた。

宮殿に引きこもっていたら絶対に見られないモノがそこにあった。

「さあ行こう。お昼休憩が終わる前に戻らないとだけど」

メイファが笑ってリンズの手を引く。

楽しそうな世界。宮殿のジメジメした空気とは違う。いったい自分はこれまで何をしてきたのだろう。自分が彼らみたいな生活を送れないのは何故なのだろう。

ほどなくしてメイファが何かを買ってきてくれた。

「これはそこで売ってた串焼きだ。店のオッサンはケチだけど味は文句ないいんだよね。羊肉が柔らかいからリンズも食べてみなよ」

「うん……」

「美味しいか？　僕も小さい頃はよく食べたんだけど――ってどうしたんだリンズ⁉　泣くほど不味かったか……⁉」

「違うの……違うんだよぉ……」

ぽろぽろと涙がこぼれてきた。堪えきれずにリンズは嗚咽を漏らす。

「じゃあどうした？　お腹でも痛いのか……？」

「美味しい。美味しいから……つらいんだ……」

困惑するメイファをよそにリンズはわんわん泣いた。道行く人たちが心配そうにこっちを見つめてくる。その中には「大丈夫？　お母さんはどうしたの？」と声をかけてくれる人までいた。

その優しさが鋭い錐のようにリンズの胸を突き刺していた。

自分の中で何かが壊れてしまった。

それは破滅的な〝揺り戻し〟だったのかもしれない。

この日を境にアイラン・リンズは病を患うことになった。

※

ローシャ・ネルザンピは紫禁宮の大広間にいた。

足元には天子が転がっている。あれから何度かナイフで抉ってやった。最初こそは一国の君主として踏ん張りを見せていたようだ――しかし間もなく限界に達したらしかった。天子は恥も外聞もかなぐり捨てて魔核の詳細を吐き出した。

ネルザンピは素直に驚いた。それが本当なら夭仙郷は邪悪極まりない国だ。

「私を……私を解放してくれ……もういいだろう……」

天子が呻く。もぞもぞと動いてネルザンピの足首をつかむ。

その縋るような目を見て噴き出しそうになってしまった。夭仙郷にとっての悲劇はこんな男が一国の頂点に立っていたことだ。やはり世襲の君主などロクなものではない。

「お前の知りたいことは教えた……もう私に用はないだろう……」

「じゃあ楽にしてやろう」

容赦なく引き金を引いた。銃声とほぼ同時に天子の身体が吹っ飛んでいった。

ネルザンピは白い息を吐き出して天井を見上げた。

これで六つの魔核のうち二つの情報がつかめた。

夭仙郷の魔核。そしてアルカの魔核。

前者は天子の口から。後者は傀儡にしたネリア・カニンガムの口から。

三分の一。野望を叶えるための準備は整いつつあった。

夕星は己らの集団を〝星砦〟と呼んでいる。

星砦はかつての逆さ月とは違って小さなグループだ。スピカのように多くの人員を抱えて組織的なテロ活動に勤しんだりはしない。各国に支部を構えて布教活動をしたりもしない。人が増えれば思想が不純になる——夕星はそれを嫌って少数精鋭の組織を作り上げたのだった。

「はたして誰が世界を手に入れるのやら。結果は天のみぞ知るといったところか」

世界を支配する素質を持った人間は三人いるとネルザンピは考えている。

深紅の吸血姫〝テラコマリ〟。

逆さ月の頂点〝スピカ〟。

星砦のトップ〝夕星〟。

テラコマリはすべての人間の心を変えるために頑張っている。

スピカは心のきれいな者を選別して理想郷を作るために頑張っている。

そして夕星は一度すべての人間を滅ぼして心をリセットするために頑張っている。

このうちで最も正しいのは夕星だとネルザンピは思う。人間などという汚い色をした生き物は滅びてしまえばいいのだ。魔核が六つあれば世界をリセットするのも難しくはない。

「……おや」

世界が騒がしくなっていることに気づく。

耳を澄ませば京師のあらゆる場所からコマリンコールが聞こえてきた。続いて身の竦むような魔力が辺りに充満する。すべてを破壊し尽くすような力。夕星に肩を並べるに相応しい圧倒的な魔力。意志力。そして無限大の優しさ。

頭上でミシミシと何かが砕けるような音が聞こえた。

次の瞬間――耳をつんざく破壊音とともに天井が吹き飛ぶ。

雨あられと降り注ぐ瓦礫を回避しながらネルザンピは視線を上へ向けた。

黄金の魔力。空中を旋回する無数の刀剣。

そして敵を射殺すような殺意。

「ゆるさない」

テラコマリ・ガンデスブラッド。

予想はできていた。メアリ・フラグメントは彼女の始末に失敗したらしい。

ふとテラコマリにしがみついている公主アイラン・リンズの姿も見えた。国を乗っ取ろうとする悪人に対して一丁前に正義感を働かせたらしかった。ご苦労なことだ。

「ふっとべ」

莫大な魔力が吹き荒れた。

彼女の背後に展開されていた刀剣たちが暴風雨のような勢いで迫りくる。

アルカの翦劉(せんりゅう)たちはあの烈核解放(れっかくかいほう)になすすべもなく敗北を喫(きっ)したのだろう。

ネルザンピとてマトモに食らえば命はなかった。

マトモに食らわなければいいのだ。

「仁者は静かなり。大人しくしていろ」

ネルザンピは刀剣が飛んでくるよりも早く引き金を引いていた。

宝璐(ほうろ)から変換された意志力の弾丸が高速で飛んでいく。

黄金の刀剣によって撃ち落とされそうになる直前——わずかに念じて弾道を捻(ね)じ曲げた。

テラコマリがかすかに息を呑(の)んだ。

宝璐弾はそのまま彼女の脇腹(わきばら)に命中していた。

「コマリさんっ⁉」

血が飛び散る。アイラン・リンズが悲痛な叫び声をあげた。

黄金の魔力がみるみる霧散していく。刀剣たちが力を失ってボトボトと床に落ちていく。テラコマリは信じられないといった表情を浮かべて体勢を崩した。烈核解放を真正面から突破されるなど夢にも思っていなかったのだろう。

「おや……急所を外してしまったか。相変わらず運が良いねえ」

小さな口から血が漏れた。

吸血姫はそのまま重力に従って落下していく。

ネルザンピは装塡してある宝璐弾を五発連続で発射した。リンズが慌てて【障壁】の魔法を展開する。五発のうち二発は防がれてしまった。しかしまだ三発残っていた。宝璐弾はそのままテラコマリの顔面に向かって飛んでいく。ふとそこで不思議な現象が起きた。

黄金の魔力が消える。今度は虹色の魔力が吹きすさんだ。

テラコマリの身体を虹色の羽衣が包み込んでいった――しかしそれは一瞬のことにすぎなかった。いつの間にか彼女はただの非力な小娘に戻っていたのである。

まるで蠟燭の火が消えるときに勢いを増すかのような現象。

そのときだった。

天井の瓦礫が奇跡的なタイミングで降ってきた。

残り三発の宝璐弾はすべて瓦礫に阻まれて撃ち落とされてしまう。空間魔法【召喚】を発動して新しい宝璐を取り寄せる。それを弾丸に変換して銃に装塡しながら狙いを定め――しかしすでにテラコマリの身体は瓦礫の向こう側に隠れてしまっていた。

運が良い。不自然なほどに。

ネルザンピはシニカルに笑って銃を下ろす。

★

意識が戻ってくると激痛に出迎えられた。

私は呻き声をあげて床の上をのたうち回った。

「う……ぐ……うぅ……！」

痛い。血が溢れている。お腹が爆発してしまったような感じだ。魔核がないからこのままでは死んでしまう。怖い。でも負けるわけにはいかない。私はリンズのために戦うと決めたのだから。仲間たちを辛い目に遭わせたネルザンピを許してはおけないのだから。

「コマリさんっ！　大丈夫⁉　ううん……大丈夫じゃないよね……こんなに血が……」

「だい……じょうぶ……だ。私は死んだりしないから……」

よく見ればお腹の傷は大したことがなかった。ちょっと抉られた程度だ。たとえば第七部隊の皆は日常的に爆発したり真っ二つになったりしている。それと比べたら屁でもなかった。いや連中がおかしいだけかもしれないけど。

「コマリさん……無理しないで……」

「無理じゃないよ」

歯を食いしばって身を起こす。

激痛で気がどうにかなりそうだった。でもどうにかなっている場合じゃない。

「ネルザンピは私がなんとかする。あんなやつに天仙郷を壊されてたまるか。魔核だって絶対に渡さない。まあ魔核がどこにあるか知らないけど……とにかくだ！　リンズがちゃんと次の天子になれるように協力する！　それは最初から何も変わっていないから！」

だから安心してくれ。そういう思いを込めて彼女を見つめる。

緑色の公主は。アイラン・リンズは――何故か今にも泣き出しそうな顔をしていた。

「？　どうしたんだリンズ」

「私は……私は……なんで……こうなっちゃったんだろう……」

よくわからなかった。私の傷を心配してくれているのだろうか。

でも明らかにそれだけじゃなかった。彼女の瞳（ひとみ）には悔恨（かいこん）が見え隠れしている。いったい何を考えているのだろう――疑問に思って尋ねようとした瞬間。

瓦礫の向こうで誰かが動く気配がした。

はやくネルザンピを倒さなければいけない。

そのためには欠かせないことがあった。

「リンズ。ごめん……ちょっとお願いがあるんだ。私の烈核解放を発動させるためには血が必要なんだよ。少しだけでいいから分けてもらえると――」

「げほっ」

リンズが咳をした。

私はお腹の痛みも忘れて固まってしまった。

大量の血液がこぼれていた。床に真っ赤な液体が広がっていく。私の靴下やスカートを濡らしていく。リンズの口から噴水のように血が溢れていたのだ――しかも一向に止まる気配がなかった。咳をするたびにぼたぼたと唾液交じりの血が落ちていった。

こんなに分けてもらう必要はないのに。

「リンズ⁉　平気か⁉　苦しいの……⁉」

「……う……くるしい……」

私には背中をさすってやることしかできなかった。

目の前が暗くなっていくような気分。

そうだ。ネルザンピを倒しても一件落着とはいかない。金丹を見つけて仙薬を作らなければリンズに未来はない。この様子だと――彼女の命が尽きるまであと僅かに思える。

どうして魔核はリンズを救ってくれないのだろう。

手足が吹っ飛んでも心臓が爆発しても見境なく治してくれるのに。

どうしてこの少女の病気だけは治してくれないのだろう？――悔しさに打ち震えながらリンズの身体を抱きしめていたときだった。

「――それが夭仙郷の呪いだよ。可哀想だよねえ」

にわかに死神のような声が聞こえた。

いつの間にか背後に黒い女が立っていた。

ローシャ・ネルザンピ。私は涙をこぼしながら彼女を睨みつけた。

「お前……何か知っているのか？」

「天子から聞いたよ。夭仙郷の魔核は六百年前に壊れてしまっていたらしいね」

ネルザンピは瓦礫に背を預けながらタバコに火をつけた。

すぐさま襲いかかってくるつもりはないらしい。相手が烈核解放を発動していないから油断しているのだろうか。私は最大限に警戒しながらネルザンピの言葉に耳を傾けた。今は彼女の口から情報を引き出すべきだと思ったからだ。

「正確には『壊れた』というよりも『役目を果たせなくなった』と表現するのが適切か。何故そんなことが起きたのかは私にはわからない。天子も知らないようだった。とにもかくにも夭仙郷の魔核はそれ単体では〝無限恢復〟の役割を遂行できないらしい」

「そんな馬鹿な……だって夭仙は怪我してもちゃんと治るじゃないか。天子なんてサクナに殺されたのに蘇ったんだぞ。リンズが特別なだけで……」

「そう。アイラン・リンズは例外中の例外なんだ」

リンズが苦しそうに呼吸をしている。

私はやるせない気持ちで彼女の背中をさすっていた。

「壊れた魔核を正常に動作させるためには補助機能が必要だった。しかし魔核を正常に動作させる魔法なんて存在しない。何故なら魔核こそが魔力の源泉だからだ。仮にそんな魔法が存在したとしても恒久的に発動させ続けることは常人には不可能。ゆえに魔法とは別の技術の力を借りる必要があった」

「別の技術……？」

「意志の煌めき。運命の囁き。つまり烈核解放さ」

ネルザンピは拳銃をくるくる回しながら笑う。

「あなたはアイラン・リンズが常に烈核解放を発動していることに気づいているんじゃないのかい？」

「ッ……!?」

私ではない。リンズが驚愕して息を呑んだのだ。

ネルザンピの言う通りだった。私はリンズの瞳が常に紅色の輝きを発していることに気づいていた。これは烈核解放が発動している証拠。意志力を常に燃やし続けている証拠。

「違うの……これは……元から赤くて……」

「しゃべるなリンズ。無理しなくていい」

「その通りだ。無理しちゃあいけないよリンズ殿下。あなたの病の原因は常に意志力を消費しているから。そして病によって生じた傷が回復する気配を見せないのは常に烈核解放を発動させているから。私も天子から聞いて驚いたよ――まさか国ぐるみで一人の少女に負担を強いていたとはねえ」

リンズは涙を流して「違う違う」と囁いていた。

ネルザンピは容赦なく言葉を続けた。

「リンズ殿下の烈核解放は【先王の導(せんおうしるべ)】というらしい。物質を〝あるべき姿〟に巻き戻して固定する力。この国らしい経学的な尚古思想から発生した能力さ。これによって天仙郷の魔核は壊れる前の姿を保っているんだ。だから一見すれば正常に動いているように見える」

「でも魔核は壊れてから六百年も正常に動いてたんだろ。リンズは六百年も生きてるわけじゃないし……」

「【先王の導】はアイラン・リンズの意志から発生した力ではない。かつてゲラ・マッドハルトが運営していた夢想楽園の実験と同じさ。哀れな公主様は身に余る異能を強制的に植えつけられたんだよ。彼女は愛蘭朝において魔核を守護する〝担(にな)い手〟という重要人物なんだ」

リンズの表情が絶望一色に染まっていく。

彼女の反応からわかる――ネルザンピの言葉はすべて真実なのだろう。

「もともと【先王の導】は六百年前の人間に発生した一烈核解放にすぎなかった。ゆえにその人が死んでしまったら魔核は完全に機能を停止してしまうはずだった。そうならないために愛蘭一族は烈核解放の継承を行ってきたのさ。烈核解放とは心の力。似たような心の形をしていれば似たような力が宿ることになる。歴代の担い手たちは〝初代と同じような心〟を宿すように無理矢理矯正されてきたんだ」

「なんだそれ……意味がわからない……」

「常人には理解できぬ話だよ。私みたいな暗愚な人間ならば猶更わからない。だが愛蘭朝はお利口さんだったのさ。担い手に選ばれるのは愛蘭一族の娘と決まっているらしい。娘は幼い頃から宮殿に閉じ込められて徹底的な教育を施される。正常に発達すべき自我を抑えつけられ初代の担い手と同じような人格になるよう心を捻じ曲げられる。リンズ殿下は次期天子として育てられてきたわけじゃない――使い捨ての担い手として育てられてきたんだよ」

「そんな……」

「華燭戦争でアイラン・リンズの個人情報が色々と明らかになったねえ。趣味は盆栽。好きな食べ物は白菜。懐中時計がお気に入り。そして小さい頃には猫を飼っていた――これはすべて初代の趣味嗜好なのさ。アイラン・リンズ自身から芽生えたものじゃない」

話が難しすぎて私には少しも理解できなかった。

作られた人格。強制される烈核解放。傷ついていく身体。

六百年という悠久の歴史が彼女の小さな身体に伸し掛かっていた。

リンズは苦痛に表情を歪めて肩を上下させている。この子はいったいどれだけの悲劇を背負っているのだろうか。どれだけの苦しみを一人で抱えてきたのだろうか。

「歴代の担い手たちはいずれも夭折してきた。烈核解放の負担によって必ず重病に侵されるからだ。ちなみに神仙種が〝夭仙〟と呼ばれるのは早死にする担い手に因んだ古代からの慣習らしい。――愛蘭朝の天子たちは担い手を延命させるために色々模索してきたようだね。その一つが〝不老不死の仙薬〟だ」

「ッ……そうだ！　仙薬だ！　金丹とかいうのが見つかればリンズは助かるんだよな⁉」

「金丹とはおそらく魔核のことだよ」

え――とリンズの口から声が漏れる。

「魔核はそれぞれ独自の形状をとっていると思われる。逆さ月の連中が簡単には見つけられなかった理由だ。だが本来の魔核はキラキラと輝く星のような球体の姿をしている――というのが夕星の言だ。つまり金丹は宝璐などではない。魔核である可能性が高い。そして調合して薬にするためにはもちろん魔核そのものを〝消費〟する必要があるよねえ」

リンズが青ざめていく。恐怖にがたがたと震える。

魔核を消費しなければリンズの病気は治らない。

それはつまり――

「リンズ殿下は選ばなければならないのさ」

ネルザンピがつかつかと近づいてくる。

彼女は邪悪な笑みを浮かべてこう言った。

「自分の命か。それとも国民の命かをね」

「――――」

そんな馬鹿な話があるかと思う。

現代は魔核の再生力によって成り立つ社会だ。魔核が失われれば大勢の人間が死ぬことになるだろう。だが魔核で薬を作らなければリンズが死ぬことになる。

選べるわけもなかった。

ネルザンピが服の内側から抜き身のナイフを取り出した。

ぞっとした。私はリンズを護(まも)るために立ちはだかった。しかし目にもとまらぬ速度でお腹を蹴(け)られて吹っ飛んでしまった。銃弾で抉られた傷口が今更のように痛みを主張してくる。しかし痛がっている場合じゃない。ネルザンピを止めなければ――

「――やめろ！　リンズをこれ以上傷つけるな！」

リンズが恐怖に染まった顔をする。

ネルザンピは私の声を無視してナイフを振るった。私は痛みを堪えて腰を浮かせた。こんなやつの好きにさせてたまるか――不退転(ふたいてん)の覚悟で突貫(とっかん)を果たそうとしたとき。

リンズの胸元(むなもと)が切り裂かれてしまった。

しかし血は出ていなかった。服だけを器用に破ったのだということに遅れて気づく。

リンズの胸元が外気にさらされた。彼女の素肌は病的なまでに白かった。栄養足りていないんじゃないだろうか？――そんな的外れなことを考えてしまったのは頭が現実を受け入れられなかったからに決まっている。

「見たまえ。これが天仙郷の愚かさの象徴だ」

「え……」

リンズの胸には刃が突き刺さっていた。

小さな小さな刀。しかし深々と彼女の血肉を抉っている。

呼吸で胸が上下するたびに柄の部分も動いていた。

まるで目の前の少女に寄生するかのごとく。

リンズが小声で「見ないで」と懇願した。しかし私の目は彼女の胸元に釘付けになってしまった。

あまりにも異様な光景。そしてあの刀には心当たりがあった。

ネルザンピが淡々と答えを示した。

「天仙郷の魔核・《柳華刀》だ」

「違うのっ……！　これは……魔核なんかじゃなくて……」

リンズは立場上「違う」としか言えないのだろう。認めてしまえば敵に魔核の正体を教えることになるからだ。

だが素人である私ですらわかってしまった。

　あの刀はリンズの命を吸って生きている。

　つまり――【先王の導】の対象に他ならない。

「痛いだろう？　苦しいだろう？　あなたの運命は生まれたときから決まっていたのさ。残酷な話だよねえ。だが人間というイキモノはいつだって残酷だ。あなたのような無垢な少女を犠牲にしながら何食わぬ顔で生き延びている。滅びるべきだと思わないかい」

「違う……違う……」

「これは現実さ。あなたは苦しみながら死んでいくんだ。夭仙郷の悪人どもに利用されながら息絶えるんだ。そういえば天子は次代の担い手を用意していなかったようだねえ。適切な愛蘭一族の子女がいなかったようだが――ということはあなたを殺せば夭仙郷の魔核は完全に機能を停止するというわけだ」

「…………」

「こんな世界は間違っているのさ。あなただってそう思うだろう。あなたは普通の女の子のように生きたかったのだろう。でも身分のせいで叶わなかった。天子も天を仰いで嘆いていたよ――『ああ！　何故あの子は天子の娘などに生まれてきてしまったのか！』ってね。だから今日で終わりにしてあげよう。私が葬って差し上げよう。なぁに葬儀はきちんと執り行ってやるから安心したまえ」

　ネルザンピがゆっくりと銃を持ち上げる。

私は現実に打ちのめされて身動きがとれなかった。

リンズにまとわりついた呪いは重すぎた。私が頑張ってどうにかなる範疇を超えているんじゃないのか。京師の暴動を鎮圧しても解決しない。ネルザンピを倒してもリンズの命が助かるわけじゃない。この少女はあまりにも大きなものを背負っている。私が半分背負ってあげられたらいいのに。でもできない。なんて理不尽。どうしたらいいのだろう——

「さあ死ね」

私はハッとした。

リンズが殺されようとしている。恐怖に表情を歪めて固まっている。ネルザンピの指が無骨な銃の引き金に添えられている。

疲れきった紅色の瞳が一瞬だけ私のほうに向けられた。

救いを求める幼子のような視線だった。

「や——やめろおおおおおっ!!」

私は弾かれたように飛び出していた。一心不乱になってネルザンピにしがみつく。彼女はびくともしなかった。呆れたような溜息が降ってきた。

「おいおい冗談はやめたまえよガンデスブラッド将軍。このまま生かしておいたら可哀想じゃないか。下手に苦しみを長引かせるより一思いに殺してやったほうが慈悲深くはないかね」

「リンズを傷つけるのは許さないっ！　だってリンズは生きたがってるから！」

「そりゃあ誰だって死にたくはないだろう。だが死んだほうがマシだって場合もあるんじゃないのかい。現に彼女は生きているから苦しんでいるんだよ」

「うるさいうるさい！　リンズは……私が助けるっ！」

「おっと」

私はネルザンピを力いっぱい突き飛ばした。

お腹から血が溢れて束の間意識が吹っ飛びかける。しかし私はぐっと堪えて叫んだ。

「しっかりしろリンズ！　クーヤ先生のところへ行こう！　あの人なら治してくれるかもしないから……！」

「う……うん……ありがとね。コマリさん……」

リンズに肩を貸して立ち上がらせる。二人して病人のような足取りで外へと向かう。しかしネルザンピが許すはずもなかった。容赦なく放たれた弾丸が私の脇腹を再び抉った。もはや踏ん張ることもできなかった。私はリンズを巻き込むような形で床に倒れこんでしまった。

彼女は顔面蒼白になって私を見つめていた。

そんな悲しそうな顔をする必要はない。私が全部なんとかしてあげるから。

「大丈夫だリンズ……お前は何も心配しなくていい」

「やめてコマリさん。死んじゃうから……」

けほっ。

またしてもリンズが血を吐いた。彼女のほうも限界らしかった。

こんな結末があってたまるかと思う。こないだ『困っている人を助けなさい』というお母さんの言葉を伝えられたばっかりなのに。せっかく引きこもり癖を少しだけ改善して自分の意志で外に出たのに。私は自分を頼ってくれた少女一人も助けることができないのか。

「コマリさん。もういいよ」

不意にリンズが笑って言った。奈落の底に突き落とされたような気分だった。

「な……何言ってるんだよ。お前の病気は絶対に治してやる。何か方法があるはずなんだ。元気になったら……お前が天子になって天仙郷を引っ張っていくんだ」

「ごめんねコマリさん。私は嘘を吐いていたんだ」

予想もしない反応だったので固まってしまう。

希望も何もない。自らの罪を悔やんでいるような表情がそこにあった。リンズは息を吸ってから静かに告白した。

「天子になんてなりたくない。天仙郷のことはどうでもいい」

夕焼けの光が差し込んでくる。

血と西日で真っ赤になった公主は訥々と語る。

「私に誰かを引っ張っていく力はない。アイラン・リンズには何の才能もないから」

「何を言ってるんだよ……リンズは言ったじゃないか……『丞相の悪行を止めたい』って。それは夭仙郷のためを思ってのことだったんだろ……?」

「ううん。それは公主の役目。やらなくちゃいけないこと。義務感に従っただけで……私は本当は夭仙郷の未来のことなんて考えていない。考えられない。だって私は天子の器じゃないんだもの。コマリさんやネリアさんを見て思った。私はあなたたちみたいにはなれない。そんなに優しい人間になれない。だって私は自分のことで精いっぱいだから……」

ぽろぽろと涙がこぼれる。血と混じり合った滴が床に落ちた。

「私は普通に生きたかったの」

「普通……?」

「メイファに連れられて籠の外に出たあの日から……私は普通の人みたいに生きていきたいと思った。胸に刀を刺されることもない。おかしな病気に侵されることもない。国のために自分の身を犠牲にすることもない……そんな人生がよかったのに」

「……………」

「京師の片隅でお店を開きたかった。園芸屋さんがいいな。季節折々の花を集めてお客さんに届けるの……生きるか死ぬかは考えなくていい……そういう平和な生活がしたかった。普通の人間らしい不幸と幸福を抱えて日々を過ごしたかった。そしてあなたみたいな優しい人と結婚したかった。分相応の一生を送りたかった……」

「………………………………」

「本当にごめんなさい」

リンズが身じろぎをした。

「私はどうしようもない小物なんだ」

諦観のにじんだ笑み。

「こんな卑怯で嘘つきな人間のためにコマリさんが傷つかなくていい。だってコマリさんは世界を変える英雄なんだから」

その言葉には私に対する訣別の意味が含まれていたのかもしれない。

彼女の服の内側から何かが滑り落ちた。デートのときに買った名前入りの綺仙石が血だまりに沈んでいく。その絶望的な光景を眺めながら私は己の愚かさを呪った。

——私は天子になれるかな。天子としてちゃんとやっていけるかな。

死龍窟でリンズが発した問い。私は躊躇うことなく「大丈夫だ」と答えてしまった。しかし彼女が求めていたのは無責任な励ましではない。優しい否定こそが必要だったのだろう。

私は世界に毒されていた。

たとえばネリアは心の底からアルカを変えたいと思っていた。彼女は最初から煌めく意志に満ち溢れた月桃姫だった。

カルラだってそうだ。口では「将軍なんてやりたくない」と言いながらもカリンやフーヤオの悪事を許すことができなかった。最終的には自分で戦うことを決意した。

だがリンズは違う。

気合でどうにかなる話ではない。

ネリアやカルラのように困難を自ら打破しようと発奮することができない。

身に余る境遇をそのまま受け入れて苦しみに喘いでいる。

与えられた使命に押し潰されてしまう人間だって山ほどいる――そのことに今更ながら気づかされた。アイラン・リンズは重苦しい運命を背負わされた平凡な少女。それを自分で跳ね飛ばすほどの意志力もない。彼女はごく普通の心を持ったごく普通の子供だったのだ。

涙が溢れてくる。

私は血塗れになった綺仙石を彼女の内ポケットに戻してやった。

「リンズ……ごめん。私はお前のことを何もわかっていなかった……」

「ううん。こっちこそ」

リンズがゆっくりと身を起こす。魔核が突き刺さった部分から血が溢れてきた。もうその身体は限界なのかもしれない。私は声もなく彼女の立ち姿を見つめてしまった。

「コマリさんが傷ついたのは私のせい。私が中途半端な義務感を働かせてあなたを巻き込んでしまったせい。だから……責任は全部とるよ」

「何を言って……」

「あなたを助けられるなら。私は喜んで死ぬ」

恐怖に引きつった笑顔。

リンズの視線の先には死神が立っていた。

タバコの煙を吐き出しながら悪魔のように笑う。

「――私はあなたを見くびっていたようだ。まさに勇者だねえ。懼れを忘れて立ち向かってくるつもりかい」

「あなたの狙いは私でしょ。コマリさんには手を出さないで」

「もちろん私の狙いはあなただ――だがいいのかい？　そんなことをしたら夭仙郷の魔核は壊れてしまうんだよ。多くの人たちが傷つくことになるんだよ。あなたはその責任を取れるのかい？天子陛下は罪悪感に耐えられなかったようだがねえ」

「っ……！」

リンズが途端に狼狽する。それはネリアですら一度は引っかかった悪魔の囁きだ。

しかし彼女が逡巡したのは本当に一瞬のことだった。

「わ……私は……私は！　自分のことしか考えていないから！」

口から血が溢れる。それでも彼女は止まらなかった。

烈核解放で真っ赤になった瞳でネルザンピを睨みつけながら絶叫する。

「どうしようもない小物だから！　目の前のコマリさんが助かればそれでいいのっ！　だいたい……魔核が消えたからって人が死ぬわけじゃない！　エンタメ戦争とかができなくなるだけ！

だから！　私はっ！　神仙種のことなんかどうでもいい……コマリさんが助かればそれでいいのっ！」

もはや何を言っているのかさえわからなかった。

でもリンズが私のことを心配してくれていることはわかった。

傷だらけなのに。今にも死にそうなのに。こんな私のために身体を張ってくれていることだけはわかった。彼女はまっすぐネルザンピを見据えて叫んだ。

「さあ軍機大臣！　今すぐ私を殺してしまえッ！」

「無理しなくていいよっ！」

私は思わずリンズに抱き着いていた。数歩よろめいて転びそうになる。私は痛みを押し殺して彼女の身体を支えた。至近距離から困惑しきった視線が突き刺さった。

「リンズの気持ちはわかった。それだけで十分だ。お前はよく頑張った。これからは公主とか将軍とか担い手とか煩わしいことは全部忘れて生きればいいんだ」

「でも……私の命は……」

「それもなんとかする！　私は天下最強の七紅天大将軍だ！　小指で五兆人殺せるほどの殺戮の覇者なんだ！　リンズの病気を吹っ飛ばすことくらい簡単にできる！」

「…………」

なんて無責任なのだろう。まるで現実を知らない子供の叫びだった。

しかしリンズの身体から徐々に力が抜けていった。

しばらく何かを咀嚼するように動きを止める。

やがて紅色の瞳から涙がこぼれ落ちた。彼女は肩を震わせながら――しかしぎこちない笑みを浮かべて「ありがと」と呟く。

「……コマリさんは英雄だね。私はそんなコマリさんが好き」

「そっか。もう自分の命を粗末にしないでくれよ」

「お取込み中のところ悪いが」

ネルザンピが機を見計らったように声をかけてくる。

「そろそろ死ぬ準備はできたかい?」

「できてるわけないだろ! リンズは私が護る!」

「それはご立派だね。だがこっちにも都合があるんだ。私が夭仙郷の魔核を回収しなければ夕星が拗ねてしまうんだよ」

銃がゆっくりと持ち上げられる。

腕の中のリンズが震えた。私は堪えがたい怒りを覚えて歯を食いしばった。リンズは必死に生きようとしている。それを目の前の女が台無しにしようとしている。

許せるわけがなかった。

ネルザンピはここで止めなければならない。

彼女のせいで多くの人間が傷ついた。ネリアも。サクナも。ガートルードも。ヴィルも。エステルも。メイファも。クーヤ先生も。天子もシーカイも天仙郷の神仙種たちも——そして何よりリンズが苦しみに喘いでいる。

「リンズ！　ごめん！　血を吸わせてもらうぞ……！」

「えっ……？」

私は覚悟を決めてリンズに向き直った。戸惑いのこもった視線を無視して彼女の首筋に歯を立てようとする。しかし敵が黙って待っているわけもなかった。

「散れ」

銃声が轟く。

容赦なく引き金が引かれていた。

キラキラと輝く弾丸が恐るべきスピードで迫りくる。

私は呆然とした気分でネルザンピのほうに視線を向けた。死ぬ間際になると意識が加速して世界がスローになるのだ。しかし身体は動かなかった。このままリンズもろとも殺されてしまうのではないかと思った。

だが怯えている場合ではない。

リンズを死なせてはならない。

この少女は理不尽な運命に十分耐えてきたのだ。

これからは望み通り〝普通〟に生きる資格があるのだから――そんなふうに悲壮な覚悟を決めて銃弾を睨みつけていたとき。

「ッ――⁉」

ネルザンピの嘘くさい表情に初めて驚愕の痙攣が生じる。

横から目にもとまらぬ速度で飛んできた瓦礫が銃弾を弾いていた。ネルザンピの再起動は早かった。回転式拳銃に装填されていた弾丸を続けざまに発射する――しかしすぐさま謎の衝撃によりすべて撃ち落とされてしまった。

気づく。宮殿の壁が破壊されている。

その壁の向こうに二人の人影を発見した。

「――テラコマリ！　さっさと烈核解放を発動しろ！」

「あいつが諸悪の根源？　じゃあ殺さなくっちゃね」

防寒着をまとった蒼玉と猫耳の将軍がこちらを見つめていたのだ。

プロヘリヤ・ズタズタスキーとリオーナ・フラット。プロヘリヤが携えた銃からはモクモクと煙があがっている。そしてリオーナは掌で小石のような瓦礫を弄びながら殺意を滾らせていた。

彼女たちがネルザンピの攻撃を防いでくれたらしい――救われたような気分で歓喜に打ち震えていたときのことだった。

どかあああんっ‼――と冗談みたいな爆発が背後で巻き起こった。

私とリンズは驚いて振り返る。破壊された部屋の入口から大勢の吸血鬼たちが雪崩れ込んできた。

「閣下ァ！　そいつをぶっ殺せばいいんですか⁉」「閣下が血だらけだと……⁉　許せねえあいつ……‼」「天仙郷を征服するついでにテロリストをぶっ殺してやろうじゃねえか‼」「殺戮を開始します。殺戮を開始します。標的は黒い女」『血祭じゃオラア―――――‼」

第七部隊の連中が何故か突撃してきたのである。

普段ならば悪夢のような光景。しかし私は目頭が熱くなってしまった。

このテロリストどもがこんなにも頼もしく見えた瞬間があっただろうか。

「お……お前ら！　何やってんだよっ！」

私は涙を拭って叫んでいた。

「ここには魔核がないんだぞ⁉　あんまり無茶するんじゃないっ‼」

「無茶ではありませんよ」

いつの間にか私の隣に枯れ木のような男―― カオステルが立っていた。空間魔法か何かでワープしてきたのだろう。彼は相変わらず犯罪者に相応しい笑みを浮かべて言った。

「我々第七部隊は閣下のもとで戦うことが仕事です。魔核のあるなしなんてヨハンの生き死にくらいどうでもいいことですよ―― ああ！　それにしても閣下！　いったいどうしたというのです⁉　お身体が傷だらけではないですか！」

「え⁉　これは……あれだ！　ハンデだ！　一方的な虐殺じゃつまらないからな！」

吸血鬼たちが「おお」「さすが閣下だ……！」とどよめきをあげた。

いやお前らの目は節穴かよ。どう見ても満身創痍だろうが。

「おいテラコマリ！　お前は休んでろ！　僕がやつを火だるまにしてやるからよ」

「やめろ糞餓鬼。貴様が出しゃばってもハエのように死ぬだけだ」

「んだとコラァ⁉　てめえを先に犬の丸焼きにして食ってやろうか⁉　この際だから言っちまうけどな、テラコマリはハッタリだけで生きてきた弱小吸血鬼なんだぞ⁉　僕たちがしっかりしてないと死んじまうだろうが！」

「は？　貴様は馬鹿なのか？」

「馬鹿はてめえのほうだよ！　僕があいつをぶっ殺してやる！」

「イエーッ！　いつも最初にヨハン死ぬ。これは絶対の予言です。炎まとってＧＯＧＯ特攻。カウンター食らって無駄死に濃厚。オレたちが看取ってアーメン最高」

「テメエからぶっ殺すぞ‼」

ヨハンとメラコンシーが喧嘩を始めた。

炎をまとった拳がメラコンシーに襲いかかる。しかしカウンターで放たれた蹴りがヨハンの顎にクリーンヒット。彼はそのまま「うぼげっ」と奇妙な悲鳴をあげて気絶してしまった。

おいアホ。状況わかってんのかよお前ら。リンズがドン引きしてるじゃないか。

ごめんリンズ。こいつらはいつもこんな調子なんだ。

「何やってるんだテラコマリ！　軍機大臣は私が押さえておくからさっさと【孤紅の恤】を使いたまえ！」

「そ……そうだな！」

プロヘリヤに言われて我を取り戻した。

このチャンスを逃すわけにはいかない。私は再びリンズに向き直って笑いかける。

「……お前の血が必要なんだ。ちょっともらってもいいかな」

「えっと……吸血鬼の吸血って。大切な人にしかしないって聞いたけど……」

「リンズは大切だよ。お前は絶対に私が護るから」

リンズがカチコチになって顔を赤くした。

私は彼女の了承を待たずに歯を立てる。短い吐息とともに声が漏れた。リンズが居心地悪そうに抱き着いてくる。彼女の肌から生温い血液が溢れ――そうして私の口の中にどろりとした感触が広がっていった。

「調子に乗らないでくれたまえ」

銃声が響く。

リロードを終えたネルザンピが引き金を引いたらしい。

「無粋ですねえ。吸血鬼の吸血に横槍を入れるなんて」

カオステルが空間魔法を発動させる。私とネルザンピを結ぶ直線状に【転送】のための門が開き——弾丸はそのまま吸い込まれて消えてしまった。

これで何も心配はいらない。

リンズが「あのっ……コマリさんっ……」と喘ぎながら身を固くしている。

烈核解放は心の力。リンズの血が私の身体に溶け込んでいくにつれ彼女の想いも流れ込んでくる。

彼女は生きることを諦めてはいない。だから私は全力で応援してあげようと思った。

「コマリさん……」

「心配するな。すべて私に任せておけ」

口の端から血が垂れる。

戸惑いに揺れる紅色の瞳が私を見つめる。

そうして世界は再び虹色に染まっていった。

★

爆発的な魔力がほとばしった。

世界を変える虹色の奔流。その中心に立っているのは紅色の瞳を輝かせる吸血姫——テラコマリ・ガンデスブラッド。魔力に耐えきれなくなった宮殿の壁がミシミシと悲鳴をあげて崩れ落ちた。

震える大気に触発されて宮殿の木々がざわめいている。吸血鬼たちが子供のように飛び跳ねて「コマリン！　コマリン！　コマリン！」と絶叫し始めた。

テラコマリの周囲には虹色の衣が浮かび上がっていた。

天仙にも似た天女風の衣装――それを魔力によって表現しているのだろう。

「ネルザンピ。私はお前を許さない」

殺意のこもった視線を受けてネルザンピは苦笑する。

これだけは避けなければならないと思っていたのだ。

【孤紅の恤】には不明点が多い。

特に吸った血の持ち主によって能力が変わるという特性が攻略を難しくしていた。

吸血鬼の血を吸えば破格の魔力と身体能力が。蒼玉種の血を吸えば硬質な肉体が。翦劉種の血を吸えば刀剣を操る黄金の力が。和魂種の血を吸えば時間を加速させる異能が。

では神仙種の血がもたらす恤いはいかなるモノになるのだろうか？――どうせなら『天竺餐店』で会ったときに翦劉ではなく天仙の血を飲ませればよかったかと後悔する。

「そろそろ潮時か」

未知の相手に真正面から立ち向かうほどネルザンピは馬鹿ではなかった。いや能力の詳細はそれほど問題ではない。【孤紅の恤】に単身で挑むこと自体が愚かなのだった。

それに状況が悪すぎる。

ネルザンピの周囲には敵が多すぎた。

プロヘリヤ・ズタズタスキー。リオーナ・フラット。そして第七部隊の屈強な吸血鬼たち。さらに宮殿の外からは【童子曲学】から解放された人形たちが近づいてくる気配もあった。テラコマリの莫大な意志力によって洗脳が解けてしまったのだろう。

「覚悟しろ！　ネルザンピ！」

虹色の魔力をまとわせながらテラコマリが走り寄ってくる。

まるで子供が駆けっこをするような可愛らしい姿。宝璐に変換して自宅に飾りたいほど愛おしかった。しかし舐めてかかれば痛い目に遭うことは十分に承知していた。

「――ふふふ。マトモに戦うわけがないよね」

懐にしまっておいた魔法石を取り出す。

【転移】が封じ込められたものだ。

ここはいったん退くとしよう。天仙郷の魔核の正体が知れただけでも満足だ。掠め取る機会は後でいくらでも転がり込んでくるだろうから――ネルザンピは内心で邪悪に笑って魔法石に魔力を込めた。

「――？」

しかし【転移】は発動しなかった。

よく見れば魔法石に罅が入っている。回路がイカれているらしい。どれだけ魔力を注ぎ込んでも反応しなかった。先ほど天井の破片とぶつかって壊れたのかもしれない――

「馬鹿な……」

「反省しろ‼」

気づけば目前にテラコマリの拳が迫っていた。

避けることもできなかった。タイミングが完璧すぎたのだ。

魔力をまとった貧弱な一撃がネルザンピの顔面をしたたかに打った。

体勢が崩れる。しかも床にぶちまけられていたアイラン・リンズの血で足が滑った。ネルザンピは踏ん張ることもできずに独楽のようにすっ転んでしまった。

うおおおおおおおおおおおおっ‼　コマリン‼　コマリン‼　コマリン‼――鼓膜を破らんばかりのコマリンコールが紫禁宮にこだましている。

ネルザンピの身体が回転しながら吹っ飛んでいった。

先ほどしがみついたときはびくともしなかったのに。烈核解放によって魔力的な補助が働いているのだろうか？――そこまで考えたところでふと気づいた。

いつもより意識がクリアになっている。

というか部屋でのんびりしているときの私と全然変わらない。

私の身体からは明らかに【孤紅の恤】による虹色の魔力が溢れ出しているのに。

これが神仙種の力なのかもしれなかった。

「ふ……ふふふふ。驚かせてくれるねえガンデスブラッド将軍」

ネルザンピが額を押さえながらふらふらと立ち上がる。

瓦礫の角に頭をぶつけたらしい。彼女の顔は血で真っ赤に染まっていた。

「図らずして退路は断たれた。残りの宝璐弾も少ない。そして周りは敵ばかりの四面楚歌――涙が出るほど手厚い歓迎だね。私のような卑小な悪人には過ぎた光栄だよ」

「無駄な足掻き（あが）はやめろ！　お前はここで私が捕まえる！」

「やなこった」

ネルザンピが笑いながら銃弾を放ってきた。

私はリンズの手を引いて死に物狂いで回避した。あれを食らったら死んでしまうだろう。サクナの血を吸ったときみたいに身体が硬くなっているわけじゃないから。

「おわっ⁉」

「きゃっ――」

段差に躓（つまず）いて転倒してしまう。

その直後、私の頭上スレスレを輝く弾丸が通り過ぎていった。背後に佇（たたず）んでいた石柱に命中して爆音が鳴り響く。一瞬にして石柱は砕け散ってしまったらしい。

命拾いしたのを喜ぶ暇もなかった。

今度はネルザンピが忍者のような足取りで距離をつめてきた。

「しぶといね。ガンデスブラッド将軍」

彼女の手元には手品のようにナイフが出現していた。

神速の一撃が私の喉元に襲いかかる。

しかしリンズにグイッと腕を引っ張られて間一髪で回避することに成功した。

「どうしてそこまでアイラン・リンズに入れ込むんだい」

「リンズは私の友達だからだ！　それに私を頼ってくれた！　見捨てられるわけがないっ！」

「殊勝だねえ。あなたみたいな人間を仁者というのだろうねえ」

ナイフが今度は横から襲いかかった。

運良く尻餅をついたことで難を逃れる。しかもネルザンピが私の身体に躓いて前につんのめった。

このままでは潰されてしまう――咄嗟に立ち上がって逃げようとした瞬間。

「ぶごっ」

私の頭部がネルザンピの顔面に直撃したらしい。

彼女が鼻を押さえてよろよろと背後に後退する。指と指の隙間からぼたぼたと鼻血が溢れていた。

第七部隊の吸血鬼どもが「うおおおお!!　コマリン!!　コマリン!!」と絶叫する。いやこんなのただの偶然だろうが。

「ふ。ふふふ……なるほど。これは面白いね」

「何が面白いんだよっ！　私はお前のことを許さない！　ボコボコにしてやる！」

「コマリさん……！　無茶しないで！」

「リンズはそこで見ていろ！　私は最強の七紅天大将軍なんだ！　こんなわけのわからない卑怯者なんかに負けたりはしないッ！」

私は雄叫び（おたけ）をあげてネルザンピに殴りかかった。

普段の私なら絶対にこんなことはしない。しかしこのときの私は全能感に包まれていた。リンズを思えばどんな怪我も痛くはなかった。無謀な突撃に対しても恐怖がなかった。

何が何でもネルザンピを倒さなければならなかった。

「そんな子供じみた攻撃で――うぐっ⁉」

私の拳は何故かネルザンピの顎に突き刺さっていた。

再び歓声が巻き起こった。

遅れて気づく。ネルザンピの背後に巨大な石ころが落ちていたのだ。奇跡的に彼女の逃げ道を封じていたらしい。このチャンスを逃す手はなかった。

「お前は皆にひどいことばっかりしやがって！　何が魔核だよ！　何が宝璐だよ！　そんなモノのために他人を傷つけるなんて私が許さない！　反省しろ！　皆に謝れバカ‼」

ぽかぽかとネルザンピの身体に拳を叩きつける。

そのたびに「うおおおおお‼　コマリン‼　コマリン‼」と吸血鬼たちが絶叫する。

もはや何が何だかわからなかった。目の前の敵に対する怒りとか憎しみとかで我を失っていたのだ。戦闘ド素人の攻撃なんて通用するはずもなかったのに。

「――いい加減にしたまえ」

「うぐっ⁉」

ネルザンピがいきなり私の首を鷲掴みにした。

痛い。苦しい。でも虹色の魔力は収まっていない。まだ大丈夫。

「放せ……！　リンズは私が助けるんだ……！」

「戯言を抜かすな。そういう優しさは毒でしかないんだよ。あなたはリンズ殿下が苦しみに喘いでいるのを知っているだろう。もう死ぬしかないのは知っているだろう。なまじ希望の光を見せると破滅したときの絶望が大きくなるだけだ」

「破滅なんてさせないッ！　私が病気をなんとかするからッ！」

「学習しないねえ。その身勝手な正義感がメアリ・フラグメントみたいな人間を生み出すというのに。あなたは自分の行動に責任が取れるのかい。取れないだろう」

「取るに決まってるだろうが‼」

「そうか。あなたは私や夕星よりもタチが悪いね」

ネルザンピは私の身体を勢いよく放り投げた。床に背中を叩きつけられて一瞬だけ意識が飛ぶ。

しかし打ちどころが良かったのか大したダメージはなかった。

リンズが悲痛な声で私の名前を呼んだ。誰かが「閣下危ないッ！」と叫んだ。

ネルザンピが銃口をこちらに向けていることに気づく。

「おしまいだ。安らかに死にたまえ――」

「わははははは！　敵はテラコマリだけじゃないぞッ！」

その瞬間である。

これまで黙って見ていたプロヘリヤが銃弾をぶっ放した。

ネルザンピは舌打ちをして何かの魔法を発動。彼女の右手が淡い光を発した。そうしてそのまま拳を振るい――あろうことか素手で弾丸を弾き飛ばしてしまった。

「なっ……」

「通常魔力の弾丸なんて効かないさ」

プロヘリヤが驚いたように硬直する。その隙を狙ってネルザンピがナイフを投擲した。プロヘリヤが危ない！――そう思って駆け出した瞬間のことである。何故かナイフは天井から落ちてきた瓦礫によって床に押し潰されてしまった。

「馬鹿な……」

「軍機大臣っ！　余所見している余裕はあるの⁉」

今度は上空からリオーナが流星のような蹴りを放った。ネルザンピは咄嗟に避けることができなかった。彼女が立っている床がぐらりと傾いたのだ。先ほど瓦礫が落ちてきた衝撃で床が抜けたらしい――猫耳少女の蹴りはいとも簡単に敵の頭部に炸裂していた。

ネルザンピの身体が吹っ飛んでいく。

吹っ飛んでいった先には運悪く第七部隊の吸血鬼たちが待ち構えていた。

「くたばれ」

ベリウスが斧を振り回した。

ネルザンピは【障壁】の魔法を発動。斧と魔力の壁が衝突してすさまじい衝撃が宮殿を揺るがした。しかしそれで彼女の動きは止められてしまった。他の吸血鬼たちが武器を構えてネルザンピに殺到する。

「死ねやオラァ――――ッ!!」

「ヒャハハハ!!　オネンネの時間だぜお嬢ちゃんよォ――――ッ!!」

明らかに殺される側の台詞である。

ネルザンピは銃を構えて応戦しようとした。

ぱんっ!!――宝璐の弾丸が吸血鬼たちに襲いかかる。しかし命中することはなかった。やつらが適当にぶっ放しまくっていた魔弾と衝突したのである。恐るべき偶然。そして偶然は重なった。ちょうど銃弾が尽きたらしい。引き金を引いてもカチカチと音が鳴るだけ。ネルザンピは舌打ちをしながら【召喚】で新しい宝璐を取り出そうとした。

しかし何もかもが遅かった。

「イエーッ！　爆死しろ」

メラコンシーの放った爆発魔法が宝璐を爆散させた。

死人のような表情が微かに歪む。吸血鬼たちが雄叫びとともに剣だのハンマーだのを振りかざした。ネルザンピはバックステップで回避しようとして――できなかった。

虚空から現れた〝手首〟が彼女の足首をがっしりと摑んでいたのである。

「――おや軍機大臣。逃げるのは感心しませんねえ」

カオステルだった。

カオステルが遠隔から自分の両腕だけを【転移】させたのだ。

そうしてネルザンピが初めて苦悶の声を漏らした。

「おいおい。これはいくらなんでも酷すぎやしないかね？　大勢で寄ってたかって一人を痛めつけるなんて――」

「関係ありませんねえ！　あなたはコマリ隊に喧嘩を売った大罪人なのですから」

「そうだそうだ愚か者がァ――――ッ!!」

「閣下に盾突いたことを後悔しながら死んでいきやがれェ――――――――ッ!!」

第七部隊のやつらが容赦なく攻撃を放った。

無数の斬撃が妨げられることなく命中して血飛沫が舞った。

ネルザンピはそのまま背後に吹っ飛ばされていった。

ごろごろと床を転がる。やがて瓦礫の山に後頭部を強打して停止する。

それがトリガーとなったのだろう——その瓦礫の山が音を立てて崩れ始めた。ネルザンピは大慌てで立ち上がる。しかしまたしても血で滑って転んでしまう。

「待て……卑怯すぎるだろう……こんなものは……」

ネルザンピが呆然とした様子で崩れゆく瓦礫の山を見上げていた。

彼女は結局抵抗することができなかった。蛇に睨まれた蛙のような有様。

やがて——ずどどどどど‼　と地鳴りのような衝撃が辺りに響き渡った。

そうして黒い女の姿は倒壊する石材に押し流されて見えなくなってしまった。

プロヘリヤが「退避だ退避！」と叫んで後退する。

私もリンズの手を引いてその場から離脱した。倒壊は瓦礫の山だけにとどまらなかった。まるで波紋のように破壊は連鎖していった。今度はボロボロになっていた紫禁宮そのものが壮絶な音を立てて崩れ始める。

「コマリさんっ……！」

「いったん外に出るぞ！　おいお前らも逃げろ！　巻き込まれたいのか⁉」

第七部隊の吸血鬼たちがコマリンコールを絶叫しながら宮殿から飛び出していく。私は痛みを堪えながら全力で足を動かした。これで決着はついただろう。さすがに宮殿の残骸に押し潰されてしまえばネルザンピだって無事ではすまない――

そのときだった。

リンズが何かに気づいたように目を丸くした。

「待って。魔力が」

「どうした⁉　歩けないなら私が背負っていくから……」

「違うの。下で……何かが動いてる」

「え……？」

リンズが私にしがみついてきた。

何が何だかわからないうちに地面に押し倒されてしまった。

気づけばプロヘリヤやリオーナも青ざめて立ち尽くしている。カオステルやメラコンシーあたりも珍しく狼狽しているようだった。いったい何が起きたのだろう――不思議に思いながらも身動きが取れずにいたとき。

世界を揺るがす衝撃がほとばしった。

視界が一気に漂白されていく。

★

立つ鳥跡を濁さず。

天仙郷の魔核を回収した後はすべての痕跡を削除しようと思っていた。

ゆえにネルザンピは仕掛けを施しておいたのだ。紫禁宮の地下に埋めておいた魔力爆弾――これさえ起動させてしまえば自分が軍機大臣として活動した記録はほとんど消える。そして愛蘭朝は衰退して夕星の天下となるはずだった。

「ふふふ……出し惜しみをしている場合ではないね……」

瓦礫に埋まりながらネルザンピは呟く。

全身傷だらけ。これほどのダメージを負ったのは何年ぶりだろうか。油断していたことは否めない――しかしここで無様に敗北を認めるほどローシャ・ネルザンピは潔くはなかった。

テラコマリ・ガンデスブラッドの能力はなんとなくわかった。

あれを打破するのに必要な武器はありったけの〝不幸〟だ。

ならば魔力爆弾を作動させるしかなかった。

「葬儀は誰かがやってくれるだろう。死にたまえガンデスブラッド将軍」

ネルザンピは懐から通信用鉱石を取り出した。

信管に魔力を送るためのブツだ。こちらは先ほどの魔法石のように壊れてはいなかった。最後の最後で天は自分に味方したらしい――ネルザンピは己の悪運を讃えながら静かに魔力を込めた。

地下で何かが動く気配がした。

そうして紫禁宮は魔力の炎に包まれた。

★

一瞬だけ意識を失っていたらしかった。

痛みに叩き起こされる。苦悶に喘ぎながらゆっくりと目を開けた。

最初に見えたのは漠々(ばくばく)とした夕闇(ゆうやみ)の空。すでに太陽は地平線に沈んでしまっている。紫色の空には輝く星々が顔をのぞかせていた。

なんてきれいなのだろう。

天仙郷の夕空はムルナイトよりも澄んでいるように感じられた。

「コマリ……さん……よかった……」

かたわらで声が聞こえた。私はバネで弾かれたように起き上がった。

すぐそこに緑色の少女が倒れていたのだ。

「リンズ⁉　だいじょう」

ぶ――――とは続かなかった。

服は元のデザインもわからないほどにボロボロ。身体のあらゆる部位に痛ましい傷がついていた。

それでいて胸に突き刺さった魔核だけが存在感を主張している。どうやらまだ壊れていないらしい。

リンズの命を栄養にしながらまだ生きているらしい。

リンズが「げほっ」と血を吐いた。

かすかに笑いながら言葉を絞り出す。

「よかった。コマリさんは……無事だったみたいだね」

何が起きたのか今さら理解した。

宮殿には爆弾が仕掛けられていた。ネルザンピがそれを爆発させたのだろう。辺りは見るも無惨な更地と化していた。仲間たちが呻き声をあげながら地に伏している。あらゆるところで滾々と血が溢れている。

頭がどうにかなりそうだった。

絶叫して現実逃避をしたくなった。

これは幻に違いない。引きこもり時代に見ていた悪夢の続きに違いない。

しかしリンズが「だいじょうぶ」と私の手を握ってくれた。

「みんな無事。魔核のあるところへ行けば……助かる」

「リンズ……リンズ……！」

「私以外は……みんな無事だから。コマリさんの烈核解放は……たぶん……そういう力」

何が「私以外」だ。リンズが助からなければ意味がないじゃないか。

この子は私を庇ってくれたのだろう。でなければ私がこれほど軽傷であることの説明がつかない。

私が助けてあげるはずだったのに——逆に助けられてしまったのだ。

「リンズ……ごめん……私は……」

「泣かないで。コマリさんを助けられてよかった」

「そんなこと言うなよ……お前だって助かるんだ……病気だって治るんだ……」

「ううん。いい」

リンズが無理な笑みを浮かべた。

それは目を背けたくなるほど痛々しい笑顔だった。

「コマリさんが助かれば。それでいいから」

ああ。私は。

「コマリさんは。私の好きな人だから」

私はなんて愚かなのだろう。

ヴィルのときも。サクナのときも。ネリアのときも。カルラのときも。モニクのときも。

私はただただ我武者羅に走ってきた。

そうすれば何とかなるだろうと思っていた。

心の奥底では努力は報われるものだと思っていた。

烈核解放さえ発動すればなんとかなると思い込んでいた。

「コマリさんは……私に力を貸してくれた。ボロボロになってまで助けてくれた」

「おい……リンズ……」

「私を友達だって言ってくれた……こんな卑怯な小物に。……本当は、友達じゃなくて、コマリさんのお嫁さんがよかったんだけどね……」

温もりが消えていく。

リンズの身体から力が抜けていく。

紅色の涙が彼女の瞳からこぼれていく。

「だから。私はコマリさんを助けられただけで満足」

「ま……満足するなよ……これからもっと楽しいことがあるから……リンズは普通の女の子みたいに生きるんだろ……諦めるなよ……」

「ううん」

「諦めるなって!!　クーヤ先生のところへ行こう!!　大丈夫だ……私がおんぶして連れていってあげるから……」

そうして私は愕然とした。

彼女の瞳の色が変わっている。

それまでの鮮やかな紅色が少しだけ薄くなっていたのだ。

これがもともとのアイラン・リンズの姿に違いなかった。

「大丈夫。私のことなんて気にしないで」

彼女の胸元の刀にピシリと罅が入った。

魔核が壊れ始めている。烈核解放を維持する力も残っていないのだ。

「何言ってるんだよ……」

「コマリさんは他の困っている人のために力を使ってあげて」

「そんな……そんなこと言うなよ……リンズは私が護るから……普通に生きられるように協力するから……だからそんなこと言うなよ……」

「気持ちだけで十分。でも……普通に生きるのって……難しいんだなあ」

「――――――」

結局、私は何の覚悟もない引きこもり吸血姫だったのだ。

他人を救えるだけの力はない。

お母さんの言いつけも守れない。

世界を変えることなんてできやしない。

自分のてのひらから零れ落ちていく命を拾い上げることもできない。

何が七紅天大将軍だ。何が世界を救った英雄だ。

普通の少女一人すら救えないロクでなしの小物じゃないか。

「ありがとうコマリさん」

リンズは笑う。

笑いながら別れの言葉を口にした。

「短い間だったけど、楽しかった」

ぱんっ。

風船が破裂するような音が聞こえた。

いつの間にかリンズの服の内側から血が溢れていた。

どくどくと広がる赤が私のスカートを汚していく。

リンズはぐったりとしたまま動かない。

壊れた人形のように沈黙したまま動かない。

「――めでたしめでたし。やっと担い手の役目から解放されたようだねぇ」

背後で死神が笑っている。

心が死んでいくのを感じる。

かわりにゾワゾワとした得体の知れない感情が湧き上がってくる。

私は振り返る。

ローシャ・ネルザンピが銃を構えて立っていた。

やつは火のついたタバコを咥えながら満足そうに笑みを浮かべていた。

何が起きたのかは死にかけの心でも十分に理解できた。

こいつはリンズの夢を奪った。身分に囚われることなく普通の生活を送りたい――たったそれだけの細やかな願いを、少しの慈悲もなく破壊した。

アイラン・リンズから全てを奪っていった。

「おいおいガンデスブラッド将軍。勘違いしてもらっちゃあ困るね。リンズ殿下に助かる見込みなんてなかった。私が手を下さなくてもいずれくたばっていただろうよ」

「…………」

「何度も言ってるじゃないか。下手に苦しませるよりも早々に引導を渡してやったほうがリンズ殿下のためだ。だって彼女は苦しそうだったよねえ」

「…………」

「現実とは得てしてロクでもないものだ。天命は残酷なんだよ。足掻くよりも流れに身を任せるほうが気楽でいい。まるで水が上から下に流れ落ちるようにね」

「…………」

「どいてくれたまえガンデスブラッド将軍。その死体から魔核を抜かなきゃならないんだ。見たところ骨に固定されているようだねえ。これはまさに骨を折るような仕事だ」

くつくつとネルザンピが笑う。

何がおかしいのかわからない。

理性も理屈もなかった。この女がリンズを殺した――その事実だけで十分だった。

私は本当に何もできないダメダメ吸血鬼だ。結局リンズを救うことはできなかった。

でもこいつを止めなければならない。

これ以上悲しむ人を増やしてはならない。

「……とまれ」

魔力が弾ける。意志力が燃える。

私はいつの間にか立ち上がっていた。

「ねるざんぴ」

「ん？　まだやるのか？　あなたの運は尽きてしまっただろうに――」

ごうっ‼――と嵐のような魔力が吹き荒れた。

虹色の衣が私の身体にまとわりつく。

夕空が切り裂かれて五色の柱が天に向かって伸びていく。

私は震える大地を踏みしめながら目の前の黒い女を睨みつけていた。

「ゆるさない」

「ッ――」

一瞬だけネルザンピが怯んだ。

そうだ。一撃でいい。いちげきでケリをつける。りんずの夢をうばったやつはゆるせない。わたしがおしおきしてやる。いちどあやまったくらいじゃだめ。こいつはうそをつくから。こころのそこからざんげさせてやらなければいけない。

「おい……まさか」

「ふっとべ」

天仙郷では天子が誕生すると五色の柱が天を貫くという伝説があった。

目の前の壮絶な光景はまさにその伝説の再現に他ならなかった。

夕空の向こう側から夜の光が差し込んでくる。

ぽつぽつと雨が髪を濡らした。

否——これは雨ではない。天子の徳を称(たた)えて降り注ぐといわれる瑞兆(ずいちょう)〝甘露(かんろ)〟。

甘く滑(なめ)らかな液体が血の跡を洗い流していく。世界を浄化していく。京師の人々が天にかかった虹を見上げて歓声をあげている。

「……まだ運が残っていたか。しぶとい吸血鬼だ」

ネルザンピは舌打ち交じりに呟いた。

神仙種は長命な種族だ。

特殊な呼吸法によって他の種族の三倍に満たない程度の時間を生きることができる。そんな摑みどころのない特徴をどう表現するのか不思議に思っていたが——まさか運を操作することによって疑似的な長命を演出するとは予想外だった。

千年に一度と謳われる究極の列核解放・【孤紅の恤】。神仙の血によって実現された奇跡の異能は、運命を操り天意を我が物とする秀色神彩の絶対奥義。

「なるほどね。合点がいったよ」

虹色の【孤紅の恤】は幸運の衣をまとう力なのだろう。

魔力が爆発するのは衣の〝始まり〟と〝終わり〟の合図に他ならない。

発動した瞬間に世界が虹色に染まって衣を形成する。それから正気を取り戻してしばらく幸運が続く（この状態はおそらく列核解放を発動していない〝通常状態〟なのだろう――何故なら彼女はこのタイミングで黄金の【孤紅の恤】を発動していたからだ）。そして降りかかる悪運が許容範囲を超えると衣が解れ、再び世界が虹色に染まって〝最後の幸運〟が発動する。

彼女は天仙郷に来るときに神仙種の血を摂取したと思われる。ゆえに京師の観光や華燭戦争の間は常軌を逸した幸運に見舞われていたはずだ。そのあと紫禁宮でネルザンピに撃たれた時点で悪運を受け止めきれずに衣が破壊され、〝最後の幸運〟が解き放たれた。不自然な瓦礫の落下によって銃弾が防がれたのはこのためである。

だが先ほどアイラン・リンズの血を吸って再び【孤紅の恤】を発動。運に後押しされてネルザンピを傷だらけにしたはいい――しかし最後の最後で地雷が爆発して幸運が尽きる。

そして現在、終わりを告げる魔力が爆発していた。

つまりこれから〝最後の幸運〟、天命を捻じ曲げる超弩級の何かが訪れるのだろう。

テラコマリがゆっくりと手をかざした。

しかしネルザンピには理解できなかった。大爆発によって焼け野原となった紫禁宮。ネルザンピとテラコマリの周囲に大した障害物は見受けられない。

この更地で盤面を引っ繰り返すほどの幸運を引き寄せるのは不可能のはずだった。

「ふふふ。ケリをつけようじゃないか」

ネルザンピは銃に宝璐を装塡する。ネリア・カニンガムから作り出した秘蔵の一品だ。

こちらも爆発で傷だらけ。はやく魔核を回収して休みたいところだ——そんなふうに考えながら銃口を持ち上げた瞬間。

不意に何かが近づいてくる気配がした。

人ではない。魔法でもない。攻撃ですらなかった。

「いんせき」

テラコマリが殺意のこもった呟きを漏らす。

ネルザンピはぎょっとして天を仰いだ。

虹色の空を切り裂くようにして何かが急接近してくるのだ。

「————ッ?!」

星が。

星が堕ちてくる。

きらめく虹の空を背景にして巨大な隕石が降ってくる。

空気が割れる。誰かが悲鳴をあげる。

光の粒子がばらまかれてバチバチと壮絶な摩擦音が鳴り響いている。

天網恢恢疎にして漏らさず――あれは地上の大悪を打ち滅ぼすべく天が与えた罰に他ならなかった。

「ぐっ……」

大地を舐めるような突風が巻き起こった。

周囲に落ちていた瓦礫が紙屑のように吹っ飛んでいく。

意識を取り戻した吸血鬼たちが呆けたように天を見上げて「ああ」と呟いた。

ネルザンピは動けなかった。

身が竦んで手足に力が入らなかった。

「これが」

口からタバコがぽろりと落ちる。

「これが……天命なのか……いや……天命すら捻じ曲げるのか……お前はどこまで強大な意志を持っているんだ……」

「つぶれろ」

テラコマリが無慈悲な宣告を放った。

隕石は黒い悪人に狙いを定めて急降下した。衝撃波で身体が吹っ飛びそうになる。遮二無二宝璐弾で迎撃するが意味はなかった。こんなものを受け止めることはできない。このままでは死んでしまう――そういう恐怖の感情を抱くよりも早かった。

隕石が圧しかかってきた。

「う――ぐお、」

鼓膜が破れて音が感じられなくなる。全身の骨がひしゃげて痛みすら感じなくなる。それでもネルザンピは諦めずに抵抗をしていた。しかし何をしても意味はなかった。意味がなくなるように天命を操作されていた。ネルザンピは声にもならない声で仇敵の名前を叫びながら意識を剝ぎ取られていった。

激甚なる衝撃。

夭仙郷に虹色の光が満ちていく。

★

どれだけ頑張っても運命を覆せないことはあった。

私は調子に乗っていたのかもしれない。

世界を救った英雄。殺戮の覇者。最強の七紅天大将軍。

そんな仰々しい二つ名をつけてもらう価値もない。助けたい人も満足に助けられないダメダメ将軍に誰がついてきてくれるのだろうか。

「リンズ……」

隕石によってボロボロになった宮殿のど真ん中。

私は地面に横たわるリンズを見つめながら泣いていた。

緑色の少女は安らかな表情を浮かべていた。

しかし顔色は真っ白。身体はだらんとしており動くことはない。胸からは未だに血が溢れていた。

この少女は——ネルザンピの弾丸によって命を散らされてしまったのだ。

私は彼女の髪に触れてみた。

もう敵はいなくなったのに。

リンズを苦しめるやつはどこにもいないのに。

「目を覚ましてよ……」

彼女の瞳が再び開かれることはなかった。

脳裏に再生されるのはアイラン・リンズと過ごした短い日々だった。驚くべきほどに接点はなかった。それでも彼女が普通の女の子らしい優しい心を持っていることを知れた。

京師のデート。華燭戦争。ウエディングドレスを着たリンズ。普通に生きたいと吐露する姿

——どれも私の頭に焼きついて消えない。

なんて理不尽なのだろう。

リンズは普通の少女だった。こういう子が運命に弄ばれて喪われていく世界なんて壊れてしまえばいい——絶望しながら嗚咽を漏らしていたときのことである。

「ひどい有様だな。星砦のやつらは手加減というモノを知らない」

背後に誰かが立っていた。

ひらひらとした和装。刃物のように鋭い視線。

カルラのお兄さん——アマツ・カクメイがいた。

彼はゆっくりと私のほうに近づいてくる。

「大丈夫か。はやくムルナイトか核領域に戻ったほうがいいぞ」

「何を……しに来たの……」

「ただの確認だ。おひい様に言われてな」

おひい様って誰だろう。

そこで私はふと気づいた。

カルラなら。

時間を巻き戻せるアマツ・カルラならリンズを助けることもできるんじゃないのか？——しかしアマツは私の思いつきを否定するように首を振るのだった。

「【逆巻の玉響】は時間を巻き戻すだけだ。アイラン・リンズの病気が治るわけじゃない。その少女は生まれたときから魔核の呪いに蝕まれていた――つまり時間の操作では死の運命を捻じ曲げることはできない」

「でも……」

「それとも呪いが発生するよりも前に時間を遡らせる気か？　六百年も巻き戻したらカルラのほうが死んでしまうぞ。そんなことは俺が許さない」

「…………」

八方塞がりだった。

深い絶望が心を包み込んでいく。

「アイラン・リンズを助けられなくて悔しいか」

「あ……あた……」

私は涙をこぼしながら叫んだ。

「当たり……前だろ……！　リンズは助かるべきだったんだ……こんなのってないよ……」

「初めての挫折というわけか……だが挫折を味わっておくのは重要だ」

アマツは天を仰ぐ。

すでに夜の帳が下りつつあった。

「お前は今まで上手くいきすぎていたのだ。失う恐怖を知ってこそ人は強くなれる」

「ッ……!!」

頭に血がのぼって拳を握りしめた。しかしすぐに全身から力が抜けていった。何かを言い返す気力も残っていなかったのだ。

アマツが不快そうに溜息を吐いて言った。

「少し効きすぎたか。そんな調子では夕星とも神殺しの邪悪とも渡り合うことはできない」

「………」

「安心しろ、ミス・ガンデスブラッド。お前の意志力はお前自身が思っている以上に素晴らしいものだったらしい」

え？――と私は顔をあげる。

アマツは相変わらずの仏頂面だった。

「お前のペンダントに血がついている」

私は言われるままに自分の胸元を見下ろした。

お母さんからもらったペンダントが真っ赤に染まっていた。

リンズの吐き出した血がこびりついているのだ。

「さあ核領域へ向かえ。アイラン・リンズは歴史に名を残すような人間ではない――つまり生かしておく価値はそれほどない一般人だが、お前の心を回復させるためには必要なことだ」

「どういうこと……？」

「行けばわかる。その小娘はまだ助かるということだ」

脳味噌をかき混ぜられたような気分だった。

硬直する私に向かってアマツが魔法石を差し出してきた。すでに閉じ込められた魔法が発動しかけているらしい。これはおそらく【転移】だろう——眩(まばゆ)い光が溢れて私とリンズの身体を包み込んでいく。

核領域へ行けば助かる。

それが意味するのは——つまり、

「アマツ……！」

私は鼓動が速まるのを感じながら顔をあげた。

しかし彼の姿は忽然(こつぜん)と消えていた。

視界が光に包まれていった。アマツの言う通りにしようと思った。私は冷たくなりつつあるリンズの身体を抱きしめた。涙を拭いながら「大丈夫。大丈夫」と祈るように呟く。間もなく私とリンズは核領域へと転送されていった。

★

アイラン・リンズは何の覚悟もない一般人だった。

天子の器ではない。それどころか公主や将軍の器ですらない。

市井で暮らしている普通の女の子のような生涯を送りたいと思っていた。

でも愛蘭朝の呪いに縛られて身動きがとれなかった。自分はこのまま国のために死んでいくのだろう――不老不死の仙薬を求めながらも心の奥底では諦めていた。

欠如した意志力。人を導くに相応しくない脆弱な心。

テラコマリ・ガンデスブラッドはこんな意気地なしに真摯に向き合ってくれた。

あの吸血鬼と過ごした時間は楽しかった。どうしようもない人生だったけれど――最後の最後であの人の盾になることができたのは嬉しかった。

これでもう悔いはない。

コマリさんのことは草葉の陰から見守ることにしよう。

でも――やっぱり。

もう少しだけ生きていたかったなあ。

「メイファ……コマリさん……お父様……ごめんなさい……」

目頭が熱くなってくる。リンズは涙をこぼしていた。仕方のないことだった。誰だって死ぬのは怖いのだから――だが何かがおかしいことに気づいた。

どうして自分は泣くことができるのだろう。

死ねば人間は霊魂だけになって現世に留まる。

肉体を失っても涙をこぼせる理屈があるのだろうか。

「――――――!」

誰かに名前を呼ばれたような気がした。

かすかな光が見えた。

夕闇に沈んだ世界の中で星のように輝く光。

「――――!　――――!」

一人だけじゃない。複数の人間がアイラン・リンズの名前を呼んでいる。

リンズは凝り固まった身体をゆっくりと動かす。

光に向かって手を伸ばしていく――その瞬間である。

「リンズ!!　目が覚めたんだな!?」

「え……?」

誰かに手をつかまれていた。

リンズは驚愕して目を見開いた。

そうして視界に飛び込んできたのは感極まったように涙を浮かべるテラコマリ・ガンデスブラッドの顔だった。彼女はわんわん泣きながらリンズの手を握りしめていた。

「よかった……よかった……!　死んじゃったかと思った……!」

「リンズ大丈夫か!?　どこか痛いところはないか!?」

「コマリさん？　メイファ……？　それに皆も……」

自分は死体安置所に寝かされていたらしい。

病室には見知った顔が大勢いた。テラコマリ・ガンデスブラッド。リャン・メイファ。ヴィルヘイズ。エステル・クレール。サクナ・メモワール。ネリア・カニンガム。ガートルード・レインズワース。プロヘリヤ・ズタズタスキーやリオーナ・フラットまで勢揃いだった。

しかも彼女たちは一様に安堵(あんど)の溜息を漏らしているのだ。

状況が呑み込めなかった。自分は殺されたのではなかったのか。

メイファが涙をゴシゴシと拭って言った。

「すまないリンズ。僕はリンズの従者だったのに……すぐ駆けつけるべきだったのに……そのせいで辛(つら)い思いをさせてしまった……」

「どういうこと？——　いたっ」

上半身を起こそうとした瞬間、脇腹に激痛が走った。

リンズはそのままベッドにひっくり返ってしまう。コマリが「はやくクーヤ先生を呼んでくれ‼」と大慌てできょろきょろ辺りを見渡した。メイファにいたっては「死なないでくれリンズ‼」とこの世の終わりのような顔をして絶叫していた。

「リンズ殿。無理はしないでください」

メイドのヴィルヘイズが窘(たしな)めるように言う。

「えっと……無理はしてないよ。ちょっと痛んだだけ」

「痛むのは当然のことですね。あなたはネルザンピの神具でお腹を撃ち抜かれたのです。幸運にも致命傷にはなりませんでしたが」

「そうなんだよ！　私と一緒に買った綺仙石があるだろ？　あれが銃弾を受け止めてリンズを助けてくれたんだ」

コマリが粉々に砕け散った石の破片を寄越してくれた。

それでもリンズにはわからないことだらけだった。どうして自分は助かったのか。ネルザンピはどうなったのか。そして何より——今まで常につきまとっていた病による倦怠感が綺麗サッパリなくなっているのはどういうことなのだろう？

「コマリさん……私……」

「細かいことはどうでもいいっ！」

いきなりコマリが抱き着いてきた。リンズは心臓がどきどきするのを自覚しながら彼女の温もりを味わう。ふわりといいにおいがして頭がくらくらする。コマリは「よかった……よかった……」と何度も呪文のように唱えていた。

「本当によかった。リンズの病気は治ったんだよ。これからだんだん回復していくんだ」

「治ったの……？　そういえば魔核は……？」

「魔核はそこにあります。あと一週間ほどで壊れてしまうらしいですね」

ヴィルヘイズがベッド脇のテーブルに視線を向けた。

財布を放置するような軽い感じで天仙郷の魔核・《柳華刀》が置いてあった。

びっくりして自分の胸元に意識を向ける。コマリの胸と密着している部分――この体勢ならば骨に響くようなゴリゴリとした金属の感触があるはずだった。しかし今は何もなかった。じかにコマリの柔らかさを感じることができる。身体が軽い気がするのは魔核が抜けてしまったからなのだろう。

コマリが泣きながらぎゅーっとしがみついてくる。

「もう大丈夫だ。これからは何も心配しなくていい」

「うん……」

リンズは頰を染めてジッとしていた。

涙が滝のように溢れてコマリの服にこぼれ落ちる。

彼女の優しさが心の奥底までじんわりと沁み込んでいった。

もちろんコマリだけじゃない。ここにいる人たちは皆リンズのことを心配してくれていたのだ。

胸がいっぱいになって――同時に罪悪感も湧き上がってきた。

「ごめんね。私なんかのために……私はコマリさんに助けてもらう価値もない小物なのに」

「謝る必要はないよ。リンズは小物なんかじゃない。命を懸けて私を助けてくれたスゴイ人じゃないか」

「っ……」

「だから自分を卑下しないでくれ。お前は本当にえらい。私なんかとは比べものにならないほど綺麗な心を持っているんだ。そんなリンズの夢は叶うべきだと私は思う」

静かにコマリが離れていった。

屈託のない笑みがすぐそこにあった。

「今までは辛いことばかりだったかもしれないけど、これからリンズは自由に生きればいいんだ。将軍とか公主とか天子とか関係ない。やりたいことをやっていいんだよ」

「えっと……？」

「僕が話をつけておいたんだ」

メイファが申し訳なさそうに言った。

「僕はこれまでリンズの気持ちを尊重してやれなかった。本当にすまなかったと思っている。今さらだが――僕が天子を殴って説得しておいたんだ。リンズに無理をさせるな、やりたいようにさせてやれって」

「殴ったの……？」

「いやまあ。あれだ。対話がメインだった。とにかく天子も納得してくれたんだ。リンズはもう愛蘭朝の呪いに囚われることはない。天子も言っていたよ――『今まで無理強いをして悪かった』ってね。自分で直接伝えろって話だけど……」

「…………」

刃が抜けて軽くなった胸に爽やかな風が吹き抜けていった。

そうして零れる涙の量がぶわっと倍増した。

コマリたちが「大丈夫か⁉」と心配そうに声をかけてくれる。

リンズは激情をこらえることができずに顔を伏せた。

しばらく深呼吸をすると落ち着きが戻ってくる。

同時に温かいモノも込み上げてきた。

「……ありがとう。みんな」

リンズはぎこちなく笑ってお礼を言った。

コマリたちも無邪気な笑顔を返してくれた。

ネリアが「回復祝いにパーティーでも開きましょう！」と手を叩いた。

プロヘリヤが「ではさっそく料理を準備しようじゃないか」と何故か銃を構えた。

「待ってください。リンズ殿は完全回復したわけではありません」「祝い事は思いついたときにするのが一番よ！　ねえガートルード！」「え？　はい！　ネリア様の言う通りです！」「このメイド適当なこと言ってますね」「せっかくなら私が白極連邦の料理を振る舞ってやろう！　猫のもつ鍋だ」「にゃっ⁉　何だその料理⁉　あんまりふざけてると引っ掻き殺すよ⁉」「わははは！　やれるものならやってみろぉ！」「おい突然戦い始めるな‼　死ぬだろ私が‼」「コマリ様も参戦しましょう。負けたら鍋の具です」「嫌に決まってるだろ‼」「大丈夫ですっ！　閣下は私がお守りしますからっ！」「じゃあ私もコマリさんを守りますっ！」「二人してポイント稼ぎとはせこいですね。私は猫の肉を獲得するために大活躍します」「大活躍すんなこらあああ‼」「ここは病室だぞ！　リンズの傷に響いたらどうするんだ！」『メイファの言う通りだよ反省しろお前ら‼』――

わけがわからない。

しかし大騒ぎを始める仲間たちの姿を見てリンズは万感の思いを抱いた。

ああ。私はなんて幸せ者なのだろう。

今まではにっちもさっちもいかない自分の境遇を嘆いていた。でも全然不幸ではなかったのだ。だってアイラン・リンズのことを支えてくれる人はこんなにいるのだから。

コマリが「まったく」と溜息を吐いてリンズのほうに向き直った。

「……ごめんなリンズ。こいつらもべつに本気でバトルを始めるつもりじゃないんだ。ちょっとしたじゃれ合いだよ」

「ううん。楽しいからいいよ」

「そ、そう？　だったらいいけど……」

コマリが心配そうにリンズを見つめていた。

無限大の優しさに満ち溢れた眼差し。この恩は絶対に返さなければいけないな――そんなふうに決意しながらリンズは心からの微笑みを浮かべるのだった。

（おわり）

【0】えぴろーぐ

六国新聞　3月23日　朝刊

『ガンデスブラッド閣下　天子即位へ

天仙郷天子陛下は22日、ムルナイト帝国七紅天大将軍テラコマリ・ガンデスブラッド閣下に天子の位を禅譲する詔勅を発表した。ガンデスブラッド氏は21日に行われた華燭戦争の勝者であり、かつ、ローシャ・ネルザンピ軍機大臣が引き起こした暴動を迅速に鎮圧した功労者でもある。「天仙郷の神仙種たちからの支持も厚く、天子として申し分ない。リンズのパートナーとして、また、私の後継者として、これ以上相応しい人材はいない」。天子陛下は記者会見の場でそう断言した。ガンデスブラッド氏は三度固辞してからこれを受諾。これによって王朝交代、〝易姓革命〟が成立したことになり、天仙郷は愛蘭朝からガンデスブラッド朝に切り替わることになる。ガンデスブラッド氏は前王朝の公主リンズ殿下を伴侶に迎え、新たな王朝の創始者となった。天仙郷各所では五色の虹柱が瑞兆として現れ、彼女の即位を祝福している。コマリン閣下の輝かしい前途に期待したい。』

※

「ふーん。面白いことになったわ！」

読み終わった新聞を放り捨てながらスピカ・ラ・ジェミニは笑う。

夭仙郷京師。メインストリートにたたずむ巨大な楼閣――地上五十メートルのカフェテラスで血液入りのコーヒーを優雅に舐める。

遠くで祝砲が放たれた。〝華の都〟はどこもかしこも賑やかだった。

これまで天子を務めてきたアイラン・イージュが引退するのだ。しかも後を引き継ぐのは吸血鬼の少女テラコマリ・ガンデスブラッド。もはや京師だけの騒ぎではなかった。六国の誰もが青天の霹靂のような出来事に仰天していることだろう。

「テラコマリはまた新しい国を味方に引き入れたってわけね。私たちも負けていられないと思わない？」

「勝ち負けの話じゃない。逆さ月は目的を達成できればそれでいいのだ」

「一理あるわね！　私のほうが勝ってるから何も心配いらないわ！」

「…………」

スピカの正面には和装の男が微妙な顔をして座っている。

アマツ・カクメイ。逆さ月の幹部〝朔月〟に名を連ねる和魂だった。

「それにしても夭仙郷はいい場所ね！　昔を思い出してしまうわ！　このへんって昔はものすごい戦場だったのよ？　あんたの三十代前のご先祖様が生きてたくらいの時代だけれど」

「ふん。六百歳児の言うことは違うな」

「そうそう！　私はあんたより六百歳も年上なのっ！　甘えたくなったらお姉さんに言いなさい？　頭を撫でてあげるわ」

「お姉さんというより老婆だろう――ゴフッ」

アマツは飲みかけたコーヒーを噴き出してしまった。げほげほと咳が漏れる。こぼれたコーヒーがテーブルクロスを濡らした。

スピカは満面の笑みを浮かべて「ひっかかったわね！」と叫ぶ。

「私の血を混ぜておいたの。やっぱりアマツも血が駄目なのね」

「血が駄目じゃない和魂はいない」

アマツはハンカチで口元を拭って溜息を吐いた。

「……で。おひい様は夭仙郷くんだりまで何しに来たんだ」

「星辰庁の調査をしに」

「グド・シーカイの悪事が許せなかったのか。意外に正義感が逞しいんだな」

「面白い冗談を言うわね。後で飴をあげるわ」

スピカは笑いながら【召喚】で何かを取り出した。ゴトリとテーブルの上に落ちたのは奇妙な物体である。それは巨大な腕輪……いや首輪だろうか。

一見すれば金属製のリング。藍色に輝く巨大な球体が六つ嵌っていた。

「なんだそれは。でかい数珠か？」

「こんなでかい数珠を握って経文を唱える僧侶がいるの？　いたら面白いわね！　会ってみたいわ――でも残念。これは星辰庁から盗んできた神具よ。一つ一つの球体は天球儀。星の運行を知るためのアーティファクト」

スピカは嬉しそうに一つの球体を撫でながら言葉を続けた。

「ねえ知ってる？　星辰庁の表の顔は〝星の運行を調査する組織〟。裏の顔は〝夢想楽園の続き〟。真の顔は〝宝璐を作るための工場〟。そして本来の顔は〝星の運行を調査する組織〟」

「戻ってきたな」

「万物の根本は円環よ――まあようするにグド・シーカイが中身を捻じ曲げちゃったのね。でも歴代の星辰大臣はちゃんと星の調査を続けてきたわ。そしてこの神具《夜天輪》を守護してきた。六百年ほど前からね。これは天仙郷どころか六国にとっても激レアなお宝なのよ」

「いったい何に使うんだ」

「天球儀の役目なんて決まってるでしょ？　恋人と夜空を眺めるときに星の名前が言えるよう練習しておくために使うのよ」

スピカはけらけらと笑う。相変わらず実のない戯言ばかりをほざく吸血姫だ。

六つの天球儀にはそれぞれ別の星座が刻まれているように見えた。

そして——アマツにとって見覚えがあるモノは二つだけ。

この世の夜空。そして常世の夜空。あとの四つは見たこともなかった。

「もうちょっと詳しく説明するとね、これは大いなる旅路に向けた地図なの。逆さ月の目的を達成するための道しるべ。リャン・メイファやネリア・カニンガムが星辰庁を暴いてくれたおかげで堂々と盗むことができたわ。グド・シーカイもローシャ・ネルザンピもテラコマリ・ガンデスブラッドもすべて私の掌の上だったの。彼らは自分が利用されたことも気づかず悲しんだり喜んだりしている——本当に可愛いわね！　血を吸ってしまいたいくらい」

「ネルザンピの組織には気をつけたほうがいいぜ。油断するとこちらが逆に利用される」

「そうそう。私が天仙郷に来たもう一つの理由は星のやつらに会うためだったのよ」

スピカがコーヒーに角砂糖を投入しながら言う。

「でも会えなかったわ。あの軍機大臣はムルナイト帝国に捕まっちゃったんでしょ？　もっかい帝都に侵攻するのは疲れるから諦めるしかないわね」

「ネルザンピ以外の気配はあったか」

「ないわ。夕星が浮かぶ方角を歩き回ってみたけど誰にも会えなかった。ここに来てたのはネルザンピだけみたい」

「おひい様。お前は星砦のことをどう思っているんだ」

「殺すべきよ！」

　スピカは声を弾ませて続けた。

「やつらは私の理想郷を破壊する悪者。すべての人間を滅ぼそうとしている。選ばれるべき心の綺麗(きれい)な者たち――〝引きこもり〟すら滅ぼそうとしているの！　もちろん私は殺人を否定しないわ。何かを成し遂げようと思ったら犠牲になる人間は必ず出てくるもの。だから人を殺す場合は対象をしっかり選別するべきなのよ！　でも星砦はそれを理解していない！　こんなやつらが跳梁跋扈(ちょうりょうばっこ)していたら私の悲願は達成されないわ」

「そうだな。それもそうだ」

「夕星本体は常世で私の箱庭を荒らしている。一刻も早く殺さなくちゃいけない。だから魔核(まかく)を壊して常世への扉を開く必要があるんだけど――ねえアマツ」

　スピカは試すような目つきで正面の男を見つめた。

「天仙郷の魔核の正体はわかったの？」

「わからなかった。愛蘭朝は巧妙に隠している」

「嘘(うそ)ね」

　再び祝砲が空に打ち上げられた。

　テラコマリ・ガンデスブラッドの即位を寿(ことほ)いでいるのだ。

「あんたの役割は天仙郷に潜入して魔核の秘密を探ること。アマツ・カクメイともあろう人間が尻尾すら摑めないわけがないでしょ？」

「買いかぶりすぎだ」

「正当な評価よ！　でもあんたってコソコソせこいことばっかりしてるわよね！　そんなだから
トリフォンに嫌われるのよ？　まー私はそういうスパイじみたキャラって好きだけど」

「…………」

「あんたを尾行して色々見させてもらったわ。天仙郷の魔核は壊れかけの柳葉刀。今はアイラン・

リンズの胸から引っこ抜かれているみたいね」

「……まさか」

「私は何もするつもりはないわよ？　わざわざ手を打つまでもないからね」

アマツの表情が曇っていく。対照的にスピカは星のように瞳を輝かせた。ポケットから取り出
した血液の飴を口に含みながら「さあて何が起きるかな～」と子供のように笑う。

神具《夜天輪》の星が彼女の心に呼応するかのごとく輝きを発していた。

☆

どうしてリンズは助かったのか。

一つ言えるのは「アイラン・リンズがムルナイト帝国の魔核に登録された」という事実である。

彼女の病気が核領域で回復していったのはムルナイトの魔核が魔力を供給してくれたからなのだ。よくよく考えてみれば一つの魔核は必ずしも一種族に対応しているわけではない。ベリウスだって犬なのに吸血鬼の魔核で何度も蘇っているのだから――まあ私にはその辺りの詳しい仕組みはよくわからなかった。とにかく奇跡に近いことが起きたのだ。そしてリンズの傷が回復したということは彼女の烈核解放が十年ぶりに収まったということも意味する。

【先王の導】の保護を失った魔核はどんどん崩れていった。

紫禁宮の夭仙の話によれば「あと一週間程度で完全に破壊されてしまう」とのこと。この一週間の猶予はリンズが十年烈核解放を発動し続けたことによって蓄積された貯金のようなものだったらしい。

だがこの貯金こそが天の恵みに他ならなかった。

リンズはこの一週間で病気をすべて完治させ――そうして再び担い手として【先王の導】を発動する道を選んだのだった。

「私にしかできないことだから。私がやらなくちゃいけないことだから」

魔核が失われるのは色々な意味でまずかった。天子をはじめとした夭仙郷上層部は複雑な表情をしていた。担い手の仕事を続ければ再びリンズの身体は病魔に侵される。そして何より彼女を再び縛りつけるのは可哀想だと誰もが思った。

しかしリンズは意外にも柔軟性を発揮した。

魔核を保持する役目以外では一切愛蘭朝の仕事には関わらない。リンズは自分のやりたいことを優先させる。

そして病気についてもそれほど悲観的になる必要はないと彼女は語った。一定期間【先王の導】を発動させて〝猶予〟が溜まるのを待つ。溜まったら烈核解放をやめてムルナイトの魔核でそれまでの傷を回復させる——その繰り返しで《柳華刀》を存続させる気らしい。

とはいえ担い手は彼女の他には存在しない。

天子アイラン・イージュも次代を育成するつもりはないという。

つまり夭仙郷の魔核はいつか壊れてしまう。それまでに何か策を考えなければならないのだが——まだそのときじゃなかった。

リンズは自由になったのだ。これからは面倒なしがらみを気にする必要はない。自分の思うように生きればいいのだ。そしてこれはリンズが自分の意志で勝ち取った未来でもある。

彼女に意志力がないだなんて嘘だ。彼女の意志は天子ではなく〝普通の生活〟に向いていただけ。

その思いの強さはネリアやカルラにも匹敵するのだろう。

なんて素晴らしいことなのだろうか。

私も揺るがぬ意志で「仕事辞めたい」と主張し続ければ辞められる気がしてきたな。

とにもかくにもリンズのことは応援しようじゃないか。

…………………。

…………。

……いや。ちょっと待て。

いくつか気になることがあるんだが？

「おめでとうございますコマリ様。コマリ様は天子に即位しました」

「なんで⁉ ⁉ ⁉ ⁉」

「こちらが愛蘭朝に伝わる天子の証〝伝国の玉璽〟だそうです」

「そんなもん渡されても困るんだよっ！」

天子の居城・紫禁宮。破壊を免れた建物の一室で私は頭を抱えていた。

「これから〝即位式〟なる催しが開催されるらしい。天子曰く「次の天子になるのだから当然だ」とのこと。何が当然なのか微塵も理解できない。というか何故私が次の天子になるのか微塵も理解できない。

「おかしいだろ⁉　私は吸血鬼だぞ⁉　夭仙郷のトップが務まると思うか⁉」

「何事もやってみなければわかりませんよ。それに六国新聞による街頭調査の結果をご覧ください――一万人中一万人がコマリ様の即位に賛成しています。支持率百パーセントです」

「明らかに捏造だ‼」

外では第七部隊の連中が「コマリン‼　コマリン‼」と大騒ぎをしていた。

私が即位するのを祝福してくれているらしい。さっきカオステルが「ついに夭仙郷を支配する準備が整いましたねえ」とあくどい笑みを浮かべていたのが目に焼き付いて離れない。

「コマリさん……ごめんね。こんなことになっちゃって……」

申し訳なさそうに口を開いたのはアイラン・リンズである。

彼女はモジモジと頰を赤らめて私を見つめてきた。

「えっと……お父様が言うにはコマリさんが即位するのは法的に当然の帰結なんだって」

「なんだその滅茶苦茶な法律は……」

メイファが「滅茶苦茶じゃないいさ」と溜息まじりに言った。

「閣下が天子の地位を継承するのは的外れなことじゃない。何故ならあなたはリンズと書類上では結婚したことになっているからね」

「お待ちください メイファ殿。その不埒な書類はどこにあるのですか。私が消し炭にして差し上げましょう」

「おいマッチ棒に火をつけるな！　大人しくしてろ！」

「だって！　コマリ様が名目的にとはいえ私以外の人間と結婚するなど天地がひっくり返っても許せるはずがありませんっ！　私の【パンドラポイズン】によるとコマリ様は私と結婚して幸せな家庭を築くはずなのですからっ！　というわけでさっそく誓いのキスをしましょう」

「くっつくんじゃねえよ‼　あっち行け‼」

私はヴィルを突き飛ばして距離を取った。

相変わらずぶっ飛んだメイドである。しかしこいつが混乱する気持ちも理解できた。

だって私も自分がいつリンズと結婚したのか知らなかったからだ。

しかしメイファ曰く「華燭戦争で勝利した時点でリンズと結婚したことになっている。あれは法的効力を持った戦いだからね」らしい。いつの間にか私は後戻りできない場所に足を踏み入れているのかもしれなかった。

「だ……大丈夫だよコマリさん。天仙郷の法律が勝手に決めたことだから。ムルナイト帝国的にはコマリさんは誰とも結婚してないから」

「よくわかんない理屈だな……じゃあ天子即位はどうするんだ？」

「それは……国民とお父様と法律を説得すればあるいは……」

説得する相手が多すぎだろ。

「リンズ殿。真面目な話をしましょう」

ヴィルが咳払いをしてクールな視線を向ける。

「結婚のことは完全に無視することにします。何故ならコマリ様は私と結ばれる運命だからです。今晩も一緒に星空を眺めながら愛を囁き合う予定です」

「真面目な話をしろよ」

「なので即位についてお尋ねしますが――コマリ様は本当に天仙郷の天子になってしまうのでしょうか？　まだムルナイト帝国の皇帝にもなっていないというのに」

「『まだ』って何だよ。私は皇帝になるつもりもないからな」

「安心してコマリさん。成り行きで即位式が開かれることになっちゃったけど……でもまだ正式に即位したわけじゃないから。駄々を捏ねれば何とかなると思う……」

そんな原始的な手段しかないのかよ。

駄々を捏ねて何とかなった経験がないから期待はできないが……まあ力の限り「天子なんてやりたくねえ！」と叫ぶとしよう。リンズはそうやって自由を獲得したのだ。私だっていつまでも状況に流されるわけにはいかない。

私は少しほっとしていた。

今回の件で一歩目標に近づけた気がするのだ。

困っている人を助けること。そして——世界を一つにすること。

お母さんのお願いだからという理由もある。しかし私は心の底から世界を一つにしていきたいと思った。リンズのように苦しんでいる人の力になってあげたいと思った。引きこもり時代の私みたいに困っている人たちを元気づけてあげたいと思った。そうすれば胸を張ってお母さんに会うことができるだろうから。

ムルナイト帝国。アルカ共和国。天照楽土。夭仙郷。

残されたピースは白極連邦とラペリコ王国だろうか。いやまあ、べつにその二国と仲が悪いってわけじゃないんだけど——なんとなくだ。こういうときの勘は当たる気がする。

私は溜息を吐いてリンズやヴィルを振り返った。

「あーもうわかったよ。じゃあ天子に会ってくるよ」

「うん。私も一緒に行くね」

「では私もご協力します。コマリ様がいかにぐーたらであるかを説明して天子陛下に失望してもらいましょう。たとえば未だにピーマンをお残しになるとか。仕事を休むために〝仮病用病名リスト〟を作ってローテーションさせているとか。夜中にお手洗いに行ったときに窓の外の木をオバケと勘違いして大泣きしたとか」

「お前は黙ってろ‼」

ツッコミを入れてから私は歩き出す。

一件落着。あとは天子即位さえ阻止すれば安寧な引きこもりライフが戻ってくるだろう――このの時点ではすべてが事もなく収まったと思い込んでいた。

『ん……？　リンズ殿」

ヴィルが驚きの声をあげる。続いてメイファが息を呑んだ。

天の理屈は人間に推し測れるものではない。

壊れるまでの〝猶予〟は一週間？　誰にそんなことが決められるというのか。

リンズの胸元が光を発していた。

彼女は慌てて服に手を突っ込んで取り出してみる。夭仙郷の魔核《柳華刀》は既にボロボロになっていた。これはおそらく破滅を示唆する最後の輝きなのだろう。

リンズが泣きそうな顔をした。

「ああ……魔核が……」

あまりの出来事に誰もが放心。

硝子が砕け散るような音が木霊する。

《柳華刀》がバラバラにはじけ飛んでいた。

破片が光の粒となってリンズの掌からこぼれ落ちる。私もヴィルも成り行きを呆然と見守ることしかできない。壊れた魔核の中心部からすさまじい閃光が迸った。

ついに六つのうちの一つが失われてしまった——そういう絶望は一秒も続かなかった。

吸血動乱のときと同じなのかもしれない。

常世への扉が開いていった。

身体が引っ張られていくような感覚。

「ちょっ……」

「コマリ様っ！　私に摑まってください！　いえ私が摑みます！」

「どさくさに紛れてどこ揉んでるんだ⁉　いやそれどころじゃ——わあああああ⁉」

残りは白極連邦とラペリコ王国——そんなことを得意げに考えていた自分が情けない。学院のテストでヤマカンが当たったことなんて一度もなかったじゃないか。

抵抗は無意味だった。気づいたときには光に吸い寄せられていた。
私はそのまま別の場所へと強制転移させられてしまったのである。

あとがき

お世話になっております小林湖底です。


お気づきかと思いますが本作に登場する国々にはそれぞれモデルがあります。

といってもかな～り緩めな舞台設定なのでイメージ程度です。それぞれの文化風俗はあまり再現されていません。あくまで「なんとなくそんな雰囲気」といった感じの話です。

わかりやすいところだと天照楽土でしょうか。あとは白極連邦。

そして今回の夭仙郷は言うまでもなく前近代の中国です。時代的にいえば明～清をごちゃまぜにした感じだと思います。コマリン一行の東洋チックな冒険譚をお楽しみください。


遅ればせながら謝辞を。

繊細美麗にコマリンたちの活躍を描いてくださったイラスト担当のりいちゅ様。物語を鮮やかに彩ってくださった装丁担当の柊 椋様。細部にわたって色々とご指摘くださった編集担当の杉浦よてん様。その他販売・刊行に携わっていただいた多くの皆様。そしてこの本をお手に取ってくださった読者の皆々様。すべての方々に厚く御礼申し上げます――ありがとうございました!!!

7巻はひきこまりシリーズの中盤戦の導入でもありましたが、思っていた以上にシリアスバトルになってしまいました。8巻はひきこまりにあるまじきお気楽ロードムービーin常世(とこよ)……にできたらいいなと思いますが、さてどうなるでしょう？

そしてお知らせ兼宣伝です。

月刊ビッグガンガン様で『ひきこまり吸血姫(きゅうけつき)の悶々(もんもん)』コミカライズ版が連載中です。作画を担当していただいているのはりいちゅ先生。原作の雰囲気でコマリさんの活躍が楽しめるということで、私も非常に楽しみにしております。小説版では描かれていないキャラクター、シーンもあるので是非(ぜひ)ご一読ください。よろしくお願いいたします。

小林湖底

ファンレター、作品の
ご感想をお待ちしています

〈あて先〉

〒106－0032
東京都港区六本木2－4－5
ＳＢクリエイティブ（株）
ＧＡ文庫編集部 気付

「小林湖底先生」係
「りいちゅ先生」係

本書に関するご意見・ご感想は
右の QR コードよりお寄せください。

※アクセスの際や登録時に発生する通信費等はご負担ください。

https://ga.sbcr.jp/

ひきこまり吸血姫の悶々 7

発　行　　2022年1月31日　初版第一刷発行
　　　　　2023年5月　1日　　第三刷発行

著　者　　小林湖底

発行人　　小川　淳

発行所　　SBクリエイティブ株式会社
〒106－0032
東京都港区六本木2－4－5
電話　03－5549－1201
　　　03－5549－1167（編集）

装　丁　　柊椋（I.S.W DESIGNING）

印刷・製本　中央精版印刷株式会社

ISBN978-4-8156-1378-5
Printed in Japan
GA文庫

奇世界トラバース
～救助屋ユーリの迷界手帳～

著：紺野千昭　画：大熊まい

門の向こうは未知の世界-迷界(セフィロト)-。ある界相は燃え盛る火の山。ある界相は生い茂る密林。神秘の巨竜が支配するそこに数多の冒険者たちが挑むが、生きて帰れるかは運次第——。そんな迷界で生存困難になった者を救うスペシャリストがいた。彼の名は「救助屋」のユーリ。

「金はもってんのかって聞いてんの。救助ってのは命がけだぜ？」

一癖も二癖もある彼の下にやってきた少女・アウラは、迷界に向かった親友を救ってほしいと依頼する。

「私も連れて行ってください！」

目指すは迷界の深部『ロゴスニア』。

危険に満ちた旅路で二人が目にするものとは!?　心躍る冒険譚が開幕！

ブービージョッキー!!

著：有丈ほえる　画：Nardack

GA文庫

19歳の若さで日本最高峰の重賞競走・日本ダービーを制した風早颯太。しかし勝てなくなり、ブービージョッキーと揶揄される彼の前に現れたのは――

「この子に乗ってくれませんか？」

可憐なサラブレッドを連れた、超セレブなお姉さんだった!?

「わたしが下半身を管理します！」「トレーニングの話ですよね!?」

美女馬主・美作聖来＆外見はお姫様なのに中身は怪獣の超良血馬・セイライッシキ。ふたりのセイラに翻弄されながらも、若き騎手は見失っていた情熱を取り戻していく。

「あなたのために勝ってみせます」

萌えて燃える、熱狂必至の競馬青春コメディ。各馬一斉にスタート！

試読版は
こちら!